한계에서

한계에서

1판 1쇄 발행 2016년 7월 1일
1판 3쇄 발행 2016년 12월 5일

지은이 김상묵
펴낸이 정순구
책임편집 조원식
기획편집 정윤경 조수정
마케팅 황주영

출력 블루엔
용지 한서지업사
인쇄 한영문화사
제본 한영제책사

펴낸곳 모비딕
등록 제300-2007-139호 (2007.9.20)
주소 10497 경기도 고양시 덕양구 화중로 100, 506호 (화정동 비젼타워21)
전화 02-741-6123~5
팩스 02-741-6126
블로그 http://blog.naver.com/mobydickbook 〈모비딕, 미스터리를 만들다〉(네이버 블로그)
이메일 mobydickbook@naver.com

『한계에서』 독자 교정에 참여해주신 분들 (가나다순)
강현숙 김종화 김진아 김진일 양아미 정기용 서정현

『한계에서』 북펀드에 참여해주신 분들 (가나다순)
강문숙 강부원 강영미 강영애 강은희 강인숙 강주한 고청훈 김경무 김기남 김기태 김나연 김병희 김설라 김성기 김수민 김수영 김수영 김원기 김인겸 김정민 김정환 김주현 김중기 김태수 김현철 김형수 김혜원 김희곤 나준영 남요안나 노진석 박경진 박나윤 박성우 박순배 박연옥 박진순 박혁규 박혜미 서민정 서창겸 설진철 성지영 송덕영 송화미 신민영 신정훈 안진경 안진영 원성운 원혜령 유성환 유승안 유인환 이경호 이경희 이만길 이미령 이상훈 이성욱 이수진 이수한 이승빈 이진간 이하나 임창민 임태호 임현지 장경훈 장영일 전미혜 정담이 정민수 정솔이 정영미 정율이 정진우 조민희 조승주 조정우 주옥순 최영기 최차식 최헌영 한성구 한승훈 허민선 허민효 현동우 (외 24명 총 114명)

ISBN 978-89-7696-640-7 03810

* 모비딕은 역사비평사의 브랜드로서, 픽션과 논픽션을 망라하여 자유롭게 작업하고 있습니다.

한계에서

김상묵 장편소설

모비딕
MobyDick

한계에서

김상욱 장편소설

차례

이 이야기를 순탄하게 풀어낼 수 있을까?

프롤로그

환생을 이루어낸 것과 거의 동시에 문명이 쇠락한 계기를 이야기하자면, 우선은 220년 전에 일어난 한 사건을 짚고 넘어가야 한다. 망망한 우주에서 자신들의 눈으로 파악할 수 있는 관측선의 길이를 무한정 늘려나가던 인류가 끝 간 데까지 다다르겠다는 꿈같은 포부를 더는 가슴속에만 담아두지 않고 실행에 옮기기로 작정하고 나선 일이 그것으로, 생사의 지평선을 멀뚱히 바라보던 시선이 산 위, 구름 위, 별자리로까지 확장해왔던 아주 오래전부터 이 일은 예고됐는지도 모른다. 이 사건의 시작은, 질량이 일시적으로 0이 되는 질량의 가상 분배를 통해 빛의 속도를 뛰어넘는 과학기술이 어느 날 갑자기 세상에 나오면서부터였다. 그 기술은 우리에게 다섯 가지 시사점을 던져줬다.

첫째, 과학기술은 계속해서 발전해나갈 것이다.

둘째, 한 지점에서 또 다른 지점으로의 이동에서 철도와 항공기가 그러했듯 이젠 우주 공간상의 거리감이 실증적 방식에 의해 점차 좁혀질 것이다.

셋째, 인류의 시력이 우주의 끝 간 곳 그 경계에 이를 날이 언젠가 올 것이다.

넷째, 인류는 역사 이래 미증유의 사건과 마주칠 것이고, 이에 대비해야 한다.

다섯째, 이는 지속 가능한 성장을 합리적으로 도출한다.

때마침 제2의 지구 후보군에 있던 한 행성이 유력한 후보로 급부상했다. 지구에서 48광년 떨어진 이 행성은, 지구의 4배 크기에다 대기권이 관측돼 물과 산소가 존재하는 것으로 보이며, 표면 온도는 섭씨 19도로 봄철 온도가 예측되었다. 48광년 거리라면 도전해볼 만했다. 국제성장협약 위원들의 지지 아래에서 현재 개발되고 있는 광속보다 1.5배 빠른 유인우주선이라면 출발 후 32년이면 제2의 지구로 낙점받은 그 행성에 도착할 수 있었다. 32년이 아니라 64년 걸린다고 해도 충분히 도전해볼 만하다며 우주인 지원자가 세계 각지에서 쏟아졌다. 더욱이 과학기술은 날로 발전되어서, 광속보다 2배, 나아가 5배 빠른 우주선을 개발할 수 있다며 과학자들은 항상 그렇듯 자신만만했다. 그들은 시간을 요하는 일이라는 사실을 쏙 빼놓았다. 하지만 누구도 시간이 걸린다는 사실을 거론하며 트집을 잡지는 않았다. 가능성이 있다면, 아무 문제가 없었다. 정말 그랬다. 기다림의 시간 동안 우리는 확신에 확신을 더하고 믿음에 믿음을 더했으니까. 우리는 저마다의 박자로, 하지만 같은 양상으로 두근거렸다.

모두 기대했다. 광속보다 몇 배 빠른 우주선을 타고 먼 우주, 어쩌면 우주의 끝에 다다르는 역사적인 날을…… . 아아, 어떤 장면이? 또 다른 우주가? 어쩌면, 그분을!

이리하여 신데렐라 프로젝트가 시작됐다. 15년, 즉 5,475일이 카운트다운에 들어갔다. 인류는 빛보다 빠른 유인우주선 개발을 위해 극적으로 화해하고 화합을 다지며 이제껏 다져온 모든 역량을 한곳에 모았고, 단일 유기체인 양 같은 것을 보고 같은 곳으로 전진하며 같은 꿈을 꾸었는데, 인류 역사상 정치 문화적으로 가장 성숙한 시기가 바로 이때였다. 그렇게 모두의 열망이 똘똘 모여서 완성한 우주선은 기도하려 맞잡은 손의 모양과 닮았는데, 이를 호박 마차라 명명했다.

이와 더불어 전 세계 10세 아동 중에서 2만 명을 선발해 우주인 교육을 실시했고, 경선을 도입해 매년 학생 수를 줄여나갔다. 경쟁을 뚫고 살아남은 경선 승자들의 신체, 지능, 감정은 원대한 목표를 위해 다듬어졌다. 먼저 터를 잡고 동포를 맞이하라는 역사적 사명이 바로 그것이었다. 발사 예정일까지 600일 남았을 때 16명이 최종 승무원으로 결정이 났다. 그들은 23세 동갑내기 청춘들로 2년 후에 발사될 우주선에서 32년을 보내야 했고, 일정에 따르면 영원히 지구로 귀환하지 못한 채 남은 생을 제2의 지구에서 보내게 되어 있었다.

이윽고 우주선 발사 전날. 국제성장협약 위원회에서 작성한 '신데렐라적 전환'이라는 제목이 붙은 선언문이 전 세계 모든 방송을 통해 씩씩하고 위엄 있는 말투로 낭독됐다. 그 내용은 이러했다.

친애하는 인류 여러분. 바로 내일입니다. 드디어 전환의 시대가 하루 남았습니다. 그간 우리는 공동의 사명 아래 똘똘 뭉쳐 하나가 되었습니다. 앞으로도 그럴 것입니다. 왜냐하면, 우린 진정한 진보를 이루었고 이제 그 성취를 맛볼 예정이기 때문입니다. 서로 마주 잡은 손을 놓지 말고 다 함께 앞을 보십시다. 우리 앞에 새로운 인식을 통해 맞이할 운명 같은 시대가 바짝 다가와 있는 게 보일 겁니다. 이건 모두의 것입니다. 전환의 시대는 이래야 합니다 …… 지구를 중심으로 천구가 도는 시대에서 지구가 태양 주위를 도는 시대로, 태양계 내에 머물며 먼 우주를 관측하던 시대에서 직접 우주를 탐험하고 더 나아가 무한하다고밖에 설명할 길 없었던 우주의 크기를 인류의 잣대로 한정하는 시대로 …… 여러분은 무엇을 보고 싶습니까? 여러분은 무엇을 확인하고 싶습니까? 우리가 왜 이날을 그토록 기다렸을까요? 우리가 끊임없이 진보해온 이유가 무엇입니까? 우린 멈출 수 없는 종족입니다 …… 인류는 지난 15년간 언어와 문화와 지역의 장벽을 허물고 친형제처럼 한마음으로 고대해왔습니다. 그렇습니다, 바로 내일을 위해. 내일은, 새로운 경계를 확정하는 날이자 동시에 어떠한 경계마저 없는 시대의 첫발을 떼는 날이기도 합니다. 우리 앞에 새로운 시대가 와 있습니다. 그게 무엇을 의미하는지 우린 아주 잘 알고 있습니다.

역사적인 날. 신데렐라적 전환의 시대를 여는 첫날이 밝았다. 부패, 불평등, 오염 같은 더러움이 이제 더는 더럽지 않게 느껴진 것도 우리가 동화 속 신데렐라처럼 선택받았다는, 곧 경계를 넘어서리라는 기쁨 때문이었다.

전 세계 모든 방송은 기도하는 손의 모양을 닮은 우주선의 웅장한 자태를 보여주며, 지난 15년간 2만 명의 경쟁자를 물리치고 우주인의 자격을 얻은 16명의 긴장되고 결의에 찬 표정 따위의 일거수일투족을 생중계했다.

"인류는 이제 관대함을 배워야 할 때입니다." 중계를 맡은 아나운서의 입에서 우리의 야심이 흘러나왔다.

인류의 대표격인 탐험대가 우주선에 탑승하고, 문이 닫혔다. 저 문은 앞으로 32년 동안 열릴 일이 없었다.

"하늘을 뚫고 나가 빛이 되겠군요. 인류의 긍지와 기원이 한데 모여 만든 저 우주선을 다시 한 번 자세히 보십시오. 마지막입니다. 그리고 오늘은, 감동적이게도 바로 역사적인 날입니다. 오, 방금 카운트다운 100에 들어갔습니다! 자, 다 함께 외쳐볼까요."

카운트다운이 시작된 순간 지구가 전율에 휩싸인 듯 화면이 조금 흔들렸다. 우렁찬 환호성이 세계 곳곳에서 울려 퍼졌는데, 창문만 열어봐도 당장 알 수 있었다. 우주선에 탑승한 16명을 제외한 인류는 집, 자동차, 비행기, 교실, 음식점, 사무실, 술집, 당구장, 종교 시설 등지에서 오늘 이후에 펼쳐질 세계에 관해 꿈꾸며 화면에서 눈을 떼지 못했다.

방금 카운트다운 11이 지났다.

"10!" 아나운서가 목청 높여 외쳤다.

"9!" 모두 화난 하마처럼 입을 크게 벌렸다.

"8! 7!" 모두 따라 외쳤다.

"6! 5!" 환호성을 가르며 휘파람 소리가 지나갔다.

"4!" 누군가는 눈을 질끈 감았다.

"3!" 사방에서 우레와 같은 진동이 느껴졌다.

"2!" 순간 호흡이 멈췄다.

"1!" 눈에서 불꽃이 튀겼다.

발사.

모두 똑똑히 보았다. 기억에서 영원히 사라지지 않을 결정적인 장면. 기도하려 맞잡은 손의 모양을 닮은 우주선이 맹렬한 기세로 날아오르더니 어느 순간 시야에서 사라졌다. 눈 깜짝할 사이에 일어난 일이라, 조금은 싱거웠다. 무거운 침묵이 흐르고, 우주선이 사라진 하늘은 방금 무슨 일이 있었느냐는 듯이 평상시처럼 파랬는데, 발사에 성공했다는 자막이 나타나자 그제야 모두는 손뼉을 치며 미친 듯이 환호를 질렀다. 신데렐라적 전환의 시대를 여는 역사적인 순간이었다.

이제 침착하자.

갑자기 사위가 숙연해졌다. 우리는 어디로 가는 걸까? 그보다 우리는 어디서 왔을까? 그런데 우린 왜 존재하는 걸까? 우리는 어째서 지금의 형태를 갖추게 된 걸까? 저 우주는 어째서 지금의 우주로 채워진 걸까? 지금의 모습이 최선이며 정답일까? 모두는 패기만만한 철학자가 된 듯 오래된 유행가 같은 관념에 빠졌다. 이 길이 올바르다면, 여전히 멀리 떨어져 있지만, 진리와 점점 가까워지리라. 모두의 바람은 지금 막 화성을 통과해 쭉 뻗어 나갔다.

우주선이 목성을 지나쳤다고, 우주선을 발사한 지 3시간이 다 되어서 방송을 통해 알려왔다. 예상대로 순조롭게 항해하고 있으며, 이제 빛을 뛰어넘는 속도를 낼 때가 얼마 남지 않았다고 방송이 알렸다.

모두는 호기에 취해 해롱거렸다. 우리가 가지 못할 곳은 없다. 망망한 우주는 한때의 이야기로 전락하고 이제 저 우주를 손금 보듯 훤히 들여다볼 날이 얼마 남지 않았다. 가까운 미래에 그 끝에 도달하리라. 모두 이러한 말을 누군가에게 전하고, 또는 누군가한테서 들으며, 들뜬 마음을 주체

하지 못했다.

인류 역사를 통틀어 이 순간만큼 인류 대부분이 유쾌함에 취했던 시대는 이제껏 없었다.

지구와 우주선과의 거리는 점점 멀어져 통제센터와 우주인과의 교신이 이루어지려면 4시간 넘게 기다려야 했다. 하지만 그만한 시간을 보내고 도착한 교신 내용을 모두는 듣는 둥 마는 둥 했다. 이때 빛의 속도에 진입하겠다는 우주인 16명 중 한 명의 우렁찬 목소리가 들려왔다.

"2시간 전에 광속을 뛰어넘은 것으로 보입니다." 아나운서는 담담한 목소리로 설명했다.

발사에 성공했을 때만큼의 광적인 환호는 없다시피 했다. 왜냐하면, 어느새 모두는 그러한 진보를 당연한 것으로 받아들였고, 저 너머에 있을 전환의 무언가를 두 눈 부릅뜬 채 기다리고 있었다. 이제 모두는 뼈와 살과 본능에 갇힌 익숙한 것으로부터 탈피해 순식간에 다른 낯선 것으로 성숙하였는데, 그게 어떤 모양을 하고 어떤 속성을 지니게 될지는 아직 아무도 단정 짓지 못했지만, 모두의 가슴을 채우고 있는 건 거의 비슷했다. 번영과 기쁨.

우리는 경계를 넘는다. 넘으면 모든 게 나아지리라.

수년 이내에 빛의 속도보다 3배 빠른 우주선을 보게 되리라고 호언장담하는 화면 속 어느 노회한 과학자를 모두가 흐뭇하게 바라보던 그때, 별안간 잡음이 들렸다. 화면 오른쪽 위에 띄운 우주선 내의 영상이 아무래도 이상했다. 언제부터였는지 알 수 없지만, 무슨 이유에서인지 눈이 부시도록 밝은 빛이 사방에서 뻗어 나오고 있었다.

아나운서는 영문을 모르겠다는 얼굴로 눈을 깜박였다. 마침 우주선 내의 영상이 전체 화면으로 전환됐다. 화면을 가득 메운 황금색 빛 속에서 한 우주인의 외침이 끝 간 데 없는 암흑을 헤쳐 지구에까지 전송됐다.

"오, 빛이, 모든 게, 빛이, 된다."

그리고 교신이 끊겼다. 한동안 검은 화면이 나왔다. 모두 끈덕지게 방송을 주시했다. 얼마 지나지 않아 자막 하나가 나타났다.

'알 수 없는 이유로 교신이 되지 않습니다.'

싸늘한 침묵이 흘렀다. 모두 똑똑히 보았다. 바람이 불어오면 그전의 모양을 지우고 뿔뿔이 흩어져 공중에 흩날리는 사막의 모래처럼 우주선이 눈이 부신 빛을 뿌리며 사르르 사라져버린 장면을, 아니, 혹자는 녹아내렸다고 했다. 아무튼 그 빛은 지상으로 추락하는 폭죽처럼 잠깐 반짝이다 이내 광활하다고밖에 설명할 길 없는 짙은 어둠 어딘가에 묻혔다. 없어졌다. 우리의 시야에서, 존재한다는 말을 붙일 수 있는 특정한 형상에서, 우주선과 통제센터 간에 주고받는 고유한 신호에서, 지워졌다.

방금 무슨 일이 일어난 걸까? 우리가 본 건 무엇일까? 경계 너머의 번영은 어떻게 되는 걸까? 우리가 왜 이곳에 모여 한곳을 바라보는 거지? 가만……. 잠시 후 모두 비슷한 생각을 떠올렸다. 방금 그 장면을 어떻게 이해해야 하지?

이날 이후로 어디서 기원하고 누가 시작했는지 모를 말이 세계 곳곳에 나돌기 시작했다. 그 말은 이러했다.

'알고 보니, 아아, 우린 갇힌 거였구려.'

지속 가능한 경제 발전을 목적으로 하는 국제성장협약 소속의 위원들은 각자의 국가로 돌아가 백 분의 일 초 동안은 분명 광속을 뛰어넘었다고 선전에 열을 올렸다. 그들은 전환, 진리, 번영, 경계 따위의 단어를 사용하여 모두의 눈을 다시금 사로잡고자 했다. 하지만 제2 우주선 개발에 착수했다는 발표에도, 우주 엘리베이터 착공 계획에도, 미지의 우주에 관한 어떤 흥미진진한 소식에도, 인류 대부분은 관심을 두지 않았다. 누군가 명명하고 모두가 그렇게 따라 불렀던 그 행성의 이름을 어느새 모두 잊어버렸다. 더는 예전처럼 인류를 하나의 가치 아래 잡아둘 수 없었다. 관념적 철학으로부터 풀려난 인류는 자신의 내부로 침잠했고, 마침 대중적으로 보급되기 시작한 환생을 통해 되찾은 젊음을 만끽하는 데 정신이 없었다. 이는 나이 든 육체를 20세 육체로 바꿔치기하여 30년을 보낸 후 50세가 되면 다시 20세 육체로 바꿔치기하기를 반복하는 것을 말했다. 그러면 기존의 50세 된 육체는 버려졌다.

한편, 이 사건으로 말미암아 인류는 진정한 한계를 알게 되었고, 이 일을 계기로 누군가가 어떤 선언인 양 갈라파고스적 전환이라 명명한 게 입에서 입으로 전해져, 이윽고 모두가 그렇게 인식하게 되었다. 대륙과 단절돼 독자적으로 진화한 갈라파고스 제도의 특이하고 활력 넘치던 고유종이 인간의 보살핌을 받게 된 이후로 성장판이 닫힌 성인처럼 아무런 파동 없이 안정되는 쪽으로 굳어져 결국에는 원래의 색을 잃고 말았다는 비유였다. 다시 말해, 인류가 쌓아올린 문명은 찬란했으나, 더는 뻗어 나가지 못하고 쇠락하리라. 왜냐하면, 우린 절대적 한계를 보았으니까.

그리고 220년이 지났다.

인류는 환생했고, 문명은 쇠락했으며, 한계는 우리 곁에 있었다.

내 이름을 쫓아서

김 수지 다비치 소접시 백이십 종묘 메밀 준은, 줄여서 김 메밀 준은, 더 간단히 말해 메밀은 긴 이름만큼이나 길고 홀쭉한 얼굴에 씁쓸한 미소가 입가에 걸렸다.

"한계는 빛의 속도에만 있는 것이 아니었다. 그건 우리 안에도 있었다. 헌데 우린 이를 공손하게 받아들이지 않고, 흐리멍덩한 상태에서 그만 손을 놓아버렸지."

낡은 대나무 평상에 걸터앉은 메밀은 옆으로 찢어진 작고 반짝이는 눈으로 사위를 둘러봤다. 깨져서 울퉁불퉁한 길바닥, 축축한 흙, 난파한 배처럼 옆으로 기우뚱 무너진 아케이드, 건물의 잔해들 사이로 몇몇 폐건물이 비뚤게 기울어 있다. 거의 폐허가 되다시피 한 이곳은 서울 서쪽 끝에 자리한 까치산시장으로, 물품을 사고파는 시장의 기능이 아예 없지는 않으나, 주로 떠돌이들이 잠깐 머무는 보금자리로 이용되었다.

메밀은 평상에 대자로 누운, 올해로 8세가 되는 한나에게 1시간째 갈라파고스적 전환이 일어난 배경을 이야기하는 중으로, 보통은 여기에서 이야기를 끝맺곤 했다. 갑자기 벌떡 일어나 앉은 한나가 침울한 목소리로 조심스럽게 묻기 전까지는.

메밀은 당황한 마음을 추스르며 85세 먹은 육체의 현재 주인으로서 경험 많은 묵직한 소리를 냈다. "그 말이 맞다."

"말도 안 돼! 할아버지가 허깨비일 리 없어요. 저를 놀리는 거죠. 그렇죠!" 한나가 경악한 얼굴로 메밀을 향해 소리쳤다.

"아니, 그게 나다." 언젠가는 알게 될 일이었다. 메밀은 고개를 옆으로 돌려 한나의 시선을 외면했다. 평상 옆 햇볕이 잘 비치는 곳에 옮겨 심은, 1미터 정도 자란 고무나무가 눈에 들어왔다. 무덥고 습한 지리적 원산지로부터 수천 킬로미터 떨어진 고무나무는 더 이상 자라지 않았다. 이만한 높이가 한계라는 듯이.

"거짓말! 할아버지의 이름이 김 수지 다비치 소접시 백이십 종묘 메밀 준이라는 사실을 저는 똑똑히 알고 있어요. 보세요, 다 외우고 있잖아요. 하지만 허깨비는 이름이 없다고 했어요."

"그래 네 말이 맞다. 허깨비는 이름이 없다. 네가 알고 있는 그 이름은 내 것이 아니야. 그냥 그렇게 불릴 뿐이지. 내 진짜 이름은 없다."

"아니야!" 한나가 빽 소리쳤다.

메밀은 끙, 하고 신음했다.

"난 아무 소리도 듣지 못했어. 아니야, 거짓말!"

메밀은 이런 자신이 죄스럽다는 듯이 고개를 저었다. 그 모습에 한나는 입을 앙다문 채 절대로 받아들이지 않겠다는 태도를 고수했다. 그러나 가늘고 긴 눈꼬리에 맺힌 작고 투명한 눈물은 모든 것을 설명하고 있었다.
"미안하구나." 메밀이 힘없이 말했다.

한나가 참지 못하고 울먹였다. "그럴 리 없어. 할아버지가 허깨비일 리 없어."

"허깨비가 …… 싫으니?"

"나, 난 …… 그게 아니라, 그럴 리 없잖아. 장난치지 마. 장난치지 말라고!"

메밀은 슬픈 미소를 지어 보였다.

"아니야, 아닐 거야!"

"후—." 메밀은 입을 모아 거품 같은 숨을 몸 밖으로 밀어냈다.

"아니야, 아니잖아!"

메밀은 한나의 작고 여린 등을 천천히 쓸어내리며 나직이 한숨을 내쉬었다. 손바닥을 통해 한나의 분한 떨림이 고스란히 전해졌다. 앞으로 어찌해야 할지, 최악이 아닌 곳은 어느 쪽일지, 종달새 같은 입으로 할아버지라고 정답게 불리는 시절이 그만 사라질지도 모른다고 생각하니, 참담하고 쓸쓸했다.

메밀은 분명히 해두는 게 좋겠다고 생각했다. 이방인으로 전락하여 또다시 정처 없이 떠돌지라도, 그게 이곳에서 받은 온정에 대한 솔직한 자세라는 생각에서였다. 허깨비에게 가족이라니. 처음부터 당치도 않는 호사였다. 그동안 편히 즐겁게 지냈어. 메밀은 어렵사리 입을 열었다. "얘야 ……." 순간 말문이 탁 막혔다. 하필 이런 때 어지럼증이 밀려와 머리가 핑핑 돌며 의식이 가물가물했다. 그는 있는 힘껏 눈을 부릅떠보았지만, 여지없이 패배했고 까무룩 쓰러지고 말았다. 이제 그는 육면체 방에 갇혔다. 각각의 면마다 낯선 장면들을 송출하는 통에 그는 정신이 하나도 없었다. 쏟아지는 정보들 때문에 눈이 어지럽고 머리가 빙빙 돌아버려 되레 아주 적은 것만 기억할 수 있던 터라, 그가 그 방에서 끄집어 온 기억은 단편적인 조각이 전부였고, 언제나 비슷한 장면이었다. 아마 한 면만 보고 있었던 건 아니었을까. 그것도 아주 잠깐.

양수를 뒤집어쓴 갓난아이를 내게 건네는 이목구비가 희미한 여자. 그때 그 갓난아이로 보이는 아이가 아장아장 걸음마를 하며 내게 오는 모습. 좀 더 자란 그 아이가 나를 향해 입을 크게 벌리며 한 단어를 연이어 외쳤지. 아빠, 아빠, 아빠. 내가 뭐라 말하자 그 아이가 나를 쳐다본다. 왼팔에 6번째 이름 '메밀'을 새겨 넣고. 두 손으로 얼굴을 감싼 채 울음을 터트리는 이목구비가 희미한 여자. 내 소매를 꼭 붙든 채 놓지 않는 일고여덟 살쯤 되어 보이는 아이의 고집스러운 입매. 인큐베이터에 누워 있는, 공정을 거쳐 완성된 20세 육체의 나.

느닷없이 떠오른 이 기억은 이름과 육체의 원주인인 김 준의 것으로, 메밀은 반년에 한두 번씩은 잠깐 정신을 놓은 채 내가 그인지 그가 나인지 분간되지 않는 세계에 빠졌다. 기억의 편린들 속에서 허우적거릴 때면, 준이 아닌 이 육체의 현재 주인인 내가 예전에 벌인 일처럼 여겨지기까지 했다. 하지만 그럴 리 없다. 그땐 지금의 나라고 불리는 그 어떤 것도 없었으니. 허깨비니까. 메밀은 궁금했다. 너무도 강렬한 기억이라서 완벽히 지울 수 없었던 건지, 아니면 챙겨갈 기억이 너무 많아서 이 기억은 버려진 건지, 그리고 이 친숙함은 대체…….

메밀 자신이 경험하지 못한 기억임에도 가슴이 들끓는 건 한때 이 육체가 직접 겪었기 때문이라고 이해한다손 치더라도, 친숙한 느낌은 못내 의아했다. 그건 가까이 있는 듯한 기분이었다. 생장을 멈춘 고무나무가 장엄한 열대우림에 대한 향수에 잠기는 것과 비슷하다고 생각했다. 그렇다고 그리움은 아닌 것 같았다. 뭔가 더 실제적이었다. 직접 피부에 닿는 한낮의 열기 같은 그런.

"할아버지, 할아버지, 괜찮아요?"

메밀은 뺨에 닿는 반들반들한 평상의 감촉에서 난생처음 눈을 떴을 때처럼 차갑고 낯설며 쓸쓸하여, 이곳은 어디고 이제 어디로 가야 하는지 어리둥절한 것도 잠시, 숨을 깊이 들이쉬었다. 메밀은 곧 정신을 차렸다. 메밀은 자신을 흔들어 깨우는 한나의 작고 똥그란 얼굴에 놀라고 화난 표정이 오밀조밀 자리 잡은 것에 감탄하며 왼쪽 눈을 장난스럽게 찡긋거렸다. 입을 벌려 안심해, 라고 말하려 했지만, 말소리가 나오지 않았다. 메밀은 당황하기는커녕 환생 후 버려진 50세 된 육체를 받아 허깨비로 산 지 올해로 35년, 뭐 허깨비치고는 괜찮은 안식을 누린 것 같다고 생각했다. 그러자 왠지 안심됐다.

"괜찮은 거죠? 그렇죠? 이럴 때가 아니지, 물 갖다 드릴게요. 아빠가 그랬거든요. 제 말 듣고 있는 거죠?" 한나는 메밀의 안정을 위해 조심조심 말해야 한다고 생각했지만, 다급함이 담긴 목소리는 점점 커졌다. "할아버지, 할아버지!"

메밀은 최대한 평온한 얼굴로 고개를 끄덕였다.

"알았어요. 금방 갖다 올게요."

메밀은 우당탕 뛰어가는 한나를 보며 흐뭇한 미소를 지은 것도 잠시,

얼굴을 찡그리며 힘겹게 상체를 일으켰다. 아직도 머리가 띵하고 가슴이 벌렁거렸다. 메밀은 평상 가장자리에 걸터앉아 숨을 천천히 몰아쉰 다음 왼팔에 음각된 김 준을 제외한 6개의 이름, 수지 다비치 소접시 백이십 종묘 메밀을 천천히 쓰다듬었다. 이 이름들은 환생에 성공하고 보낸 30년씩을 독특한 이름으로 구분 지은 것인데, 준은 몸을 6번 바꿔치기하며 180년 더 살았다. 하나같이 싱싱하고 탄력 넘치던 젊음을 누리면서.

아, 얼마나 자신만만했을까?

30년을 병치레 한 번 없이 보낸, 이제 50세 된 육체를 떠나 공정을 통과한 20세 된 육체로 또다시 환생에 성공하면, 50세 된 육체는 버려져 그 자리에서 생명 활동이 끊겼다. 뇌세포가 일시에 쪼그라들며, 심장마비로 죽음을 맞았다. 그러나 개중에는 살아남기도 해서, 겉보기에는 분명 존재하는 듯 보이지만, 생의 내력이 비었으며 자기 고유의 이름마저 없는 사람, 즉 허깨비로 살아간다. 아니, 살아갈 수밖에 없었다.

이러한 탄생 혹은 생존을, 누군가는 환상 혹은 헛것이라 치부하며 이를 인정하지 않았지만, 어쨌든 그는 여기에 있다.

허깨비 메밀이 이곳 까치산시장에 발을 들여놓은 것은 지금으로부터 7년 전이었다. 메밀은 건물 잔해에서 그나마 외양을 갖춘 2층 건물의 캐노피 아래에서 잠깐 비나 피할 생각이었다. 그간 여러 사건과 인연이 있었지만, 물이 이와 같을까, 바람이 이와 같을까, 손에 잡히지 않고 휘휘 지나가는 여정은 익지 않은 갓김치처럼 씁쓰레한 맛이 났다. 비는 며칠째 쉬지 않고 내렸다.

"벌써 아침인가?" 방금 잠에서 깬 메밀이 창고 문을 여는 미곡상의 젊은 주인 포말에게 한가로이 말을 붙였다. 으슬으슬 몸이 떨려왔다.

며칠 만에 미곡 창고를 찾은 포말은 이곳에서 새우잠을 잔 듯 창고 벽에 등을 붙이고 옆으로 누워 있는 남자를 아까부터 유심히 살펴보고 있었다. 이곳에서 노숙한 듯 초췌한 몰골의 남자 옆에는 조금 작다고 생각이 드는 흰색 사각 화분에 나무 한 그루가 심어져 있는데, 타원형의 녹색 잎이 매우 크게 자란 나머지 나뭇가지가 옆으로 휘어 축 늘어졌다. 포말은 문을 열다 말고 메밀한테 다가가 넌지시 물었다. "못 보던 분인데, 이곳 사람입니까?"

"모르겠네."

"집이 어딘지 잊어버렸다는 말씀이세요?"

"아니, 나는 허깨비라서 아무것도 상관하고 싶지 않네."

"허깨비요?"

"그래. 그런데 지금이 내 생각대로 아침인가? 하늘이 찌뿌드드 흐려 있어서 뭐가 뭔지 알 수가 있나."

"방금 정오가 지났습니다."

메밀은 밤새 덮었던 해진 옷가지를 주섬주섬 챙겨 가방에 넣은 다음 자리에서 일어나 기지개를 켰다. 며칠간 잘 보냈는데. 메밀은 조금 아쉬운 마음에 누운 자리를 힐끗 쳐다봤다. 메밀은 어느 순간부터 미동도 없이 뭔가 골몰하는 미곡상 주인을 흘겨보며 이곳에서 자서 미안하다는 투로 말했다. "안 그래도 지금 갈 거야."

메밀이 등을 보이며 떠나는 모습에 퍼뜩 정신을 차린 포말은 재빨리 달려가 메밀을 가로막고 섰다. "떠나시려고요?"

"그래."

"어디로요?"

"난들 아나." 메밀은 고개를 숙여 발을 내려다봤다. 또다시 신발 속까지 흠뻑 젖은 나머지 발바닥이 쭈글쭈글해지기 전에 새로운 은신처를 찾을 수나 있을지. 한숨을 내쉰 메밀은 퉁명하게 말했다. "왜? 뭐 없어진 거라도 있을 것 같아서 그래?"

"아니, 그게 …… 음." 포말은 자신을 흘겨보는 허깨비를 똑바로 바라보며 들뜬 숨을 크게 내쉬었다. 포말은 잠시 망설이다 물었다. "이름이 …… 어떻게 됩니까?"

"이름?"

"네."

"그건 왜?"

"음, 낯이 익어서요."

"허깨비라고 말했잖나." 말은 그렇게 했어도 메밀은 왼팔에 음각된 이름을 순순히 밝혔다. 어물어물 당황한 기색이 역력한 이 남자가 조금 마음에 들었다고나 할까. "난 이 중에 메밀이지." 이에 미곡상은 화답하듯 자신의 이름을 밝혔고, 메밀은 미곡상 남자의 이름을 입안에 굴려 소리 냈다. "포말." 뭔가 교환한 듯해서 기분이 좀 묘했다.

"아시겠어요?"

"그럼. 그 정도쯤이야."

"그게 아니라 …… ."

"허깨비지, 바보는 아니라고."

"제 말은 …… . 아, 그렇겠군요. 음 …… 참, 저와 함께 식사라도 하시죠. 아무것도 못 먹었을 것 같은데."

"정말?" 메밀은 눈을 반짝였다.

"그럼요, 따라오세요."

건물의 잔해를 밟고 으슥한 그늘을 지나 30도 기울어진 2층 건물을 통과하자 마당이 있는 단층집이 나왔다. 깔끔한 소형 목조 주택으로, 작은 다락이 있는 듯 반원 모양의 창이 꼭대기에 있었다. 메밀은 현관문 옆에 서서 만족한 듯 빙그레 미소를 짓는 미곡상 주인을 물끄러미 쳐다봤다. 30대 중반의 저 남자, 환생했을까? 했다면 몇 번이나 했을까? 축복 같은 기나긴 그 시간을 허투루 보내지 않았다면 집 하나는 뚝딱 만들어낼 수 있으리라. 하지만 대부분은 그렇지 않다는 것을 메밀은 익히 알고 있었다. 시간이 많다고, 좀 더 생산적으로 보내는 건 아니었다.

집 안이 아늑했다. "직접 지었나?"

"5년 걸렸습니다."

"혼자?"

"아뇨. 아내와 같이."

위로 계단이 나 있고, 투박한 디자인의 나무 난간이 보였다. 생각대로 다락이었다. 메밀은 주방으로 가기 전에 벽걸이 액자 앞에서 우뚝 멈췄다. 반팔 차림의 포말이 미끈한 어깨가 드러난 민소매 차림의 여자의 가냘픈 어깨를 감싸 안은 사진으로, 젊고 솔직하며 달콤한 인상 때문인지, 추억은 이런 모양이어야 한다고 메밀은 고개를 끄덕였다. 부러웠다. 포말이 되돌아와 메밀 옆에 섰다. 메밀이 턱으로 액자를 가리키며 말했다. "아내 맞지?"

"아, 네."

"그런데 어디 갔나?" 메밀은 인사라도 해야 할 듯싶어서 두리번거리며 집 안을 살펴보았다. 옆에 선 포말에게서 아무런 언급이 없어서 메밀은 고개를 돌렸다. 입을 앙다문 포말에게서 무슨 말 못할 사정이 전해졌다. 좋지 않았다. 액자 속과 달리 조금 불거진 인상은 회한에 빠져 점점 우울한 면을 드러냈다. 메밀은 어깨를 으쓱하며 화제를 돌렸다. "낯선 사람을 집 안에 끌어들일 정도라면, 뭐 맛있는 게 있나 보지? 자랑할 만한."

"우선 앉으세요."

메밀은 그가 시키는 대로 식탁에 앉았다.

"요리가 완성되면 함께 식사하는 겁니다."

"그러지."

이날 이후로 미곡상 주인 포말은 메밀한테 굉장한 호의와 친절을 보여줬다. 매일같이 허깨비를 식사에 초대했고, 무슨 배짱인지 한나라는 이름의 갓 돌이 지난 아기를 온종일 떠돌이한테 맡겨놓았으며, 밤이면 늙은 남자를 위해 침대를 비워두고 정작 자신은 다락에 올라갔다. 마냥 받기만 해서야. 메밀은 포말한테 받은 온정에 감격하는 한편, 그가 어떤 어려운 부탁을 하거나 또는 메밀 자신이 어떤 의무에 얽매일지도 모른다고 생각하며 마음의 준비를 했다. 대가 없는 편의는 생각하기 어려웠다. 그러나 포말은 베푼다는 점을 극도로 꺼리며 메밀이 곁에 있어서 얼마나 큰 힘이 되는지 모른다고 말하며 마음 쓰지 말라고 간곡하게 덧붙였다. 그리고 이따금 조금 불거진 인상으로 메밀을 멀뚱히 바라볼 뿐이었다. 정해진 시간에 누군가와 식사하고, 아늑한 방에서 잠이 들고, 품에 안은 아기로부터 왕성한 생동감을 느끼는 건 정말이지 유쾌한 일이 아닐 수 없었다. 이런 건 그간 허깨비의 생애에 없었던 내밀하고 감각적인 경험으로 놀랍게도 마음 따뜻한 일이었다. 좋았다. 후에 알게 된 사실인데, 포말은 아직 환생하지 않았고, 아내 역시 환생하지 않은 원래 몸으로 한나를 낳고 얼마 지나지 않아 목숨을 잃었다고 했다. 원래부터 몸이 약한 여자였단다. 2세를 얻기 위해 서둘렀느냐는 메밀의 조심스러운 질문에 포말은 꼭 그렇지는 않았다고 답하며, 아직은 환생을 생각하지 않는다고 덧붙였다.

긴 장마가 끝나고, 메밀은 까치산시장을 떠나는 것을 차일피일 미루고 있었다. 어떻게 떠날 수 있겠는가, 오갈 데 없는 가엾은 허깨비가. 메밀이 볕이 잘 드는 마른땅에 고무나무를 옮겨 심은 다음 날 포말이 나무에 물을 주는 메밀한테 다가와 정중하게 청했다. 우리와 함께 사는 게 어떻겠느냐며. 메밀은 한 치의 망설임 없이, 수줍은 듯 눈을 조금 내리깔며 고개를 끄덕이는 것으로 화답했다.

그러나 메밀은 포말이 무슨 이유로 자신에게 편의를 제공하는지 조금도 알려고 들지 않았다. 알려고 들면 못 알아낼 것도 없지만, 만에 하나 일이 잘못되어 또다시 정처 없이 떠도는 건 아닌지, 메밀은 미리 겁을 집어먹고 있었다.

그렇게 7년을 보냈다.

갓난아이는 어느덧 소녀티가 나는 새침데기가 되었지만 그를 할아버지라 부르며 종일 따라다녔다. 할아버지. 거 좋은 말이다. 그러나 그러한 기대와 애정이 허깨비에게는 과분하다는 걸 알아야 했다. 메밀은 무릎을 툭툭 두드렸다. 이만하면 영화를 누린 거겠지.

30도 기울어진 2층 건물에서 한나가 두 손으로 컵을 쥔 채 종종걸음으로 나왔다. 깨어난 메밀을 보며 다행이라는 듯이 환한 미소를 짓던 한나가 순간 움찔 놀라서는 컵의 반 정도 되는 물을 바닥에 엎지르고 말았다. 한나는 우뚝 멈춰 섰다. 조금 떠는 것도 같았다. 이를 본 메밀은 한나의 시선이 머문 쪽으로 고개를 돌렸다. 몇몇 부랑자가 보였다. 몇 번 본 사람도 있고, 낯선 사람도 있고, 꽤 낯익은 사람도 있었다.

"어, 어!" 메밀은 경악했다. 무릎 밑으로 노르스름하게 색이 바랜 낡은 청바지에 상의는 검은색 와이셔츠 차림으로, 턱수염이 거뭇하게 자란 남자가 등에 배낭을 메고 이쪽으로 다가오고 있었다. 남자는 메밀과 마찬가지로 짧은 스포츠머리를 했고, 와이셔츠 소매를 두 번 접어 올렸다.

메밀은 자리에서 벌떡 일어났다. 맙소사, 저건, 나, 바로 나잖아! 성큼성큼 이리로 오고 있는 저 남자는, 나보다 30년 정도 어려 보이는 중년의 내가 아니던가! 이름의 주인인가, 아니면 또 다른 허깨비인가?

준이 여태 죽지 않고 어딘가 살아 있다면, 8번째 환생에 들어간 지 5년쯤 지났을 터였다. 그렇다면 더는 환생할 수 없다. 8번째 환생이 한계였다. 그런데 저 남자는 그렇게 젊지 않다.

한나가 메밀의 한쪽 팔을 붙잡았다. "할아버지."

"난, 여기, 이렇게 번듯이, 있다." 메밀은 숨을 고르며 침착하려 애썼다.

"오고 있어요. 분명 이쪽이에요. 그렇죠?"

"그래, 네 말이 맞다."

"어떻게 와이셔츠 색깔마저 같을 수 있죠?"

"그러게 말이다."

"지쳐 보여요. 그런데 괜찮을까요?" 한나는 걱정 가득한 눈으로 메밀을 올려다봤다.

"걱정하지 마라. 내 눈에 익은 또 다른 나를 내가 몰라볼 리 없다. 내 장담컨대 괜찮을 거다." 메밀은 긴장한 얼굴로 자신과 똑 닮은 중년의 남자를 뚫어지게 쳐다봤다. 그는 이곳으로 똑바로 오고 있었다. 나를 찾아 이곳에 온 걸까? "나라면……."

한나가 잡고 있던 메밀의 팔을 흔들었다. "할아버지, 할아버지."

"난 여기 있다. 그렇고말고."

"아빠를 불러와야겠어요."

"관둬라. 봐라. 나하고 눈이 맞은 저 사람은, 나야, 나라고! 나보다 어리지만, 저기 오는 저 남자는 내가 확실하다." 메밀은 조금 흥분했다. "못 믿겠니?"

"똑똑히 보고 있어요." 조금 얼빠진 얼굴을 한 메밀을 가만히 살펴본 한나는 입술을 깨물며 결심을 굳혔다. "안 되겠어요. 아빠를 불러와야겠어요. 혼자 있을 수 있죠?" 메밀한테서 어떤 반응이 나오기 전에 한나가 어둑한 시장 안쪽으로 부리나케 뛰어갔다.

이때 메밀과 똑 닮은 이목구비를 가진 중년의 남자가 메밀 앞에 기척을 내며 멈춰 섰다. 둘 다 중키에 조금 말랐고 얼굴은 길쭉했다. 옆으로 찢어진 눈을 더 가늘게 해서 상대를 살피는 것도 똑같았다. 둘은 같은 생각을 했다. 나와 너, 비교하고, 동일한 점에 놀라고 감탄하며, 우리를 떠올렸다.

첫 대면임에도 초속 30만 킬로미터 속도로 가까워지는 친밀감에는 다 이유가 있었다.

남자는 손을 내밀어 악수를 청했다. “찾았어.”

메밀은 경계심을 풀지 않고 남자를 유심히 바라봤다. 조금 어리다는 것을 빼면 정말로 똑 닮은 이목구비였다.

“역시 그 말이 맞았어.”

메밀은 무슨 뜻인가 하고 눈을 끔벅였다.

“자.”

“어, 어…… .”

“왜 이래, 나랑 악수하기 싫어?” 남자는 악수를 주저하는 메밀을 못마땅하다는 눈길로 바라봤다. “이상하다. 나는 이렇지 않은데.”

“뭐…… .”

“내 손을 계속 부끄럽게 할 거야?”

메밀은 숨을 깊이 내쉬는 것으로 아찔하고 혼미한 정신을 환기했다. 이제 메밀은 그의 반응을 정확히 이해할 수 있었다. 메밀이 불쾌한 듯 말했다. “그런 식으로 받아들이지 마.”

“좋아, 얼마나 더 기다려야 하지?”

메밀은 논쟁을 원치 않았다. 경악과 불안을 달래는 동시에 어떤 태도를 취하는 데는 시간이 걸릴 수밖에 없다는 말로 자신을 방어하고, 더욱이 그렇게 해서까지 상대로부터 이해받고 싶지 않았다. 시간을 거슬러 방금 당도한 듯한 상대가 다른 누구도 아닌 분명 나라고 해도. 어쩌면 이름의 주인일지도 모른다! 메밀은 그가 원하는 대로 덥석 손을 잡았다.

눈을 감은 남자의 얼굴이 웃는 듯 우는 듯 찡그리다가 이윽고 딱딱하게 굳었다. 남자는 거의 들리지 않을 정도로 낮은 목소리로 중얼댔다. “음, 이런 느낌이었어.”

“어떤데?”

남자는 살짝 토라진 표정을 지으며 눈을 떴다.

메밀은 남자의 익숙한 눈빛에서 실망, 짜증, 그러면 그렇지 따위의 체념 비슷한 정서를 읽었다. 메밀이 황망히 물었다. “왜? 뭐가, 달라?”

“그냥, 손. 뭐 그런 거지. 이름과 육체의 원주인인 본원이 아니어서 그런가? 아무것도 아니지진 않았지만, 그렇다고 특별하지도 않았어. 솔직히 그저 그래.”

“너도 허깨비였군. 나와 같은. 이름이 어떻게 되나? 넌 몇 개의 이름을 갖고 있지?” 메밀은 상대의 말에 불쾌감을 갖기는커녕 반가운 기색을 보이며 물었다.

“내 이름은, 김 수지 다비치 소접시 백이십 종묘 메밀 칠 준으로, 이 중 원이름 김 준을 제외한 7번째인 칠이지. 넌?”

“칠, 칠이라고. 내 다음은 칠이었군. 얼마나 궁금했던지. 참, 내 이름은, 김 수지 다비치 소접시 백이십 종묘 메밀 준으로, 너보다 하나 적은 6개고, 이 중 메밀이라네.” 메밀은 여행 중인 듯한 칠의 행색을 살피며 물었다. “참, 깨어난 지 얼마 안 됐겠군. 5년 정도, 맞나?”

칠은 어깨를 으쓱했다. “맞아. 이름의 주인은 이 육체를 벗어버리고 어딘가로 날라버렸어. 이젠 내 차지지. 그렇다고 내 몸 어디가 이상이 있다는 얘기는 아니야. 가볍고 좋아. 무슨 말인지 알지?” 칠은 그간 메밀이 어떻게 살아왔는지 어림잡아 헤아려보고자 뚫어지게 쳐다봤는데, 굵은 주름살과 푸석한 살결로 미루어보건대, 방금 기나긴 지친 꿈을 꾸고 일어나 거울을 들여다본 듯해서 자신도 모르게 부들부들 떨었다. 칠이 말을 이었다. "내 나이가 55세니까, 넌 정확히 85세겠지. 그렇지?"

"옳게 봤군." 메밀은 이름의 주인이 이 육체를 버린 다음 옮겨간 칠의 육체를 묘한 눈빛으로 바라보았다. 칠의 헝클어진 머리카락은 아직도 윤기가 흐르는 건강한 검은색을 띠었다. 그 외에는 거의 비슷했다. 차림새며 목소리며. 그러나 성격은 조금 다른 듯했다. 그냥 느낌이 그랬는데, 같은 육체임에도 세계에 대응하는 어떤 특이한 태도가 새로운 개체성에 관한 실마리를 낳고 이를 진지하게 자각하여 지금의 성격이 된 것이 아닐까 하고 생각했다. 어쩌면 어떤 변이 같았다. 그러자 변질, 변색, 변환 따위의 단어가 연달아 떠올랐고, 이어서 이름과 육체의 본원인 그가, 어딘가 살아 있을지 모르는 그가 무척 보고 싶어졌다. 그는 또 어떨까 하고. 메밀이 물었다. "혼란스럽겠군?"

"넌 어땠는데?"

메밀은 천천히 고개를 가로저었다. "얼떨떨하고 쓸쓸했었네."

"맞아. 어떻게 다를 수 있겠어."

"이게 좋은 걸까?" 메밀은 다분히 부정적으로 말했다.

"그래도 운이 따르는 것 같아. 너를 찾았으니까. 네가 본원이었다면 더할 나위 없이 좋았겠지만, 뭐 그래도 너를 만나게 돼서 다행이라고 생각해." 칠은 잠시 말을 멈추고 메밀을 쳐다봤다. "함께 갈 수 있을 테니까. 우리가 힘을 합하면 훨씬 빨리 이루게 될 거야."

"이루다니, 무슨 말인가?"

"나는 내 이름을 쫓는 여행을 하고 있어." 칠의 얼굴에 사뭇 비장한 각오가 떠올랐다. "7번째 이름, 칠, 그는 본래 누구며, 나머지 6개의 이름들은 무엇을 상징하고, 기억에서 잊지 않고자 왼팔에 새기기까지 했는지 그 경위를 알아내기 위한 여행이지. 이건 증명과 안도와 연결돼 있어. 꿈을 꾸는 주체가 바로 나라는 것을 알고 다시 달콤한 잠에 드는 것과 같아. 이를테면, 집으로 돌아가는 셈이지." 칠은 손등으로 거뭇한 턱수염을 쓸어 올리며 메밀을 흘겨보았다. "너도 나와 같은 허깨비니까 내 말을 이해하겠지. 더구나 우린 같은 성분의 육체를 가지고 있으니까. 너 그거 알아?"

"뭐가?"

"오직 너만이 나의 동반자고, 반대로 나만이 너의 동반자가 될 수 있음을. 넌 알고 싶지 않아? 팔에 새겨진 이름들의 내력을."

"그래서 뭐야? 지금 네 여행에 나를 끌어들이는 건가?"

"어."

"그런 자신감은 어디서 오는 건지 모르겠군."

"내 얼굴을 보고도 모르겠어?"

"극단적으로 단정 짓는데 …… 난 너의 존재를 방금 알았다네."

"그게 뭐?" 칠은 어깨를 으쓱하며 아무렇지 않게 말했다. "너도 이 여행에 동참하길 바라. 눈을 뜨고, 말이 트이며, 이 육체를 인정한 그날부터 나는 어떤 질문을 떠안게 되었어. 나는 누구며, 왜 여기에 있는가? 허깨비라면 모두 같겠지. 어쨌든 허상은, 그것이 스스로 존재한다손 치더라도 본원에 대한 갈망을 끊을 수 없으니까. 한순간도. 안 그래? 그래서 나는 내 이름을 쫓기로 마음을 먹었어. 넌, 어때?"

칠이 비장하게 밝힌 포부는 메밀에게 깊은 감명을 주었다. 하지만 메밀의 입에서 나온 말은 마음과 달랐다. "난 늙었네."

"거절하는 거야?"

"떠난다니. 또다시 길 위를 …… 그건 내게, 내 육체엔, 가혹한 결정이겠지. 아무래도 …… ."

"그런 말 마. 육체는 아무것도 아닌걸. 50세 먹은 육체에서 생을 시작한 허깨비니까 더 잘 알 거 아니야. 더욱이 사지가 멀쩡한 네 육체라면, 거의 근사한 축에 든다고. 정말 용납할 수 없는 건, 생각이라는 것을 도무지 하려 들지 않는 사람이 되는 거야. 하지만 넌 그런 종류가 아닐 게 분명해. 넌, 나니까. 내가 그럴 리 없으니까. 자신을 내려다보는 식의 사고가 가능하다면, 그걸로 충분해. 그건 그의 유일무이한 본질을 밖으로 드러내주니까. 그건 절대 늙지 않아. 다음 숨을 쉬기 바로 직전에 꼴깍하면 모를까." 마치 오랜 친구를 대하듯 메밀의 조금 굽은 어깨를 툭툭 두드리며 칠이 자신감 넘치는 목소리로 덧붙였다. "가는 거야. 우린 가야만 해. 이름을 쫓아야 한다고!"

"내 이름을 쫓는다니 …… ."

"내가 말을 꺼내기 전에 이미 너의 바람은 거기에 있었어. 나와 너는. 보라고. 서로를."

메밀은 입을 꾹 다물었다. 본원이 내버린 50세 된 육체에서 눈을 떠, 장장 35년이나 보낸 허깨비의 삶에서, 어찌 나 자신에 대해 알고 싶은 절절한 마음이 없었겠는가. 메밀은 칠을 따라 이름을 쫓는 여행을 하고 싶었다. 여태 그러한 여행을 막연히 상상하거나 꿈에서도 생각하지 못했지만, 칠의 포부를 듣자마자 그 여행은 허깨비라면 반드시 거쳐야 하는 순례인 듯 엄중하게 와 닿았던 것이다. 왼팔에 새겨진 이름 각각은 어떤 장면을 그리워한 건지, '메밀'은 무엇을 가리키고, 그다음 이름 '칠'은 그전과 어떻게 다른지 알고 싶었다. 그러다 우연히 이름의 주인 준을 만나기라도 한다면! 아아, 상상만으로도 온몸에 전율이 일었다. 그리고 궁금했다. 조금 전 이 육체를 들쑤셨던 내 것 아닌 기억의 조각들에서 어째서 친숙한 느낌이 든 건지, 그 기억이 당신에게 소중한 기억이었는지, 당신은 어떤 세월을 보내 왔는지, 너무나 낯익은 그 얼굴을 바라보며 묻고 싶었다. 그러나 메밀은 들뜬 기분과 달리 차분한 얼굴로 평상 가장자리에 걸터앉았다.

"허깨비의 앞길에 망설임은 있을 수 없어. 그런 건 짧은 생이 주어진 우리와는 맞지 않아. 환생할 수 있다면 모를까." 칠이 퉁명하게 쏘아붙였다.

그때 뚜두두둑, 시장 안쪽에서 누군가 건물의 잔해를 밟으며 급하게 달려오는 소리가 들려왔다. 메밀과 칠은 동시에 고개를 돌렸다. 포말과 한나, 두 부녀의 머리 위로 짙은 양떼구름이 빠르게 지나갔다.

칠이 눈에 살짝 힘을 주며, 이제 결심했어? 하는 표정으로 물었다. 메밀은 아무런 내색 없이 입을 꾹 다물 뿐이었다.

이때 포말과 한나가 달려오는 것을 중단하고 서로 손을 마주 잡은 채 천천히 걸어왔다. 설복을 당하지 않고 날카롭고 적절한 맞대응 방안이 갖춰질 때까지 시간을 벌려는 듯. 아니 그건 온전히 메밀의 시각이었다. 설복하고 맞대응하고. 무엇을 위해? 아아. 벌써 마음이 한쪽으로 기울었음을 메밀은 부정하지 않았다. 메밀은 평상에서 일어나 둘을 맞이했다. 한나를 있는 힘껏 끌어안고, 포말한테는 예의 친밀한 미소를 건넸다. 한나가 슬쩍 고개를 돌려 불안한 눈으로 아빠를 올려다봤다. 포말은 한쪽이 다른 한쪽의 환영 같은 칠과 메밀의 모습을 목격하고도 놀라거나 신기해하지 않았다.

"한나가 많이 놀랐어요." 포말은 여유를 잃지 않고 차분한 목소리로 말했다.

"그렇겠지." 메밀은 둘에게 칠을 간단히 소개했다. 자신과 같은 성분의 육체를 소유하고 있다고.

"손님이 오신 건 처음이지요. 자, 다 함께 집으로 가시죠. 오늘은 네 사람이 식탁에 둘러앉겠네요."

메밀은 살아 꿈틀거리는 무언가를 자루에 넣고 그 끝을 단단히 죄어 묶은 모양으로 입술을 오므렸다.

칠이 호기 있게 나섰다. "우린 지금 떠날 거야. 허깨비한테는 중요한 일이지. 너희는 이해 못 해."

한나가 메밀의 품에서 빠져나왔다. "우리 할아버지를 데려가지 마!" 한나가 항의하듯 소리쳤다.

칠이 가볍게 코웃음을 쳤다. "우리 할아버지라니."

"아저씨는 아무것도 몰라요!" 한나가 씩씩거리며 소리쳤다.

칠은 메밀을 슬쩍 흘겨보았다. 그는 자신보다 하나 적은 6개의 이름을 가졌다. 칠은 내심 이름의 개수가 많을수록 진보된 값이나 수준을 나타낸다고 생각하고 있었다. 왜냐하면 이름 각각은 특별하고 소중한 풍경을 담고 있을 터인데, 그러한 풍경이 많으면 많을수록, 즉 이름의 개수가 하나라도 많다면 더 큰 풍요를 누렸던 존재라는 판단에서였다. 칠은 요 꼬맹이에게 이러한 사실을 가르쳐주고 싶었다. 칠은 꼬맹이와 눈높이를 맞추고자 허리를 반쯤 숙인 다음 작고 음침한 소리를 냈다. "꼬마야, 나는 저 허깨비보다 이름이 하나 더 많다. 그게 뭐냐면…… ."

"할아버지는 허깨비가 아니야." 한나는 칠을 쏘아보며 대들 듯이 말했다.

"누가 그러든."

"내가 아니라면 아니야!"

"그럼 뭔데?"

"그건…… ."

"뭐냐니까?"

"할아버지. 나의 할아버지!"

코웃음 친 칠이 뭐라 쏘아붙이려는 것을 메밀이 손을 들어 제지했다. 한껏 숨을 들이쉰 메밀은 결심을 굳힌 듯 다부진 목소리로 말했다. "방금 나는, 이 남자 칠의 여행에 동행할 마음을 굳혔어. 내 이름을 쫓는 여행이지. 이름의 주인이 살아 있다면, 꼭 만나고 싶어."

한나가 울먹이며 포말의 품으로 와락 달려들었다.

"이 여행은 숙명과도 같아서 도저히 모른 척 넘어갈 수 없네. 나는…… ." 메밀은 포말한테 안긴 한나를 슬쩍 곁눈질해 보면서 낮은 목소리로 말을 이었다. "나는, 허깨비이니까."

"너무 갑작스러운 일이라…… 이를 어떻게 받아들여야 할지." 메밀의 단호한 낯빛을 보며 포말은 그가 진심이라는 느낌을 받았다. 정말 그런 것 같았다. 앞일에 대해 일말의 불안감 없이, 우연을 숙명으로 받아들이는 그의 얼굴이 지나치게 담담하고, 언뜻 활기와 기대 같은 게 엿보였기 때문이었다. 그래도 이건 너무나, 정말 말도 안 되게 갑작스러운 일이었다. 우린 가족이다. 7년을 그렇게 살아왔다. 이렇게 단번에 뒤집을 수 없는 관계란 말이다. "왜죠? 왜 지금이죠? 지금껏 잘 지냈잖아요. 안 그래요?" 포말은 따지듯 물었다.

"혼자였다면 엄두도 내지 못했을 거라네. 지금 내 안에서 생동하는 또 다른 세계도 없었을 테지."

"그렇게 생각하셨어요? 혼자였다고. 우린 가족이나 마찬가지였는데……." 포말은 믿을 수 없다는 듯이 고개를 저었다.

"그래 가족, 정말 최고의 위안이었어. 하지만 편안하게, 그러니까 진짜 가족인 양 자연스럽게 받아들이지 못했네. 내가 문제였지. 난 …… 알잖아, 내 상태를. 내가 나를 온전히 존중하지 못하는데, 남이 나를 존중하는 마음을 어찌 순순히 받아들일 수 있었겠나."

"왜 말하지 않으셨어요?"

메밀은 쓴웃음을 지었다.

"말씀해보세요. 여태껏 잘 지냈잖아요. 안 그래요?"

"난 갈망했네. 오랫동안. 아니, 처음부터 그랬던 것 같아." 그간 메밀은, 아무에게도 들키지 않을 정도로 허전했고, 비틀거렸고, 초조했고, 낙담하며 알 것도 같고 전혀 모를 것도 같지만 알쏭한 여운이 남는 뭔가를 갈망했었다. 그러던 차에 7개의 이름을 가진 칠이 불쑥 나타나 자신의 포부를 밝혔다. 내 이름을 좇는 여행에 대해. 자세한 설명을 듣지 않았는데도, 수개월 전에 들은 말이 아니더라도, 며칠 끙끙 앓으며 고심하지 않았는데도, 놀랍게도 단번에 알아먹었고, 마음이 기울었다. 그래 그거였어! 절실히 느끼고 있었던 부족함. 그리고…… .

"그게 뭐기에, 우리를 이렇게 단번에 갈라놓을 수 있는 거죠?"

"포말 씨는 이해 못해."

"뭔데요?"

메밀은 대답하지 못하고 우물거렸다.

"말해보세요."

"…… 존재감."

"네?"

"내가 어떤 상태인지 포말 씨도 알잖아. 하지만 포말 씨는 이에 대해 이해 못해." 메밀은 칠을 다정하게 바라보며 말을 이었다. "존재감. 우린 그것을 채워야 하네. 그렇지 않나? 그렇지, 그런 거지?"

"갑시다. 지금 당장!" 칠이 의기양양한 얼굴로 자신감 있게 말했다.

포말은 눈을 감았다.

칠의 말이 옳았다. 우린 서로에게 동반자로서 기댈 수 있었다.

이때 둘은 자연스럽게 서로 마주 보았고, 깜짝 놀랐다. 매일 거울에서 확인하는데도 이러한 기세가 얼굴에 또렷이 박혀 있었다고 생각하지 못했었다. 순백의 흰자위에 뜬 짙은 남색 눈동자에서 강건하고 생동감 넘치는 유쾌한 의지를 목격했고, 순간 부끄러움을 느끼고 눈살을 찌푸린 것도 잠시, 이내 익숙한 미소를 발견했다. 쉽지 않은 여정이 될 터였다. 이제 둘은 입을 굳게 다문 채 동시에 고개를 끄덕였다. 자. 둘은 건조한 바람이 불어오는 쪽으로 걸음을 내디뎠다. 둘은 아무것도 손에 들지 않았다. 두 주먹과 함께할 동료만으로 모든 준비를 마쳤다는 듯이, 순례란 진정 이래야 한다는 듯이 믿음과 신뢰 그리고 기대를 가득 채우고, 이름을 쫓는 그 길을 나섰다.

시장통을 벗어나 쇠락하다 못해 텅 빈 대로변에 섰다. 무너진 화곡터널 입구 쪽에 방치돼 있는 시뻘건 자동차들, 온기 없이 새하얀 아파트, 버려진 상가, 익숙하게 다가오는 적막감과 불길함, 한계와 기대, 그리고 허깨비, 또 다른 여정. 메밀은 속으로 안도했다. 이것으로 최악은 넘긴 거겠지, 하고.

그래서 부끄러웠다.

“아빠, 이제 할아버지를 못 보는 거예요? 이대로, 이렇게 …… .”

“불러보렴. 크게. 그러면 …… .”

“할아 …… 됐어요.”

“아니, 왜?”

“아빠는요?”

“나?”

“네.”

“네가 불러보렴.”

“그럴 수 없어요. 아빠를 보고 있으면, 전 그럴 수 없어요. 아빠의 눈물이 제 얼굴 위로 떨어졌거든요. 이상해요. 아빠가 한번 해봐요. 어서요.”

입을 꾹 다문 아빠의 고집스러운 입매가 순간 부옇게 흐려졌다. 한나는 씩씩하게 눈을 비볐다. 조금 나았다. 아빠는 아무 말이 없다. 고개를 돌려보니 할아버지는 보이지 않았다. 왈칵 눈물이 쏟아졌다. 그때 아빠의 입에서 신음이 흘러나왔다. 한나는 다시 손등으로 눈을 비볐다.

허깨비 왕

"열어줘."

되다 만 뿔인 양 정수리뼈가 봉긋 솟은 홀쭉한 얼굴형의 남자가 끙 소리를 내며 76년이나 잡순 깡마른 몸뚱이를 의자에서 일으켰다. 매부리코의 뾰족한 코끝이 빨갛게 달아오른 이 남자의 이름은 금주인데, 이는 원이름을 제외한 4번째 이름이었고, 허깨비였다. 금주는 눈앞의 상대를 말끄러미 쳐다보며 물었다. "오늘은 또 무슨 일인데?"

"이럴 게 아니라 열쇠를 복사해서 내게 하나 줘. 그러면 서로 편하잖아."

"전혀."

"그래?"

금주는 칠의 방문을 탐탁지 않게 여겼으나 허깨비 왕의 문지기로 살아온 지 어느덧 7년, 문 하나는 기똥차게 여는 것에 대해 자부심을 품었던 터라 방문객의 출현이 그리 싫지만은 않았다. 금주는 조끼 주머니에서 지난날 기계식 열쇠 복사기로 제작한 구릿빛 열쇠를 꺼내 단번에 열쇠 구멍에 꽂아 부드럽게, 딱 한 번 딸각하고 문을 땄다. 정교하게 맞물리는 건 좋은 소리가 난다. 사람도 기계도. 어깨가 으쓱해지는 순간이라서 금주는 보란 듯이 칠 쪽으로 턱을 쳐들었지만, 어느새 칠은 문턱을 넘어 저만치 멀어져 있었다. 금주는 그의 뒷모습을 보며 혀를 찼다. 안 될 일이지, 암 안 되고말고.

집 안으로 들어선 칠은 기지개를 켜듯 팔을 앞으로 쭉 뻗었다. 좁은 통로 맨 끝 반대편 벽에 부딪힌 퍼런빛이 요란하게 깜박였다. 통로를 따라 우레와 같은 박수 소리가 들려왔다. 칠은 왼쪽으로 돌아 거실에 들어섰다. 바닥에 놓인 DVD플레이어가 켜 있고, 직사각형 테이블에 놓인 32인치 TV에서는 250년 전 오락 프로그램이 퍼런빛에 휩싸여 열변을 토해내고 있었다.

검은색 소파 위로 흰색 상체가 불쑥 튀어나오더니 손을 좌우로 흔들었다. "어이, 또 왔느뇨."

"자는데 깨운 거야?" 칠은 소파 뒤 낡은 카펫의 거친 감촉을 밟고 섰다. 모든 창문을 두꺼운 암막으로 막아 거실 안은 TV에서 쏟아지는 퍼런빛뿐이었다.

"객의 관심은 고마우나, 객이 상관할 바 아니라는."

"뭐 어쩌라는 건데." 칠은 짐짓 심술궂게 말했다.

"왜 왔느뇨?"

"우리 사이에 …… ."

"요설을 휘두르는 객의 타율이 밖에서는 어땠을지 몰라도 이곳에서는 다를 거라는." 방의 주인이 덧붙여 말했다. "객은 매번 이렇다는. 객의 진지함은 입안에 뒹구는 사탕 같아서, 객이 혀를 놀릴수록 그 사탕은 점점 작아진다는. 그런데 정작 본인은 이를 깨닫지 못한다는."

"무슨 말이야?"

"왜 나를 관찰하느뇨. 내가 모를 거로 생각하느뇨."

칠은 긍정도 부정도 하지 않고 소파 앞으로 돌아 나왔다. 올백 머리에 흰색 슈트 차림을 한, 몸집이 왜소한 늙은 남자가 팔걸이에 머리를 기대고 누워 TV를 시청하고 있었다. 광대뼈가 튀어나온 각진 얼굴형에 눈꼬리가 살짝 올라간 이 남자로 말하자면, 〈2번째 주인의 자유와 지위 보장에 관한 법률〉의 제정에 결정적인 이바지를 한 위대한 선구자로, 혁명가, 인도자, 구세주, 허깨비 왕으로 불리는 무려 138세 먹은 남자였다. 혹자는 그를 아버지라 불렀다.

〈허깨비의 자유와 지위 보장에 관한 법률〉이 아닌 〈2번째 주인의 자유와 지위 보장에 관한 법률〉이 된 데는 한 가지 사정이 있었다. 왕은 자신과 동료들이 허깨비라 불리는 것을 꺼렸다. 일반 사람들은 환생 이후 버려진 육체에 스르르 생명이 깃든 이들을 헛것, 허상이라는 뜻으로 허깨비라 불렀는데, 왕은 2번째 주인이라 불리길 바랐다. 그래서 법률의 명칭에서 허깨비가 빠졌던 것이다.

그러나 아이러니하게도 왕은 허깨비 왕으로 불렸다.

칠은 소파 팔걸이에 걸터앉아 왕을 살폈다. 따라 웃지 못하고 화면 속 박수 소리에 피식 싱겁게 웃어버렸다. 위대한 정신을 가진 이 남자 역시 250년 전 오락 프로그램과는 웃음 코드가 맞지 않아 애를 먹고 있었다. 이에 칠은 함박웃음을 지었다.

"객은 왜 웃느뇨. 기분 나쁘게. 마치 절대적 한계를 모른 채 마냥 들떠 있던 저 시대를 살아본 사람처럼." 왕이 새쭉 토라진 목소리로 말했다.

칠은 거짓말을 했다. "저 봐, 수많은 관객이 손뼉을 치며 웃고 있잖아." 칠은 보란 듯이 웃음을 터트리며 손을 들어 화면을 가리켰다. "저 얼굴, 저 환한 미소를 보고 있으면, 아 정말이지 나도 모르게 입꼬리가 올라간단 말이지. 안 그래?"

"엿새 만에 이해했다는 말이뇨? 나는 13년간 보고 있는데 아직 모르겠다는." 왕은 고개를 쳐들고 칠을 빤히 쳐다봤다. "이번에도 객은 입안에 사탕을 굴리고 있느뇨? 객의 말을 믿을 수 없다는."

"어째서?"

"그럼 객은 받아들인단 말이뇨."

칠은 말없이 손뼉을 쳤다. 그것도 매우 열렬히, 과장되게.

왕이 얼굴을 찌푸렸다. "지금, 뭐 하느뇨?"

이제 칠은 어깨를 들썩이고 팔꿈치를 파닥이고 상체를 뒤로 젖혔다 굽히며 열광적으로 손뼉을 쳤다. 마침 화면에서도 우레와 같은 박수 소리가 터져 나왔다.

"그만!" 왕이 위엄 있게 손을 내저었다. 거뭇한 턱수염을 쓸어 올리며 멋쩍게 웃는 칠을 못마땅한 눈빛으로 째려보며 왕이 말했다. "왜, 내가 따라할 줄 알았느뇨. 누가 그런 짓을 따라한다뇨. 멍청이가 아니고서야. 그런데 객은 왜 아무 때나 내 집에 발을 들이는 것이뇨. 내가 객을 내 집에 초대한 기억이 없느니."

칠은 목청을 가다듬고 닷새 동안 반복했던 말을 오늘도 꺼냈다. "왕의 이름을 내게 알려줘. 고난을 극복하고 마침내 승리와 영광 옆에 이름을 올려놓은 왕의 위대한 이름을."

왕은 자세를 바르게 고쳐 앉았다. "내겐 아직 이름이 없다고 누누이 말하지 않았느뇨."

"그 말을 믿으라는 거야?"

"흥!"

"왜 없는데?"

"왜라뇨? 지금 없는 건 원래 없다는 게 옳다는. 이 자리에 있는 왕이라 불리는 내가 없다면 없는 게 옳은 거라는. 아직은 그렇다는. 이래도 모르겠느뇨?"

"난, 김 수지 다비치 소접시 백이십 종묘 메밀 칠 준, 이라는 7개의 이름을 갖고 있어. 왕은 그런 이름 없어?"

"객이 보고 있는 왕에게는 그런 식의 이름이 없다는. 다시 말하지만, 왕인 나에게는 이름이 없다는. 본래, 내 것이라고 불리는 건, 이제 없다는."

"무슨 말이 그래?"

"흥!"

칠은 이름이 없다는 왕의 말을 눈곱만치도 믿지 않았다. 허깨비의 자유와 지위 보장을 위해 투쟁을 벌이고, 그 전쟁에서 승리한 전사에게 이름이 없을 리 없었다. 하찮고 천한 이름이라서 숨기는 걸까? 아니면, 그의 이름이 특정 공동체의 일원이라는 징표로 사용되기 때문에 낯선 이에게는 숨기는 걸까? 단순히 수줍음을 타는 걸까? 정말 이름이 없는 걸까?

오늘도 소득은 없었다.

그러나 칠은 애초에 왕의 이름 따위는 아무래도 상관없었다. 칠은 허깨비 대부분의 바람처럼 왕을 직접 찾아뵙고 싶었고, 내가 누구고 왜 여기 있는지, 전환의 시대 이래로 어쩌면 처음이자 마지막일지도 모를 승자에게서 그 답을 구하려는 일념뿐이었는데, 직접 본 왕에게서는 무어라 설명할 수 없는 이질감이 느껴진 탓에 속마음을 털어놓지 못하고 여태 주저하고 있었다. 그렇다, 그에게는 어떤 식으로든 존경심이 전혀 느껴지지 않았다.

칠은 왕의 거처에서 나왔다. 왕의 거처를 알고 있되 아무도 모르는 왕의 이름을 알아내고 싶어 거래를 제안한 사람은 따로 있었다.

하아, 하아. 여긴, 어디지? 하아, 하아.

처음에 빛이 있고, 모든 게 흐릿하다. 몽롱하고 나른해서 자꾸 눈꺼풀이 감겼다. 크게 숨을 쉬고자 어깨를 뒤로 잡아당겼을 뿐인데 순식간에 기진맥진하여 숨이 탁 막혔다. 주위가 요동치기 시작한다. 오래되어 색이 바랜 듯 칙칙한 회색빛 천장이 뒤로 밀려나고, 바로 옆에서 발소리가 들리고, 털썩털썩 흔들리는 몸이 멈춰 조금 안심하고 있는데, 카랑카랑한 목소리에 놀란 목이, 팔다리가, 두피와 귓불이 제멋대로 움찔움찔했다. 어지러웠다.

"깨어난 거지. 그렇지? 눈꺼풀을 깜박여봐. 어서. 다시. 옳지, 잘했어. 몇 달 만인지 모르겠군. 잘 들어. 딱 한 번만 말해줄 테니까. 〈2번째 주인의 자유와 지위 보장에 관한 법률〉을 들려줄 거야. 지금은 웬 뚱딴지같은 소리냐 하겠지만, 그냥 들어둬. 잠깐이면 되니까. 법으로 그렇게 정해서 말이지. 눈 감지 마. 좋아. 제1조, 환생 이후 남겨진 빈 육체는 환생 시술을 한 장소에서 100시간 동안 안전하게 보살핀다. 제2조, 100시간 안에 깨어난 육체를 2번째 주인이라 부르며, 국가는 그의 자유와 지위를 보장한다. 들었지. 넌 자유야. 허깨비지. 뭐 법으로 2번째 주인이라 칭한다지만, 다들 허깨비라 불러. 너 좋을 대로 해. 가만, 그래 이름을 알아야겠지. 어디 보자, 김 수지 다비치 소접시 백이십 종묘 메밀 칠 준으로, 오, 곧이어 한계에 맞닥트릴 7개의 이름을 가졌군. 이거 놀라운데. 지긋지긋하게 살았잖아. 너 말고, 지금 네 몸을 한 번 거쳐간 이 이름의 주인 말이야. 뭐 그건 그렇고, 칠, 넌 칠로 불리겠군. 알겠나. 네 육체에 붙은 이름이 칠이라고. 이봐, 칠, 깨어난 걸 축하하네. 네 삶이 이제 막 시작한 거라고. 어떤가?"

천천히 숨을 내쉬며 칠은 눈을 옆으로 굴렸다. 경찰 제복을 입은 남자의 흥미로운 시선, 낡았지만 청결한 병상들, 천장과 마찬가지로 오래돼 보이는 회색빛 벽면, 어디선가 구슬픈 피리 소리 같은 삐 — 소리가 들리고, 바퀴가 빠르게 구르는 소리, 코를 찌르는 소독약 냄새, 손등에 닿는 흰 천의 부드러운 감촉. 하아.

경찰 제복의 남자가 칠의 겨드랑이에 손을 끼워 축 처진 상체를 끌어올린 다음 허리에 베개를 받쳐놓으며 말했다. "아무거나 좋으니 뭐라고 말 좀 해봐."

"으음." 칠은 힘겹게 손을 들어 미간을 꾹꾹 눌렀다. 조금씩, 그제야 눈앞의 사물이 제 위치에서 가만히 있었다. 칠은 주변을 둘러봤다. 대충 잡아 백여 개의 병상이 줄 맞춰 정렬돼 있고, 한눈에 봐도 같은 나이대로 보이는 사람들이 병상마다 죽은 듯 누워 있었다. 무슨 차이가 있는지 알 수 없지만 몇몇 병상은 밖으로 빼내지고, 그 자리에 새로운 병상이 옮겨졌다.

그리고 경찰 제복 차림의 이 남자. 둥글넓적한 얼굴에 쌍꺼풀이 없이 작고 매서운 눈, 유난히 발달한 상체, 빙그레 웃을 때면 얇은 종이를 구겨 놓은 듯 입 주위로 주름살이 번졌고, 귀와 눈언저리 사이에 얼룩 같은 검버섯이 피었다. 나이가 적은 듯하면서도 의외로 많을 듯해서 도무지 나이를 분간할 수 없었다.

"넌 누구지?"

"이제야 말다운 말을 하네. 난 경찰청 생활안전국에서 나왔어. 허깨비의 법적인 지위를 직접 구술로 전하게 돼 있어서. 아까 들었지? 그거야. 별것 없어. 참, 최 경위라 불러. 언제 또 만나게 되면."

"여긴 어디지?"

"국가지정 제7 영생 재활 병원."

"병원?"

"네가 탄생, 아니 소생, 뭐 어떤 존재가 일어난 곳이지."

"음."

"처음부터 다 알려고 들지 마."

"어, 그래. 음, 이상하게 들리겠지만, 내가 누군지 알아?"

칠의 말에 불만스럽다는 듯이 쳐다보며 한숨을 내쉰 최 경위가 칠의 왼팔에 새겨진 7개의 이름을 검지로 쭉 그었다. 김 수지 다비치 소접시 백이십 종묘 메밀 칠 준. 칠은 긴 이름을 몇 번이고 중얼댔다. "바보같이 그걸 다 외울 필요는 없어. 네 이름은 칠, 원주인의 이름 김 준 사이에 나열된 여러 이름 중 맨 끝에 있는 이름, 칠이라고."

칠은 다행이라는 듯이 숨을 돌렸다.

"넌 허깨비지?"

칠은 그게 무슨 말이냐는 얼굴로 눈을 끔벅였다.

"아, 이런. 또 이런다니까." 최 경위는 고개를 가로저으며 조금 짜증을 냈다. "허깨비라고. 바로 네가. 하지만 난 아니야."

"내가, 허깨비?"

102년째 경찰에 복무 중으로, 7년 전에 4번째 환생에 들어섰다고 자신을 소개한 최 경위가 이어서 말했다. "하지만 넌, 나와 다르게 일종의 환영이지. 허깨비는. 그런데 존재한다니!" 이때 칠 옆에 놓인 병상에서 삐 — 소리가 났다. 병상 머리맡에 놓인 심전도에서 심장이 멎었음을 알리는 신호였다. 의사 한 명과 간호사 두 명이 급하게 달려와 허깨비가 될 뻔한 육체의 상태를 재차 확인한 다음 병상을 빼내 입구 쪽으로 옮겼다.

"무슨 일이 일어난 거지?" 칠이 물었다.

"죽었어. 끝난 거지."

"갑자기, 무슨?"

"텅 빈 육체의 숨통이 완벽히 끊긴 거야."

"그럼 난 …… ."

"넌 달라. 그렇다고 처음부터 그랬던 건 아니야. 얼마 전까지만 해도 넌, 깨어나지 못하는 저치들과 다를 바 없었지. 그런데 언제부터 거기에 있었는지 모를 무언가가 불쑥 튀어나와, 나야 나라고 손을 흔들었지. 그건 언제부터 거기에 있었을까? 환영이, 너, 바로 너희. 빈 육체에서. 글자 그대로 텅 빈 육체지. 아무것도 하지 못해. 맛을 느끼지도, 꿈을 꾸지도, 손가락 하나 까닥이지도 못해. 수명은 기껏해야 30시간 정도고. 그런데 어느 순간 무슨 이유에서인지 몇몇 빈 육체가 스스로 호흡하는 동시에 렘수면 상태에 들어가지. 이제 그 육체는 쩝쩝 입맛을 다시고, 눈알을 굴리며, 내가 여기 있다고 선언하듯 몸을 조금씩 움직이지. 하지만 모두 살아남지는 못해. 그중에서 백에 하나만 번쩍하고 눈을 뜨는데, 그게 바로 너야. 다시 말해, 허깨비. 혹은 2번째 주인. 아무렴 어때. 얼굴을 보니 아직 모르는 것 같군. 그럴 거야. 참, 있잖아, 궁금해서 묻는데, 넌 언제부터 거기에 있었지? 뭐 기억나는 거라도 있나?"

"뭘 기억해야 하는데?" 칠은 두려운 듯 어깨를 움츠리며 말했다.

"아무거나. 어때? 잘 떠올려봐."

칠은 잠시 눈알을 굴려 뭔가로 불릴 어떤 것을 떠올려보려 했지만, 잠깐 잊고 있던 피로만 일으켜 세웠을 뿐이었다. 칠은 눈을 감았다. "없어." 칠은 기운 없이 반복했다. "없는 것 같아."

"아무것도?"

순간 칠은 인상을 찌푸렸다. "이건, 갑갑해. …… 벽, 그래, 벽이 느껴져." 칠의 호흡이 가빠졌다.

"의사를 부를까?"

"아니, 그런 게 아니라, 도저히 어찌할 수 없는 거대한 뭔가가 다가와 압박을 가하고 있어. 그런 기분이 들어. 아아, 이걸 벽이라 부르는 게 옳은지는 모르겠지만."

"아직 덜 깼나 보군. 달리 기억하는 건 없고?"

"어."

최 경위가 떠나고 칠은 병원 최상층에 있는 일인실로 옮겨졌다.

그런데 내가 왜 여기 있는 거지? 불현듯 뇌리를 스친 의문은 점점 커갔다. 칠은 궁금했다. 의사며 간호사들의 말에 따르면, 마땅히 목숨이 끊길 텅 빈 육체에 어디선가 환영 같은 무엇이 들어와 여기에 이렇게 허깨비로서 숨 쉬고 있다고 했다. 그리고 자신은 허깨비가 아니라고 고개를 저으며 수치, 배려, 경멸, 측은함 따위가 뒤엉킨 눈빛을 보였다. 종합해보면 거의 다 그랬다. 그러나 칠은 그게 결코 답이 될 수 없다고 생각했다. 나는 오롯이 나이고, 여긴 내가 모르는 장소였다. 그렇다고 이 의문을 해소하고자 아무나 붙잡고 거짓말하지 말라는 식으로 따져 묻지 않았다. 뭐랄까, 긴 시간이 필요한 일인 것 같아 조금 느슨하게 대응했다. 그러나 벽은 달랐다. 그건 눈앞에 버티고 있는 듯 압박의 세기에서 육체적인 형태가 느껴졌다. 우람하고 성질 급한 어떤. 눈 감고 걸음을 내디딜 때면 뭔가에 부딪힐 것만 같아서 눈을 뜨지 않고는 못 배기는, 그러한 성질의 힘이라고, 보이지도 않는 그 힘이 일으키는 불안과 초조함에 지쳤다는 그의 고백을 일인실 담당 간호사는 이해하지 못했다. 보세요! 벽은 저 멀리 있다고요, 라고 눈을 크게 뜨고 의심쩍게 바라볼 뿐이었다.

2주일이 지나고, 일인실 담당 간호사가 바뀌었다. 큰 키에 통통한 볼살을 살짝 꼬집어주고 싶은 매력적인 여자였다. 반면 그는 좀 더 야위고 폐쇄적으로 변했다.

"오늘은 어때요?" 새로운 간호사는 머리까지 이불을 뒤집어쓴 그에게 다가가 귀가 있는 곳이라 짐작되는 곳에 대고 속삭였다.

모로 누워 이불을 뒤집어쓴 칠에게는 아무 반응도 없었다.

"오늘도 이러기예요?"

칠은 무릎을 가슴 쪽으로 끌어당겨 몸을 움츠렸다.

"내 기분이 어떤지 알아요?"

칠은 이불자락을 손에 꼭 쥐었다.

"집에 돌아갈 날이 얼마 남지 않았어요. 휴가를 받았다는 뜻이 아니에요. 그런 기분이 들 때가 있잖아요. 오늘이 그래요. 그래서 힘이 나요. 듣고 있어요?"

이불이 조금 꿈틀댔다. 이불자락 끝에서 살짝 구운 마시멜로 같은 귀가 드러났다. "집이라고?"

"네, 집이요."

"집, 집이라 …… ."

"집이 어 …… ." 간호사는 말을 이으려다 자신의 입을 틀어막았다. 그는 허깨비였다. 생의 내력이 없으며 누구 하나 찾아오지 않으니 집이 있을 리 없었다.

"다행이야."

간호사가 갑자기 쿡쿡거리며 웃었다.

이불을 살짝 걷어 올린 칠은 땀에 전 이마를 쓸어 올렸다. 칠의 얼굴에는 못마땅한 빛이 역력했다. "왜 웃는데?"

"고마워요."

"뭐가?"

"다행이라고 말해줘서. 내가 나를 바보같이 놓아버렸는데도 미지의 힘이 이런 나를 애틋하게 여기고 다시 원위치로 돌려놓은 것에 대한 감사의 마음이 들어요. 다행이란 그런 거예요. 초월적이죠."

"겨우 말뿐인걸." 칠의 퉁명한 목소리가 조금 누그러졌다.

"우리 처음 보는 거죠? 그런데 얼굴이 왜 그래요? 겁에 질린 듯 창백해요."

"…… 내 앞에 벽이 있어. 거짓말 아니야." 칠은 간호사의 눈치를 살피며 한숨을 내쉬었다.

"요 앞에 있나요? 그 벽이라는 녀석이."

칠은 자신도 모르게 씩 미소를 지었다.

"왜요? 여기요?" 간호사가 허공에 팬터마임 하듯 감각적인 손놀림으로 벽을 만들어냈다. "이놈 맞아요?"

순간 칠의 눈이 커졌다. 팔이 저린 그녀가 손목을 뒤로 당긴 다음 팔을 앞으로 쭉 뻗은 동작을 한 직후였다. "방금 그 동작 다시 해줄 수 있어?"

"이렇게요?" 간호사는 칠의 불거진 낯빛을 살피며 팔을 다시 앞으로 뻗었다.

"손바닥을 펴서." 온몸이 환희에 찼다. 칠이 소리쳤다. "오, 압력이 열어졌어. 정말, 이게 …… 아, 이제 좀 살 것 같아. 벽이 저만치 밀려나 있어." 칠은 이불을 옆으로 걷고 정좌하고 앉아 숨을 길게 내쉬었다. 오랜만에, 아니, 난생처음 맛보는 후련하고 개운한 기분이었다. "당신 덕분이야. 고마워."

"다행이야."

이번에는 칠이 쿡쿡 웃었다. 웃음을 그친 칠은 다정한 눈빛으로 간호사를 바라봤다. 불현듯 뭔가 생각나 칠이 물었다. "참, 집이 어딘데? 멀어?"

"…… 알고 싶나요?"

칠은 고개를 끄덕였다.

병원을 나온 칠은 일인실 담당 간호사의 아파트에서 그녀와 동거에 들어갔다. 집 안의 분위기는 늦가을 풍경을 떠올리듯 건조하고 음산했다. 생활은 무엇으로 이루어진 걸까? 현재와 이어진 과거의 덩어리가 곳곳에 놓였고, 매일의 쓰임이 손에 닿는 가장 가까운 곳에 깨끗하지만 조금 해진 상태로 놓였고, 빨간색 펜으로 동그라미를 그린 달력 속 숫자에서 어떤 미래를 가늠하는 거라면, 3번 환생해 122년을 살아온 그녀는 창가 쪽에 놓여서 햇볕을 고스란히 쬐고 있는 흔들의자에 앉아 휴식을 취하는 것 말고는 정말 아무것도 관심이 없었다. 창틀 사이에 낀 검고 눅진한 흙이며 협탁 위에 내려앉은 먼지며 마루 곳곳에 기하학무늬인 양 눌어붙은 검은색 얼룩은 아무것도 아니었다. 그런 건 반나절의 노동으로 사라질 테니까. 누군가에게는. 하지만 누가 청소하든 간에 그녀는 무관심했고, 그러한 태도는 상대에게까지 전해져 관계를 아슬아슬하게 만들었는데, 그녀는 지나치게 침착했다. 흔들의자에 반쯤 눕다시피 몸을 축 늘이고 앉아 선잠에 빠진 그녀에게서는 아무런 의욕도 기대도 더욱이 한계마저도 지워지고 없었다. 피로가 전부였다.

애정 없이 방치된 집 안에서 그나마 끈끈한 기름때로 범벅인 주방은 깔끔한 편에 속했다. 퇴근하고 돌아온 그녀는 옷도 갈아입지 않고 요리했다. 그 옷을 벗을 때는 잠이 들 때였고, 그녀는 알몸이 되었다. 옷은 겉치레에 불과하다는 듯이. 그렇다고 내면을 가꾸는 어떤 의식적인 행동, 그러니까 몸을 깨끗이 하고 정좌하여 명상에 잠긴 적도 없었다. 그녀는 단순히 거의 모든 것에 싫증이 난 듯했다. 그러나 요리하는 시간은 달랐다. 그녀는 집중했다. 들끓는 식욕은 그녀의 입술을 보기 좋은 선홍색으로 물들여놓았고, 눈과 코는 즐겁게 찡그려졌다. 칠은 식탁에 턱을 괴고 앉아 그녀가 요리에 열중하는 모습을 기분 좋게 감상했다.

맛은, 나름 나쁘지 않았다. 뭐, 그 정도였다.

동거한 지 2개월쯤 지났을까, 그녀는 잠들기 전에 칠을 꼭 끌어안고 주문을 거는 듯, 이젠 당신과 늙어 죽으면 감사하겠어요, 라고 소곤거렸다. 다시 2개월이 지나자 그녀는 칠의 등에 이마를 비벼대며 속에 담아둔 이야기를 조심스럽게 꺼냈다. 아기를 가지려고 청정한 지역에 살기도 했었고, 한때는 아기용품과 관련된 일을 했으며, 요즘 들어 부쩍 아기가 나오는 꿈을 꾸고, 실제로 아기처럼 통통한 볼살에 입이 작고 이마가 튀어나온 남자와 20년을 살았고, 언젠가는 엄마가 될 날을…… .

어느 순간 이야기는 휘발하고 목덜미에 닿는 그녀의 뜨겁고 부드러운 숨결이 조금 간지럽게 쓰다듬을 뿐이었다. 칠이 느끼기에 그랬다. 칠은 마저 잠이 들었고, 이젠 아무래도 상관없었다.

그렇게 2년을 보낸 그날 아침. "넌 요즘 어때?" 칠이 대답하지 않자 그녀가 다른 식으로 물었다. "앞으로 어땠으면 좋겠어?"

"난 아무것도 기대하지 않아."

"어째서?"

"우리가 사는 세계가 이래." 그녀의 해쓱한 얼굴을 쳐다보며 칠은 아무렇지 않게 말했다.

"진짜 집이, 그리워. …… 돌아갈 집이, 아빠와 엄마와 내가 오순도순 살던 예전 그 집이 …… ." 혼잣말하는 그녀는 꾸중을 듣고 풀이 죽은 아이 같았다.

"거기가 어딘데?" 칠은 무뚝뚝하게 물었다.

"알면?" 그녀는 칠을 쳐다봤다. 뭔가 갈구하는 듯. 그러나 그녀는 고개를 저었다. "아니야. 그런 건 없어. 전부 사라져버렸는걸."

칠은 묻지 않았고, 더는 알려고도 하지 않았다. 허깨비인 자신에게는 돌아갈 집이 애초에 없었다지만, 중요한 건 집이 아니라는 것쯤은 짐작하고 있었다. 즉, 돌아간다는 거였다. 이만 끝장내고, 영영 안녕하고, 그럼에도 어쩐지 위안이 되는. 그녀의 몸을 짓누르는 피로와 무감은 바로 그런 세계를 갈망한다는 몹쓸 투정이라는 것도. 그런 건 이 세계를 꿰뚫는 힘을 지녔다. 한계가 없으니까.

"나 갈게." 그녀가 자리에서 일어났다.

그로부터 5시간이 지나 그녀는 병원 옥상에서 몸을 던져 생을 마감했다. 그 소식을 들었을 때 칠은 당황스럽고 어리둥절한 기분에서 빠져나와 그녀의 흔들의자에 앉아 곰곰이 생각에 잠겼는데, 문득 그녀의 바람이 떠오른 것과 동시에 의문이 일었다. 허깨비는 아기를 생산할 수 없는 몸이라는 사실을 간호사인 그녀가 모를 리 없었다. 그땐 그런 생각을 하지 못했었다. 그냥 가질 수 없는 것에 대한 넋두리쯤으로 받아들였다. 잠들기 직전, 근육이 이완되고 긴장이 느슨해지는 그때는. 그러나 그녀가 없는 지금은 달랐다. 한집에 살게 된 첫날부터 오늘에 이르기까지 되짚어보았다. 불쾌감이 치솟았다. 2년을 함께 산 동거남을 쭉 헛것으로 받아들였던 것일까? 그래서 유서조차 남기지 않은 걸까? 칫, 나를 뭐로 알고 ……. 나, 나를.

젠장, 내가 …….

그녀를 원망하는 자신을 칠은 부끄러워했다. 허깨비인 자신을 2년간 보살펴준 그녀였다. 아니, 보살펴줬다기보다는 같이 있어준 사람이라는 게 더 정확했다. 함께 식사하고 옆에 눕고 가끔 대화하는, 방심이며 진심인 그런 게 바로 생활이지 않았을까! 아, 그녀는 …… 최초의 유대였다. 가족이며, 한계가 명확하게 정해진 이 세계를 단숨에 부숴버릴 순수한 이데아였는지도 모른다. 어려울 게 없었는데, 좀 더 잘할 수 있었는데 ……. 우리의 관계를 아슬아슬하게 만드는 건 오로지 그녀 때문만은 아니었다. 진심이 담긴 넋두리조차 무감하게 반응했던, 나라는 형식에 대한 몰이해를 외부로 확장해 눈을 감았던, 아무렇지 않게 받아들여서는 안 되는 거였는데, 이런 내가 문제였다. 공감하며 고개를 끄덕이며 어깨를 다독이며 때때로 다투어서라도 서로의 간극을 좁히려는 마음을 먹어야 했었는데. 그러지를 못했다. 이건 다 내가 누구고 누구이길 바라는지, 내가 모르기 때문이다. 그래서 아무래도 상관없다는 쪽으로 돌아선 것이다.

그녀는 돌아가고 말았다. 혼자만이라도. 내가 곁에 있는데도 …….

그녀가 없는 지금에서야, 그녀가 다행이라 여겼던 진짜 집이라는 것이 어렴풋이 보이는 듯했고, 몹시 그리워졌다. 하지만 어떤 모양이며 어떤 풍경 아래 자리 잡고 있는지는 알 수 없었다. 지금의 나처럼.

칠은 주인을 잃은 집에서 맨몸으로 나왔다. 허깨비 왕을 찾아야겠어! 왕은 허깨비가 비록 2번째 주인이긴 해도 스스로 어엿한 주인이라 선언한 최초의 허깨비였다. 그분이라면 ……. 애초에 내가 누구고, 왜 여기에 있는지 알았더라면, 어디서 데려온 헛것처럼 가만히 앉은 채 그녀가 요리하는 모습을 지켜보는 게 아닌, 옆에서 뭐라도 도와주었을 것이고, 쿨쿨 자지 않고 그녀의 넋두리를 진지하게 받아들였을 것이며, 설사 그녀의 죽음을 막지 못했더라도 조금 전처럼 갈 곳을 정하지 못한 채 멍하니 있지만은 않았을 것이었다. 왕을 찾아야겠다.

이날 이후로 칠은 허깨비 왕이 나타났다는 소문이 도는 곳이라면 아무리 멀고 험한 곳이라도 일단 가보았는데, 아무런 힌트 없이 매번 허탕을 쳤다. 그중 상당수가 누군가의 못된 장난인 듯했다.

왜냐하면, 어떤 불온한 시선을 느꼈기 때문인데, 찾고자 하면 금세 사라지고 없었다.

오늘도 여느 때와 다르지 않았다. 소문과 달리 왕이 이곳에 머문 흔적은 어디에도 없었다. 더군다나 날씨마저 사나웠다. 돌풍이 부는 탓에 먼지며 이끼 따위가 덕지덕지 붙은 고층 빌딩 유리창들이 당장에라도 밑으로 쏟아질 듯 덜컹거리고, 실제로 타일 조각이나 벽체 일부분이 도로 위로 떨어져 내렸고, 흙먼지가 부옇게 일어나 길도 잘 보이지 않았다. 인적 없이 낡고 오래된 고층 빌딩만 즐비한 테헤란로라서 어디를 가나 마찬가지였다. 칠은 빌딩 밖으로 나가지 못하고 로비에 놓인, 색이 바래 노래진 소파에 등을 기대고 앉았다. 바람이 멎을 동안 칠은 잠시 눈을 붙였다.

얼마가 지나고, 칠은 낯선 발소리를 듣고 선잠에서 깨어났다. 바람은 멎었고, 진홍빛 석양이 유리창을 통과해 폐자재가 널브러진 로비로 쏟아졌다. 칠은 고개를 까닥이며 자리에서 일어난 다음 발소리가 들려왔던 쪽으로 돌아섰다. "나와." 칠은 냉담한 말투로 반복했다. "나오라고."

기둥 뒤에 숨어 있던 남자가 머뭇머뭇 석양이 비치는 곳으로 나왔다. 남자는 히죽 웃었다.

가만있자, 음, 저 남자는 …… . 칠은 경찰 제복을 입은 남자의 정체를 알아봤다. 그는 쇠 경위로 병을 앓았는지 탁한 낯빛에 한층 꾸깃꾸깃 구겨진 얼굴이었다. 5년 만이던가. 칠은 손바닥을 펴서 팔을 앞으로 쭉 뻗었다.

쇠 경위가 성큼성큼 다가왔다. 왼쪽 귀를 섬세하게 누르던 손을 앞으로 뻗어 흔들고는 반가운 체했다. "아마 이름이 칠이라고 했었지. 7번째. 맞지? 하하, 이런 데서 만나게 되는군."

칠은 쓰게 웃었다. "등 뒤에서 나타나다니, 이게 어떻게 된 거지?"

"어떻다니, 뭐가?"

"당신이 이곳에 있는 진짜 이유." 칠이 손등으로 턱수염을 쓸어 올렸다.

몸을 돌려 방금까지 칠이 앉아 움푹 꺼진 소파에 앉은 쇠 경위는 담배를 꺼내 물고 불을 붙였다. 담배 연기가 칠의 얼굴 쪽으로 피어올랐다. "내 사정을 너에게 말해야 하나?" 쇠 경위가 퉁명하게 말했다.

"찔리는 게 있나 봐?"

"당최 무슨 소리인지." 쇠 경위는 피식 웃었다.

"병원을 돌며 허깨비의 상태를 파악하는 당신이 모른다고?" 칠은 턱을 쳐들고 코웃음 쳤다. "요즘 들어 왕이 나타났다는 헛소문이 부쩍 늘었는데도."

"처음 듣는 얘기로군." 쇠 경위가 빈정대며 말을 이었다. "너도 허깨비 왕이라 불리는 그자를 찾으러 다니는가 보군. 일부 허깨비들이 안 그래도 짧은 생을 그자를 찾는 데 낭비하는 것을 보면 너무도 안쓰러웠는데. 너도 그런가 보지?"

"그래서 즐거웠나?"

"사람 잘못 봤어." 최 경위가 반쯤 태운 담배를 바닥에 떨어트려 발로 비벼 껐다.

"아니, 당신이 이 시간에 여기에 있다는 것만큼 진실을 말해주는 게 또 있을까?" 순간 감정이 복받쳤던지 칠의 얼굴이 벌게졌다. 칠이 윽박질렀다. "왜 이런 짓을 벌이는 거지? 왜?"

"아니래도."

"거짓말!"

최 경위가 자리에서 일어났다. "이봐, 진정해. 나야, 최 경위. 네 눈이 뜨였을 때 처음 맞닥트린 사람. 내게 이래도 되나?"

칠이 씩 웃었다. "언제 내 이런 날이 올 줄 알았지."

"내 말 똑똑히 들어. 난 정말 …… ." 최 경위는 본능적으로 얼굴을 젖혀 가까스로 주먹을 피했다. 최 경위는 몸을 뒤로 뺐다. 이때 칠이 붕 날아올라 최 경위를 덮쳤다. 칠이 양손으로 최 경위의 멱살을 붙들고 몸을 옆으로 던지자 둘은 한 몸이 되어 바닥을 데굴데굴 굴렀다. 벽에 몸이 부딪혀 더는 구르지 않게 되자 최 경위는 잽싸게 손을 뻗어 칠의 목을 자신의 겨드랑이에 끼웠다. 이에 질세라 칠이 양팔로 최 경위의 허리를 붙들어 매고 몸을 일으키자, 당황한 최 경위는 칠을 위에서 찍어 눌렀다. 힘과 힘이 맞서 좌우로 버둥대는 것도 잠시, 둘은 옴짝달싹하지 못한 채 거칠게 숨을 몰아쉬며 대치했다.

최 경위가 마른침을 삼켰다. "네가 무엇 때문에 뿔이 난 건지 대충 짐작은 하겠는데, 나는 모르는 일이야."

"왜 내 주위를 맴도는 거지? 내가 모를 줄 알았나?" 칠은 악을 바락바락 쓰며 소리쳤다.

"이봐, 그런 식으로 받아들이지 마. 요점은, 소문 대부분이 가짜라는 거야. 허상 같은 너희가 제 존재처럼 헛것을 보아놓고 말도 안 되는 소문을 퍼트린 것이 대부분이라고. 무슨 말인지 알겠나?"

"이제야 실토를 하는군. 네가 꾸민 짓이었어." 칠은 악을 바락바락 쓰며 소리쳤다. "우리가 기대하는 그 자리에 헛것을 놓아둔 거야. 바로 네가. 처음부터 그게 가짜라는 것을 알고 있었던 거고. 안 그래?" 칠은 사력을 다해 최 경위의 몸뚱이를 옆으로 넘어트리려 했지만 이를 눈치챈 최 경위가 위에서 찍어 누르는 바람에 그럴 수 없었다. 칠은 숨을 몰아쉬며 소리쳤다. "가만두지 않겠어!"

"좋아, 이제야 말이 통하겠군."

"이 자식이! 계속 나를 놀려!"

"사실을 말할 테니 잠시 흥분을 가라앉히게. 알겠나?" 최 경위가 칠의 목을 죄던 겨드랑이의 힘을 살짝 풀었다. 칠은 끙 소리를 내며 허리를 폈다. 최 경위는 뒷걸음질 쳤고, 칠에게서 너덧 발짝 떨어지자 안심이 됐는지 비아냥대듯 말했다. "결국 그자를 찾으면 되지 않겠나? 그자는 수년 동안 은신처에서 단 한 발짝도 나오지 않고 있지."

"말 같은 소리를 해야 내가 믿지."

"방금 내가 한 말에 거짓은 없어."

칠은 최 경위에게로 한 발짝 다가갔다. "거짓말쟁이가, 뭐라?" 칠은 어이가 없다는 표정으로 실실거리며 웃다가 순간 표정을 싹 바꿔 단호한 말투로 말했다. "3년 동안 찾지 못했는데, 허깨비도 아닌 네가 그분의 거처를 알 리 없지."

"왕이라 불리는 그자를 직접 보아야 내 말을 믿겠다는 거군." 최 경위가 능글맞게 낄낄거리며 웃었다. "이봐, 내 제안을 한번 들어보겠나? 간단해. 나는 네게 원하는 것을 들어주고, 너도 내가 원하는 것을 들어주면 돼. 어때, 앙?"

칠은 대꾸할 가치도 없다는 듯이 콧방귀를 뀌었다.

"내가 너를 지금 당장 그자 앞에 데려다 놓으면, 너는 그자의 이름을 알아내 내게 알려주면 돼. 어때, 정말 간단하지. 이게 내 제안이야. 받아들이겠나?" 최 경위가 몸을 돌렸다. 그만 결투를 끝내고 동업자로 시작하자는 듯이 손을 앞으로 까닥이며 말했다. "승낙한다면 나를 따라와. 허무하게 낭비되는 시절을 이만 끝내고 싶다면. 어때, 좋지, 앙!"

"그럴싸하군."

"그자를 보면 더 그럴싸할 거야. 뭐 나는 별로지만, 너희는 다르잖아. 잊지 마. 이 거래를."

그 길로 칠은 최 경위가 빌딩 지하 주차장에 세워둔 군용 지프에 올라탔다. 차는 한참을 달려 청라 지구의 한 아파트 단지 안으로 들어갔다. 곳곳에 일자로 쭉쭉 뻗어 올라간 아파트의 불 꺼진 몸체는 거인들이 짓다가 만 신전의 기둥 같았다. 한계를 알게 된 순간 신전에 깃든 환상은 깨지고, 신자들은 모두 뿔뿔이 흩어져 지금처럼 쇠락한 듯했다. 거대 건축물이 세워진 인적 없는 동네에는 바닷바람만이 웅웅 소리를 내며 불고 있었다.

왕을 찾아뵌 지 10일이 지났다. 아무 소득 없이 지하 주차장으로 돌아온 칠은 과거에 소화기가 놓였을, 벽이 네모지게 움푹 들어간 자리에 숨겨 놓은 배낭에서 따로 침낭을 떼어 바닥에 폈다. 계단 쪽 비상구 표시등 아래 말고는 주위는 캄캄했다.

환생 최대치는 8번으로, 이를 한계로 더 이상 환생하지 못하고 나이를 먹으며 죽음을 기다렸다. 이를 환생피로라 했는데, 대개가 5번째에서 환생피로에 걸렸고, 더러는 3번째에서 환생피로에 걸려 죽음을 기다렸다. 그러나 허깨비의 숫자는 환생이 한 번에 그친 사람들의 수보다 수십 곱절 적었고, 최대 8번의 환생을 다 채운 사람들의 수보다 수십 곱절 적었다. 이는 허깨비의 출현이 참으로 희한하여 모두에게 거의 아무런 부담도 지우지 못하기에 〈2번째 주인의 자유와 지위 보장에 관한 법률〉이 제정될 수 있다는 말이 나돌았으나, 허깨비라면 이를 같잖은 소문으로 치부했다.

왕을 찾아뵌 지 18일째다. 이름을 밝히지 않는 왕은 밤새 TV를 봐서 벌게진 눈을 비비고 소파에서 일어나 두꺼운 암막을 걷고 창문을 열었다. 먹구름에 가로막힌 하늘, 주인 없는 아파트 단지, 어렴풋이 보이는 중간에 다리가 끊긴 영종대교, 바닷바람. 왕이 나긋나긋하게 말했다. "바다의 비린 냄새가 어찌 된 영문인지 내 발바닥 냄새와 비슷하다뇨. 내가 모르는 내가 바닷물이 넘실대는 해변을 밤새 달린 건 아닌지. 누구뇨? 내 발바닥, 누구 발바닥? 이건 진짜 내 발바닥. 아니, 내 발바닥이 아니어도 상관없다는. 마음에 걸리는 건 내 발바닥에 풍기는 바다의 비린 냄새라는. 지워지지 않는. 무엇이뇨? 이것이 왕이뇨?" 왕은 소파에 털썩 주저앉았다.

왕을 찾아뵌 지 어느덧 29일이 지났다. 방문을 불허한다는 말을 문지기 금주에게 전해 들었다. 칠은 돌아갈 수밖에 없었다.

왕을 찾아뵌 지 30일째다. 지하 주차장에까지 퍼진 오징어 굽는 냄새는 왕의 거처 아래층에서 나고 있었다. 이곳은 문지기 금주의 집으로 현관문은 떨어져 나가고 없었다. 방금 미장을 마친 듯 매끈한 시멘트 표면이 그대로 노출된 거실 벽에는 타일 한 장 붙어 있지 않고, 가구며 장식 없이 휑한 가운데 벽 모퉁이나 구석진 곳에는 정체불명의 호스며 전깃줄이 튀어나왔고, 유리창은 비에 젖어 뿌옇게 흐려진 상태였다. 허기진 건 아니지만, 인적 없이 무료한 이곳에서 그 진한 냄새는 약간의 흥분을 불러일으켰다. 칠은 이 냄새의 진원지를 찾았다. 갈색 문짝이 온전히 달린 왼쪽 방이다. 칠은 슬며시 문을 열고 빠끔히 얼굴을 내밀었다.

아늑한 온기 속에서 술 냄새가 은근히 풍겼다. 창가 근처에 놓인 구릿빛 화로에서 연기가 피어올라 반쯤 연 창밖으로 빠져나가고, 화로 주위로 막걸리 페트병이 어지럽게 흩어져 있다. 방 안쪽으로, 거실에서와는 전혀 다르게, 아이 주먹 크기의 퇴적암과 장구 치는 아낙네를 정교하게 축소한 미니어처들이 원목 수납장 층층이 놓였고, 벽에 걸린 액자에는 지금보다 훨씬 젊은 금주가 환하게 웃고 있다. 서랍이 달린 흰색 이불장 옆으로 옷장과 대형 거울, 소형 냉장고 위에 기계식 열쇠 복사기가 놓였다.

순간 연기가 방 안으로 역류하며 빗방울이 들이닥쳤다.

"문 닫아!" 금주가 버럭 소리쳤다.

깜짝 놀란 칠은 그만 큰절하듯 앞으로 고꾸라지며 방에 들어왔다.

"웬일이야?" 금주가 심드렁히 물었다.

칠은 오징어 굽는 냄새를 맡고 왔다는 말은 못하고 왕에게 무슨 일이 있는 것 같다고 신중하게 말했다. 금주는 입을 비죽이며 네모난 석쇠를 뒤집을 뿐이었다. 한치 가장자리가 노릇하게 익으며 꼬부라졌다. 칠이 짜증을 냈다. "내 말 듣긴 하는 거야?"

벌겋게 취기가 오른 금주가 다 구운 한치 한 마리를 칠한테 건네주었다. "먹어." 칠이 한치 한 마리를 게 눈 감추듯 먹어 치우자 이번에는 막걸리 한 병을 통째로 건넸다. "마셔." 칠은 병째로 벌컥벌컥 절반가량 마셨다. "한 번씩 방문을 걸어 잠그고 밖에 나오지 않아." 금주는 괘념치 말라는 투로 말했다.

"이유가 뭔데?" 한치를 질근질근 씹으며 칠이 물었다.

"난들 그분 속을 알겠어. 하지만 …… 다음 날이면 왕은 좀 더 왕다워져서 나타나."

칠은 미간을 찌푸렸다. "그게 무슨 말이지?"

"근엄하고 자신만만한 모습으로 돌아오지. 내가 맨 처음 봤던 그 얼굴로."

"이상하군."

"맞아 이상해. 하지만 한편으로는 이상할 것도 없어. 흐트러진 심신을 다시금 바짝 조인 다음 밖으로 나오는 거니까. 한 달 정도 있어 봐서 너도 알 거 아냐. 이곳이 얼마나 따분한지."

"음, 그럴 만도 하겠어."

"왕이라고."

막걸리를 병째로 단숨에 비워버린 금주가 크크 소리를 연발하며 석쇠에 한치 2마리를 올려놓았다. 칠은 배도 차고 의문도 해결돼서 이만 나갈지 말지 망설이다가 반 정도 남은 막걸리를 세 번에 걸쳐 나눠 마셨다. 술

병을 다 비운 칠을 금주가 딸기코를 찡긋거리며 흐뭇하게 바라봤다. "아직 몇 마리 남았어. 더 먹어."

"술 좋아하나 봐. 4번째 이름이 '금주'라던데."

금주는 사람 좋은 얼굴로 상체를 좌우로 흔들며 실실댔다. "금주, 그 이름 때문일까, 자꾸 술이 당긴다니까. 눈을 뜨고, 말이 트인 내가 가장 먼저 찾은 게 바로 술이었다고."

"나머지 이름은 뭐지?"

"금주, 또 금주, 3번째도 금주." 금주가 하하 화통하게 웃었다. "고집스러운 양반이지."

기가 막힌다는 듯이 칠은 헛웃음을 터트렸다. "내 이름은 칠. 7번째 이름이지." 칠은 술기운이 도는지 두 손으로 마른세수를 했다. 칠은 금주가 건네준 막걸리를 다시 병째 마시기 시작했다. 칠이 물었다. "무슨 마음을 먹었기에 문지기를 하게 된 거지? 그것도 7년씩이나."

금주가 헛기침으로 목청을 가다듬다가 이제 됐다 싶었던지 착 가라앉은 목소리로 나직이 말했다. "한 남자를 만났지. 지금으로부터 7년 전에."

"그래."

"최 경위, 그자를." 잠시 말을 멈춘 금주가 노릇노릇 잘 구워진 한치 한 마리를 칠에게 건네고 나머지 한 마리는 자신의 무릎 위에 올려놓았다. 그리고 석쇠를 벽에 기대놓았다. 금주가 말했다. "지금은 경위가 아닐지도 모르는 그자가 당시 내게 특별한 제안을 해왔지. 왕을 뵐 수 있게 자리를 마련해줄 터이니 왕의 이름을 알아내 자신에게 알려달라고. 나는 생각할 것도 없이 그자의 제안을 받아들였지. 간단했어. 겨우 이름이니까, 달리 죄책감도 없었지. 이름이 뭐 그리 대수겠어. 안 그래? 그자는 내게 이 거래를 잊지 말라고 신신당부했지. 하지만 오늘에 이르도록 왕은 자신의 이름을 아무에게도 말하지 않아. 원래 이름이 없었던 것일까 하고 생각해보지만, 또 그런 것 같지는 않아. 도무지 모르겠어. 왜 이름을 밝히지 않는 건지. 그리고 최 경위는 왜 이름을 알아내려는 건지. 넌, 넌 어땠지?"

칠은 손등으로 거뭇한 턱수염을 쓸어 올렸다. "음, 그런 일이 있었군."

"뭐야, 모르는 일이야?" 금주는 두 눈을 좁히며 칠을 째려봤다. 그의 눈은 너무나 빨개서 핏물이 차올라 있는 듯했다.

칠이 반문했다. "내가 어떻게 알겠어?"

"그럼 왜 왕의 이름을 알아내려 하지?"

"승리와 영광이 있기 전부터 왕을 지칭했던 이름을 알고 싶은 것뿐이야. 그 이름을 안다면, 그 이름을 소리 내 부르기만 해도 마치 왕의 전부를 알아서, 오랫동안 사귄 친구인 양 순수한 감흥이 내 안에서 일어날 것만 같아서." 칠은 눈도 깜박이지 않고 술술 말했다. "이해하겠어? 음, 넌 아닌가 보지. 거래라고 했지? 난 이래. 아마 최 경위라는 작자도 이러한 의미에서 왕의 이름을 알아내려던 게 아니었을까? 그러니까, 친해지려고."

"그는 허깨비가 아니야." 금주는 칠의 대답이 못마땅한 듯 거친 숨을 몰아쉬며 막걸리를 병째 마셔 없앴다. 칠은 마지막 한치를 대충 씹어 억지로 삼키며 자리에서 얌전히 일어났다. 금주의 얼굴은 한층 불쾌해져 거의 피 칠한 해골 같은 낯짝으로 칠을 올려다보며 퉁명하게 말했다. "왜 거짓말을 하지? 우리 사이에 접점이 있을 게 분명한데도. 대체 왜?"

"이런, 난 거짓말한 적 없어." 칠은 모르쇠로 일관했다.

"왕의 말이 맞았어. 네 입에서는 다디단 사탕 냄새뿐이야."

왕을 찾아뵌 지 42일째. 칠은 여느 날과 달리 밤늦게 왕의 집을 찾았다. 마침 문지기 금주가 자리를 비워 어떻게 할까, 하고 칠은 잠시 망설였다. 최 경위와의 거래를 부정한 날 이후로 금주와의 관계는 썩 좋지 못했다. 돌아갈까 하다 칠은 문손잡이를 쥐고 돌렸다. 문이 순순히 열렸다. 주위를 살핀 칠은 조심조심 발소리를 죽이며 집 안으로 들어갔다. TV만이 실재하는 듯 창백한 퍼런빛과 관객들의 박장대소가 인적 없는 공간을 어지럽혔다. 왕이 보이지 않는다. 없나? 가만. 칠은 목을 쭉 빼고 귀를 기울였다. 어디선가 흐느끼는 소리가 미약하게 들려왔다. 빼꼼 열린 안쪽 방문을 통해 빠져나오는 구슬픈 흐느낌이었다. 칠을 살금살금 다가가 몸을 낮추고 문틈에 눈을 갖다 댔다.

등을 돌린 채 네모난 스툴에 앉아 있는 왕이 두 손으로 얼굴을 감싼 채 흑흑 흐느끼고 있다.

칠은 쓴웃음을 지었다. 왕에게는 왕의 세계가 있으니 썩 꺼지라뇨, 라고 당장에라도 빽 소리칠 것 같았다. 막 몸을 돌린 칠은 순간 무언가 꺼림칙한 마음이 들어 다시 문틈에 눈을 갖다 댔다.

저건, 음, 허물이랄까. 턱에서 목으로 미끄러지는 부분에 거뭇하게 색이 바랜 피부 한 꺼풀이 매달려 흔들렸다. 집중해서 보니, 관자놀이 부분에도 피부 한 꺼풀이 벗겨져 뺨까지 내려왔고, 이로 인해 드러난 뽀얀 빛깔의 속살은 매우 싱싱해 보였다. 그러니까, 음, 칠은 입술을 깨물고 미간을 모으며 혀를 부드럽게 굴렸다. 받아들일 수 없는 것을 한번 조심스럽게 받아들인다. 그러면 젊음 같은 것이, 그래, 젊음이 읽혔다.

즉 환생한 육체다!

다시 봐도 분명했다. 칠은 분노와 배신감에 전율했다. 그간 어딘지 모르게 찝찝했던 이질감은 바로 저거였다. 젠장, 위대한 정신이 허상에 불과했다니! 화나고, 한편으로는 몹시 우울했다. 일어서려다 그만 다리가 풀려 엉덩방아를 찧고 말았다. 순간 흐느낌이 뚝 그쳤다. 칠은 엉덩방아를 찧은 그 자세 그대로 팔다리를 허우적거리며 뒤로 물러났다. 방문이 끼 — 소리를 내며 천천히 열리고 있었다.

"어디 간 건가?" 소파에 등이 닿자마자 칠은 숨을 크게 들이쉰 다음 능청스럽게 소리쳤다. 슬그머니 문이 닫혔다. 칠은 자리에서 일어나 허둥지둥 왕의 집에서 나왔다.

어느새 자리에 돌아와 있는 문지기 금주가 왕의 집에서 나오는 칠을 보자마자 두 눈을 부라리고 손가락질을 해가며 호들갑을 떨었다. "내 눈에서 벗어나 언제 들어갔던 거야! 이봐, 칠. 내 말 안 들려? 쥐새끼 같으니라고! 또 한 번 이러면 다시는 이곳에 발을 못 붙이게 할 거야. 알겠나!"

칠은 아무 대꾸 없이 멍한 얼굴로 계단을 내려갔다.

왕을 찾아뵌 지 44일째. 칠은 이른 아침부터 왕의 집에 들렀다. 왕의 정체를 알아차리고 이틀 만의 방문으로, 조금 전 문지기 금주가 지하 주차장까지 내려와 자고 있는 칠을 흔들어 깨우고는 왕이 잠시 보자는 말을 전했었다. TV는 꺼져 있고, 암막으로 가둔 집 안의 공기는 차갑게 식은 수프처럼 질벅거려서 목구멍이 꺼끌꺼끌했다. 집주인은 방에서 나오지 않고 있었다. 오늘이 마지막이겠지. 칠은 벽에 등을 기댄 채 삐딱하게 서서 집주인을 기다렸다.

그때였다. 빼꼼 열린 문틈으로 희고 고운 손이 불쑥 튀어나와 어서 오라는 손짓을 했다.

"뭐야?"

"방에 들어오지 않고 밖에서 뭐해? 겁먹지 말고 들어와, 어서."

"치, 겁이라니, 누가!" 칠은 성큼성큼 걸어가 문을 확 밀어 열었다. 열린 창문으로 시원한 바닷바람이 불어와 연두색 커튼이 천장에 닿을락 말락 펄럭이며 밝고 싱그러운 햇살이 한바탕 쏟아졌다. 순간 몸이 아주 산뜻했다. 칠은 눈을 찡그리며 속임수 왕을 찾았다.

왕은 등을 돌린 채 네모난 스툴에 앉아 있다. 옷을 모두 벗은 알몸으로, 조금 여위었으나 젊고 탄력 있는 몸이다.

"놀라지 않는 것을 보니 그제 나를 엿본 게 틀림없나 보군. 내 말 맞지? 그래서 어제는 오지도 않고." 왕은 미동도 않고 낭랑한 목소리로 말했다.

순간 커튼이 졸린 눈꺼풀처럼 내려가며 어둠을 불러들였다. 칠은 침을 꿀떡 삼키며 아무 말도 하지 못했다. 그의 대담한 행동은 전혀 예상하지 못한 바였다. 말투 따위가 변한 건 아무것도 아니었다.

"왜 말이 없지? 실제로 보니 실망했나? 정말 그런 거야?" 왕은 손으로 입을 가리고 쿡쿡거렸다. "아니면, 이 모습이 더 보기 좋은 건가?"

칠은 부르르 떨었다. 왕을 찾아 헤맨 지난 3년의 여정이 절망, 허무, 비통함으로 끝맺었다고 생각하니 아찔하고 허망했다. 아무것도 아닌 게 되어버렸다. 우리가 사는 세계가 이래, 젠장. "왕 노릇은 그만둬." 칠은 속임수 왕의 젊고 싱싱한 몸뚱이를 노려보며 냉담하게 말했다.

"그 말은, 내가 여전히 왕으로 보인다는 말?"

"역겹군."

"그 말에 나도 동감해." 왕은 조금 침울한 목소리로 말했다.

"알면, 그만둬."

"그럴 수 없어." 왕은 고개를 가로저었다.

"어째서?"

왕은 손으로 입을 가리고 쿡쿡 가볍게 웃어댔다. "내가 왕의 모습을 하고 있어서야."

"무슨 말이지?"

"왕은 나와 피를 나눈 사이라고."

"뭐?" 칠은 자신의 두 귀를 의심했다.

"뭘 그리 놀라지?"

"진정 왕이라고 불렸던 인물이 실존했다는 거야?" 칠은 조금 목청을 높였다.

"말했잖아. 피를 나눈 사이라고."

"어디 있는데?"

"죽었어." 왕은 다리를 꼬았다.

"네가 죽였나?"

"내 사정을 밝히는 게 얼마 만인지 모르겠군. 들어봐." 고개를 가로저은 왕은 사뭇 진지하게 말을 이었다. "앞으로 왕으로 불릴 그는, 사실 내 쌍둥이 형의 허깨비였어. 4번째 환생을 마치고 집에 돌아온 형은 얼마 지나지 않아 급사를 당했지. 그로부터 한 달쯤 지났을까, 형의 모습을 한 허깨비가 집에 찾아왔어. 실제로 허깨비를 본 적은 그때가 처음이라서 다들 깜짝 놀랐지. 마치 죽은 형이 부활해 우리에게 온 듯싶었으니까. 하지만 그는 형과 전혀 다른 사람이었어." 말을 멈추고 숨을 고른 왕은 어깨를 으쓱한 다음 다시 입을 열었다. "내가 그를 죽였느냐고 아까 물었지? 그럴 리가. 그와 나는 형제나 마찬가지라고."

"그가 진짜 왕이라는 거지?" 칠은 확답을 받고 싶었다.

"그래, 그가 진짜 왕이야."

"그런데 어느 쪽이 진짜 말투지? 왕의 말투가 원래 그랬나?"

"둘 다 아니야. 내 쌍둥이 형의 허깨비도 아니고, 나 역시 아니지. 너도 그 말투를 한 달 넘게 들어서 잘 알겠지만, 이상하게 여기지 않을 도리가 없는 말투잖아. 그런데 내가 가짜 왕이라는 사실을 아는 사람들은 그 괴상한 말투에 대해 일절 상관하지 않았어. 처음부터는 아니고, 왕 노릇 한 지 10년쯤 지났을까, 어느 날 갑자기 그 말투가 내 입에 달라붙었는데도 말이야."

"네가 진짜 왕이 아니라서 그랬겠지." 칠은 코웃음 쳤다.

"아니, 난 진짜 왕보다 더 왕 같았어. 무슨 말인지 알아먹겠어? 내가, 본래 나로서 존재해서는 안 되는 것만큼 갑갑하고 화나는 일은 아마 없을 거야. 그래서 나는, 내가 가짜라는 사실을 아는 사람만이 아니라 여태껏 왕과 한 번도 대면하지 못했던 많은 사람에게도 그 말투를 구사했지. 딱 봐도 내가 가짜라는 것을 모르겠어? 이 멍청아! 그래, 투정을 부렸던 거야. 그런데 아무도 알아먹지 못했어. 그렇게 세월이 흘러, 지금에 와서는 되레 그 말투를 모두가 진짜로 알아먹게 되었지. 신기하고 신비롭게도."

"누가 널 감시한다는 거지?"

"예전에는 그랬지. 그들이 나를 왕의 자리에 앉혔으니까. 하지만 그들 대부분은 죽었어. 허깨비들이란."

"이제라도 관둬."

"그럴 수 없어. 나는 왕의 형제니까. 가족은 그런 거야."

칠은 왕 노릇 하는 자의 좁고 마른 등판을 지그시 쳐다보았다. 허탈감은 그대로였다. 내가 누구며, 왜 여기에 있는지에 대한 답은 포기해야 하나? 칠은 고개를 저었다. 아니, 이곳에서 그 답을 구할 수 없을 뿐이다. 그렇지만, 이제 어디로 …… . 변한 건 아무것도 없었다. 그녀의 죽음을 듣고 막막하던 그때와 다르지 않았다. 칠은 깊게 한숨을 내쉬었다. 이때 문득 이름이 뭐지, 하는 생각이 스쳤다. 최 경위와의 거래 때문이 아니었다. 궁금했다. 칠이 물었다. "왕의 이름은 뭐지?"

"내 이름이라면 밝히고 싶지 않아."

칠은 조금 발끈했다. "너 말고 진짜 왕의 이름!"

"내 입에서 어떤 이름이 튀어나올지 …… 네가 그 이름을 과연 믿어줄지도 …… ." 왕은 어깨를 으쓱했다. "이제 떠날 건가? 왠지 그런 느낌이 들어."

"맞아."

"어디로 갈 거지?"

"알 것 없어. 넌 허깨비가 아니니까." 칠은 몸을 돌렸다. 문손잡이를 쥐고 돌리는데 갑자기 의문 하나가 떠올랐다. 몸을 모로 틀며 칠이 물었다. "하나만 더 물을게. 그분이 위대한 신념을 품었을 때 너도 그 자리에 있었나? 네 입으로 형제라고 했으니 뭔가 알고 있겠지. 아냐?"

"위대한 신념이라니. 어떤 신념인데?"

"허깨비의 자유와 지위 보장에 관한 신념."

"음."

고개를 숙인 채 골몰하는 왕 노릇 하는 자의 뒷모습을 칠은 못마땅하다는 듯이 쳐다봤다. 형제라면서 …… . 칠은 쓴웃음을 지었다. "됐어." 이런 건 자연스럽게 나와야 했다.

왕은 방금 칠이 한 말을 전혀 못 들은 듯 고개를 세웠다. "그가 용케 집에 찾아온 지 20일쯤 지났을까, 그는 감쪽같이 없어졌어. 그가 어디로 떠났는지 아는 사람은 아무도 없었어. 그러다 반년쯤 지나, 죽은 형의 허깨비에 관해 조그마한 것도 떠올리지 않게 된 어느 날 저녁, 불현듯 그가 노을 진 창가에 나타났지. 그에게서는 전과 달리 여유와 자신감 같은 게 느껴졌어. 내가 물었어. 그간 어디에서 무엇을 하고 돌아다녔느냐고. 그는 이리 답했지. 내 이름을 쫓아 돌아다녔다고. 원래 이름이 있었느냐는 내 물음에 그는 이리 답했지. 바로 네 형의 이름이었다고. 그걸 왜? 내 물음에 그는 알쏭달쏭한 미소만 지었지. 지금에 와서 생각해보면, 아마 그때부터였던 것 같아. 그가 허깨비의 자유와 지위 보장에 관해서 자기만의 생각에 빠져 있었던 때가."

"어떻게 그걸 알아볼 수 있었지?" 또다시 커튼이 펄럭이며 햇볕을 쏟아냈다. 칠은 손을 들어 눈을 가렸지만, 곧 밑으로 내렸다.

"알아보지 못했어." 어둠 속에서 왕이 말했다.

"무슨 소리야?"

"그는 내가 상상할 수 없는 어떤 사람이 되어 있었거든. 크고 깊은."

"뭔 말인지." 칠은 심드렁히 말했다. "내 이름을 좇는 여행이라. 그럴싸하군. 이런, 내 이름은 7개나 되는데."

"내 형의 허깨비가 그랬듯 너도 자신의 이름을 좇는 여행에 나설 생각이겠지?"

"내가 왜?"

"왜라니, 네가 왕을 찾은 건 그 때문이지 않아?"

"무슨 소리야. 한때 그분이 자기 이름을 좇는 여행에서 돌아왔다는 사실을 방금 이 자리에서 알았는데."

"이제 알았잖아."

칠은 어이가 없다는 듯 콧방귀를 뀔 뿐 뭐라 대꾸하지 못했다. 쿡쿡 웃는 듯 왕의 어깨가 미미하게 떨렸다. 왕은 정면을 보여주지 않았고, 칠 역시 굳이 정면을 보려고 하지 않았다. 뭐 상관없다. 이제 영영 이별이니까. 칠은 나직이 말했다. "시간이 되면 …… 그래, 시간이 된다면." 말은 그렇게 했지만 칠은 이미 마음을 먹었다. 이름을 좇는 여행이라 …… .

"잘 가." 왕은 손바닥이 보이게끔 팔을 비튼 다음 가볍게 손목을 흔들었다.

칠은 자신도 모르게 피식 웃었다.

"참, 시간이 되면, 종로 5가에 있는 '그늘에 쉬어'라는 간판이 붙은 술집에 들러보지그래. 아직도 그 술집이 있다면 말이지. 네 여정에 많은 도움이 될 거야."

종로 5가라 …… . 칠은 술집 이름을 곱씹으며 왕 노릇 하는 자의 거처에서 나왔다. 문지기 금주는 보이지 않았다.

청라를 떠난 지 10일이 지났다. 그동안 칠은 온전히 두 다리로 이동했다. 지하철역은 중심가를 제외하면 폐쇄되었고, 관리가 안 된 도로는 웬만해서 차가 다닐 수 없었다. 가끔 모터사이클이 굉음을 내며 쌩 지나갈 뿐이었다.

칠은 반나절이 지나도록 갈대밭을 벗어나지 못하고 있었다. 새 떼가 후드득 날아오를 때마다 총성이 연이어 울려댔고, 칠은 가던 길을 멈추고 몸을 웅크린 채 주위를 경계했다. 한참이 지나, 저 앞에 공항 정비고가 눈에 들어왔다. 저곳이라면 한시름 놓을 수 있을 것 같았다. 칠은 고개를 푹 숙인 채 냅다 뛰었다. 한두 발 울리던 총성이 갑자기 연달아 수십 발 울려댔다. 칠은 자신이 생각할 수 있는 온갖 욕설을 내뱉으며 쉬지 않고 발을 놀렸다. 겨우 삼사 분 달렸을 뿐인데, 정비고에 도착한 칠의 얼굴은 땀으로 흥건했다. 칠은 허리를 펴고 안을 살폈다. 정비고는 낡은 비행기 한 대조차 땅바닥에 처박혀 있지 않고 텅 비었다. 칠은 입구 쪽에 봉분 모양으로 쌓인 모래주머니 무더기에 등을 대고 누웠다. 칠은 곧 잠에 빠졌다.

얼마가 지나고, 칠은 구수한 냄새를 맡고 잠에서 깼다. 남자 6명이 모닥불을 가운데에 두고 둘러앉아 있었다. 30대 중반에서 많아야 40대 초반으로 보였다. 그들은 산탄총을 어깨에 기대놓은 채 꼬챙이에 새를 통째로 끼워 굽고 있었다.

한 남자가 방금 잠에서 깨어 비몽사몽 중인 칠을 발견하고는 크게 소리쳤다. "일어났군. 아무리 흔들어도 일어나지 않더니, 코는 달라! 개코야, 개코!"

"정말이네."

남자들은 일제히 하하 크게 웃으며 옆으로 조금씩 움직여 자리 하나를 마련했다. 또 다른 남자가 말했다. "이리 앉아서 하나 들어."

"사양하지 마. 꽤 많이 있으니까."

"우린 명사수."

음식 때문일까, 어둠을 밀어내는 원시적인 불꽃 때문일까, 아니, 어쩌면 새를 맞혀 땅에 떨어트렸을 때의 아드레날린의 영향력이 아직도 미치고 있는지 그들의 얼굴은 하나같이 벌겋게 상기된 채 들떠 있었다.

"고마워." 칠이 자리에 앉으며 말했다.

"자기가 먹을 것은 자기 입맛대로 굽는 법이지." 또 다른 남자가 칠에게 방금 새를 끼운 꼬챙이를 건네주었다. 피가 뚝뚝 바닥에 떨어졌다.

"뭐 좋지." 칠은 흔쾌히 꼬챙이를 받아 불 위에 천천히 돌렸다. "그런데 소금은 없어?"

"본연의 맛을 즐겨야지. 남자라면. 안 그래?" 또 다른 남자가 익고 안 익고의 경계가 아슬아슬한 새고기를 우적우적 씹으며 호탕하게 말했다.

"그래, 남자라면." 칠은 고개를 끄덕였다.

"참 어디서 본 적이 있는 것 같은데." 또 다른 남자가 칠을 똑바로 바라보며 말했다. "혹시 나 알아?"

칠은 고개를 저었다.

"이런, 나도 본 적이 있다고 말할 참이었는데." 옆에서 듣고 있던 또 다른 남자가 슬쩍 산탄총의 총신에 손을 대며 말했다. "그 미곡상에서 몇 번 쌀을 구입한 적이 있거든. 거기서 본 그 사람을 말하는 거지?"

"응. 그런데 …… ."

"분위기가 달라. 나이대도 그렇고."

"아마도 허깨비겠지. 둘 중 하나는. 아니면 둘 다 허깨비거나."

칠은 노릇노릇 익은, 이름도 모르는 새 꼬치구이를 입에 가져갔다. 노린내 때문에 조금 역겨웠지만 칠은 꼭꼭 씹어서 삼켰다. 남자들의 의혹 어린 시선이 일제히 불꽃을 가로질러 칠한테로 쏠렸다. 칠은 아무렇지 않게 말했다. "내가 허깨비야."

주위에서 탄성이 터져 나왔다. 난생처음 봤다느니, 이번이 3번째라느니, 실례가 되지 않는다면 만져보면 안 될까 등등.

칠은 기름으로 번지르르한 입 주위를 소매에 쓱싹 문지른 다음 미곡상에서 이 얼굴을 봤다는 남자에게로 고개를 돌렸다. "나와 닮은 사람을 보았다는 말이 정말이야?"

"가까이서 보니까 똑같은데."

"정확히 어디가?"

"전부. 신기할 만큼."

"그래, 어디로 가면 그를 만날 수 있지? 그를 찾아야겠어." 칠이 자리에서 일어났다. 왼쪽 팔에 이름을 새긴 장본인과 만나게 될지도 모르는 일이었다.

"까치산시장으로 가봐. 너를, 아니, 너와 똑같은 남자를 거기서 봤으니까."

"잘 먹었어."

기대

반쯤 허물어지고 불에 그슬려 까매진 폐건물들이 쭉 늘어선 도로변 거리는 이따금 컨테이너 트럭만 오갈 뿐 인적 없이 으슥하고 호젓했다. 오래전에 버려진 아이스크림 가게에 들어간 메밀이 텅 빈 냉동쇼케이스 위에 누군가 놓고 간 황토색 밀짚모자를 주워 머리에 눌러쓰고 밖으로 나왔다. 그 모습을 보고 칠이 심드렁히 말했다. "난 모자는 별로인데."

그러거나 말거나 메밀은 밀짚모자 앞쪽 챙을 살짝 들어 올렸다. 높이가 4천 킬로미터에 달하고, 최상층에는 우주왕복선 정거장이 있다는 우주 엘리베이터의 뾰족한 은빛 몸체가 구름을 꿰뚫고 동쪽 하늘 위로 솟아 있다. 메밀이 혼잣말하듯 말했다. "달에서 보는 까만 허공에 떠 있는 밝고 푸른 지구라. 어떨까?"

칠이 콧방귀를 뀌었다.

메밀은 고개를 돌려 의기투합한 지 20분도 안 된 동행인을 의아한 눈빛으로 쳐다봤다. "그 반응은 뭔가?"

"너 모르는 거야?" 칠이 퉁명하게 말했다.

"모르다니 …… 뭐가?"

"허깨비는 갈 수 없어." 칠은 못마땅한 얼굴로 우주 엘리베이터를 노려봤다. "허깨비만."

"아니지, 허깨비가 아니지." 메밀이 진지하게 말했다. "환생피로 진단을 받은 사람만 출입할 수 있는 곳이라고 해야 맞네. 허깨비의 출입을 단정적으로 금지한 건 아니니까."

"뭐라는 건데? 애초에 환생하지 못하는 허깨비가 환생피로를 앓는 일은 없어."

"무슨 마음인지 알겠는데, 그래도 난 기대하네."

"기대한다고! 대체 뭘? 아니, 그게 가능하다고 생각해?" 칠이 분하다는 듯이 말했다.

"왜 안 되나?"

"참 나, 저 우주 엘리베이터를 보라고. 기대하는 마음이 극복할 수 없는 절대적 한계에 부닥치면, 기대하는 마음은 단번에 소멸하지 않고, 더 낮은 지대로 향하는 물길처럼 더 낮은 기대를 수용할 만한 방향으로 휜다는 사실을 알 수 있지. 저게 그래. 생각해보면, 생뚱맞잖아! 광속을 뛰어넘는 우주선을 개발하다 말고 우주 엘리베이터라니. 더구나 온 역량을 결집해서 만든 행성 간 이동을 위한 전략적 구조물이 단순히 환생피로를 앓는 연놈들의 요양소로 가는 이동 수단으로 전락했다고. 한계를 똑바로 직시했다면, 괜한 힘을 허비하는 일은 없었을 테지."

"이제 우리한테는 쇠락의 길만 남았으니 아무것도 하지 말자, 뭐 그런 내용을 주장하고 싶은 건가?"

"흥, 건방 떨지 마! 나는 너보다 이름이 하나 더 많아." 칠이 발끈했다.

"그래, 네가 이름이 하나 더 많지." 메밀은 칠과 달리 부드럽게 말했다.

"내가 기대하는 마음은, 뭐 상상이라고 해도 좋네, 언젠가는 누구라도 관광차 우주 엘리베이터를 타고 달에 가는 날이 오리라는 거야. 그곳에 도착해 수없이 많은 창문 중 하나를 골라 밖을 바라보는 거라네. 깜깜한 공간에 홀로 떠 있는 밝고 푸른 지구를. 아아, 내가 태어난 곳이구나, 하고 나는 깊은 감명을 받게 되겠지. 뭐 언젠가는 가지 않겠나."

"언제라니 …… ." 칠은 말도 안 된다는 듯이 고개를 저었다. "요즘에는 누구도 언제라는 어휘를 사용하지 않아."

"어째서?"

"빤하잖아. 한계를 보았다고."

"그래, 맞아, 우린 갇혔고, 결코 빠져나올 수 없게 되었지." 메밀이 낮게 한숨을 내쉬었다. "갈라파고스적 전환의 시대에 사는 모두가 참으로 가엽기도 해라."

돌연 칠이 실소를 터트렸다.

"또 뭔가? 뭘 비웃는 건가?" 메밀이 따지듯 물었다.

"이봐, 너 자신을 뭐라고 생각하는 거야? 넌 허깨비야. 환생하지도 못하고, 얼마 살지도 못하고, 젊음을 경험해보지도 못해서 불쌍하고 가여운 데가 있는 또 다른 존재라고. 알겠어? 넌, 허깨비라고! 그러니 이 세계에 감정을 입혀가며 안타까워할 필요는 없어. 그런 건 몇 번이나 환생하는 잘난 연놈들의 일이니까." 칠은 인정할 수 없다는 듯 얼굴을 찌푸린 메밀을 향해 더욱 목청을 높였다. "더구나 우린 수도 많지 않아!"

"머릿수가 많으면, 정복이라도 하겠다는 건가?"

"그러면 난 걱정이라는 것을 조금은 하겠지. 이 세계를, 어엿한 주인으로서."

"〈2번째 주인의 자유와 지위 보장에 관한 법률〉에서 보듯이 …… ."

"아아, 됐고." 칠이 손을 휘저으며 메밀의 말을 가로막았다. "그렇게 말하는 넌, 이 세계의 일원이겠지. 하지만 난 아니야. 좋아, 그러면, 이 세계라는 것은 몇 번째 이름일까? 아마 8번째 이름이겠지. 아냐?"

"갑자기 왜 이리 삐딱하게 변한 건가?"

"내가 뭘?"

"네가 이름을 쫓는 여행에 함께하자고 했을 때 내가 얼마나 감격했는지 넌 알아야 해. 난 그런 창의적인 생각을 전혀 못 했거든. 내 이름을 쫓는다니!"

"칫, 뭐야." 칠은 발밑에 떨어진 네모난 나뭇조각을 발로 걷어차 멀리 날려 보냈다. 칠은 앞장서 가며 퉁명하게 말했다. "이 여행을 거창한 계획의 일부분으로 여긴다면 그건 전적으로 너의 몫이야. 하지만 난 아니야. 나는 단지, 내가 누구고 왜 여기에 있는지 알고 싶은 것뿐이라고. 그게 내 여행이고, 난 그 길을 똑바로 갈 거야."

메밀은 말없이 어깨를 으쓱했다.

"그래서 하는 말인데, 너무 큰 기대는 하지 않는 게 좋아." 칠은 걷는 속도를 조금도 늦추지 않고 고개를 슬쩍 돌린 채 말했다.

"난 기대해. 기대하고말고."

"칫, 알아서 해."

메밀은 두어 걸음 크게 내디뎌 칠과 나란히 걸었다. 메밀이 자상하게 말했다. "우린 서로에게 동반자. 이 여행에서뿐만 아니라, 어떤 면에서는 나머지 인생에서도. 안 그런가?"

칠은 싫지 않은 얼굴로 메밀을 힐끗 쳐다보았다. "그 말에, 나도 동감해."

"이제야 첫발을 내딛는 기분이군."

"어."

"최악으로 빠지지 않는다면 어느 쪽이든 나쁘지 않겠지."

칠은 그게 무슨 의미인가, 하고 메밀을 망연히 쳐다봤다.

"이제 우린 어디로 가면 되나? 대장!" 메밀은 거의 의식적으로 활짝 미소를 지으며 말했다.

칠은 어이가 없다는 듯이 피식 웃었다.

"어딘데, 대장?"

"종로 5가."

"종로 5가라 …… 음, 지하철을 타고 가는 게 수월할 것 같네. 복잡하긴 해도."

"지하철이라니? 그곳까지 지하철이 운행하겠어?"

"빙빙 돌면 가능할지도 몰라. 우선은 이곳 역장에게 물어봐야겠지만."

"이젠 네가 대장해. 그게 좋겠어." 돌연 걸음을 멈춘 칠이 한 발짝 앞서 간 메밀의 등에 대고 말했다.

"어째서?" 메밀 역시 멈춰 섰다.

"이제부터는 네 뒤를 쫓을 거니까, 대장."

"넌 나보다 이름이 하나 더 많잖아."

"너는 나보다 나이가 정확히 서른 살 많아, 대장."

메밀이 고개를 가로저었다. "이런, 대장 놀이는 이 정도에서 끝내는 게 좋겠네."

"뭐, 대장이 그리 말한다면야."

칠과 메밀은 역사 안으로 들어갔다. 지상과 달리 관리자가 상주하는 지하 역사는 어느 정도 정돈되어 있었다. 밝고 선명한 조명, 오래됐음에도 제법 반듯하고 정갈한 타일 바닥, 청결한 공기, 100년은 더 지났겠지만 그래도 구색을 갖춘 구호용품 보관함 속의 화생방용 방독면과 화재용 마스크, 그리고 승객 여남은 명에게 일일이 인사를 건네는, 제복을 갖춰 입은 까치산역 역장.

역장은 103년째 역장으로 근무하는 작은 체구에 똘똘한 인상의 여자로 4번째 환생을 3년 앞두고 있었다. 메밀은 역장과 조금 친분이 있었다. 역장은 포말의 미곡상을 찾는 오랜 단골 중 하나였다. 메밀이 역장에게 다가가 종로 5가로 갈 수 있는 노선에 대해 물었다. 역장이 친절하게 설명한 노선은 다음과 같았다.

까치산역에서 2호선을 타고 대림까지, 대림에서 7호선을 타고 이수까지, 이수에서 4호선을 타고 삼각지까지, 삼각지에서 6호선을 타고 동묘까지, 동묘에서 1호선을 타고 종로5가에 도착.

"이 노선은 최근 것으로 꽤 신빙성이 있어. 그곳 역장들은 하나같이 베테랑이라서 죽는 날까지 자신의 역할을 완수하려 들 거야." 역장의 얼굴에는 자부심이 가득했다.

"후임은 아직인가?"

"내가 알고 있는 시간은 불편한 방향으로 흐르지, 부족한 방향으로는 흐르지 않아. 아직은 이래." 역장은 고른 치아를 드러내며 환한 미소를 지었다.

"당신은 언제나 자신만만해서 좋아."

"뭐야, 왜 이런대?" 역장은 새치름한 눈으로 메밀을 흘겨봤다. "근데, 어디 가는 길이야?" 역장은 한쪽에 서 있는 칠의 얼굴을 힐끗 쳐다봤을 뿐 아무 내색도 하지 않았다.

"이 친구와 함께 여행을 나서는 길이네. 이름을 쫓는 여행이지." 메밀은 칠을 가리키며 말했다.

"이름이라고?"

"응."

"참, 그러고 보니 이름이 6개라고 했었지. 그 이름을 다 쫓는다는 거야?"

"물론이네. 그 계획을 제시한 사람은 이 친구고. 이 친구는 나에 비해 하나 더 많은 7개의 이름을 가졌는걸."

역장은 한 번 더 칠을 힐끗 쳐다봤다. "거꾸로 찾아가겠다는 건가?"

"굳이 순서를 염두에 두지 않았네. 그게 목표도 아니고."

"그래, 음, 무슨 말인지 대충 알 것도 같아. 본원과 가까워지겠다는…… 거기서 어떤 의미를 찾아보겠다는 거겠지. 아냐?" 역장은 메밀을 뚫어지게 쳐다봤다. 기분 탓인지 모르겠지만, 다시 볼 날이 언제 올지 알 수 없으니 지금이라도 눈에 꼭꼭 담아두겠다는 듯이. 그러나 그녀는 곧 자신의 실책을 깨닫고 메밀과 마찬가지로 빙그레 미소를 지었다. 미리 한계를 긋는 건 이 세계만으로도 진절머리가 날 지경이었다. "포말은 그렇다 치고 어미 닭의 꽁무니를 쫓는 병아리 같은 한나는 어떻게 하고? 여행이 끝나면 돌아오긴 하는 거지?"

메밀은 확답을 피한 채 어깨를 으쓱했다. 잠시 침묵이 흐르고, 전철이 도착한다는 벨이 울렸다. 칠이 먼저 껑충껑충 계단을 내려갔다. 메밀은 정신을 놓아버린 듯 멀뚱히 서서, 잠깐 비나 피할 생각으로 찾았던 이곳에서 무려 7년이나 보냈던 시절을 회상하며, 마음속으로 이만 작별을 고했다.

허깨비. 자기만의 생의 내력도 이름도 없어서 언제 사라져도 누구 하나 이상하게 여기지 않는 허상. 버려진 빈 육체 곳곳을 허상이 빵빵하게 메울 때 탄생 혹은 살아남았음의 의미를 부여받는 또 다른 존재. 애초에 누구하고도 특수한 관계에 있지 않아서 쭉 외롭고 쓸쓸한 시절을 보낼 수밖에 없었다. 그런데 공유되고, 분리되는 이 감각적인 경험이란 …… . 가족, 즐거움, 추억 …… 하, 포말을 다시 볼 수 있을까? 한나를 다시 안을 수 있을까?

그래도 최악은 피한 거겠지. 이걸로 …… .

"다녀와." 역장이 담담히 말했다.

메밀은 자신도 모르게 신음을 냈다.

"돌아와서 얘기해줘. 알겠지?"

메밀은 뭐라 대꾸하지 못한 채 외면하듯 몸을 돌려 계단을 내려갔다. 속에서 뭔가가 울컥했다. 이제 와서 이 무슨 궁상맞은 꼴이람. 메밀은 고개를 절레절레 흔들었다. 눈앞이 자꾸 흐려져서 하마터면 계단에서 굴러 넘어질 뻔했는데, 마침 칠이 그의 팔을 붙잡아주었다. 메밀은 아주 잠깐 칠의 품에 의지했다.

"어쩌면 …… 빨리 이루게 될지도 몰라."

"무슨 말을 하고 싶은 건가?" 메밀은 한껏 목소리를 낮추며 퉁명스럽게 대꾸했다.

"뭐, 그냥. 가자. 전철이 왔어."

칠과 메밀이 전철에 올라탔다.

전철은 정도의 차이만 있을 뿐 하나같이 낡고 더럽고 위험했다. 거의 다 150년은 더 된 전철이었다. 덜컹덜컹 무디게 나아가던 전철이 깜깜한 터널 안에서 멈춘 채 별일 아니라는 듯 한두 시간을 흘려보내는 건 예삿일이 되어버렸다. 이때 메밀이 반년에 한두 번은 정신을 놓은 채 꿈인 양 보게 되는 몇몇 장면에 관해 이야기했다. 순전히 무료감에 지쳤기 때문이었다.

"아마도 본원과 관련이 있는 기억 같아. 넌 어떤가?"

칠은 입을 꾹 다물었다.

전철은 부르르 떨고는 쿵 하는 소리와 함께 다시 움직이기 시작했다. 메밀은 칠의 반응을 살피며 조심스럽게 말을 붙였다. "단순히 꿈일 뿐이겠지. 증명과 연결된다면 그건 과도한 발상이지 않겠나?"

갑자기 칠이 소매를 팔꿈치까지 걷어붙였다. "봐, 보이지? 난 7개의 이름을 가졌어. 봐, 보라고! 거짓인가?" 칠이 벌컥 역정을 냈다.

"그래. 맞네, 맞아."

"쳇." 칠은 두 팔을 앞으로 쭉 뻗었다.

자정이 다 되어서 삼각지역에 내린 칠과 메밀은 플랫폼에서 밤을 보내기로 의견을 모았다. 혹시 모를 위험에 대비해 2시간 간격으로 번을 섰고,

비번은 하나뿐인 침낭에 들어가 쪽잠을 잤다. 기다리던 6호선은 아침 일찍 도착했다. 둘은 비몽사몽간에 전철에 올라탔다.

전철은 흔들흔들 느리게 나아갔다.

차량은 3으로 시작하는 만 단위 숫자를 가졌지만 거의 지워져 알아볼 수 없었다. 승객은 칠과 메밀을 합해 모두 5명이었다. 발목까지 내려온 치마에 상의는 프릴이 달린 블라우스를 입은 미모의 40대 후반의 여자가 상체를 반쯤 숙인 채 양손으로 얼굴을 감싸고 있고, 맞은편에는 30대 중반으로 보이는 남자 둘이 각각 갈색 슈트와 검은색 슈트 차림으로 등을 세운 채 점잖게 앉았고, 칠과 메밀은 맨 가에 앉았다. 메밀은 밀짚모자로 얼굴을 가린 채 곯아떨어졌고, 칠은 팔짱을 낀 채 묵묵히 있었다.

안내 방송이 나왔다. '이번에 정차할 역은 이태원역입니다.'

아까부터 흑흑 서럽게 흐느끼던 홍일점이 불쑥 고개를 쳐들더니 맞은편에 앉은 두 남자를 째려봤다. 홍일점이 앙칼진 목소리로 울먹였다. "왜, 우는 거 처음 보니? 그리고 그만 좀 닥쳐줬으면 좋겠는데!"

"거봐, 내 말 맞지." 검은색 슈트 차림의 남자가 홍일점을 향해 턱짓하며 동료에게 나직이 말했다. "어서, 내 놔." 남자는 동료에게 손바닥을 내밀었다.

"아무것도 밝혀진 게 없는데. 무슨 소리야?" 갈색 슈트 차림의 남자가 어이가 없다는 듯이 콧방귀를 뀌며 속삭였다.

"울상으로 일그러진 얼굴. 목소리도 약간 둔중하게 울리고. 맞아. 내 말이 맞아."

"멍청한 계집이 질질 짜고 있어서 그런 거지. 그리고 아무리 봐도 50대로 보이지 않는걸."

"넌, 헛것을 눈으로 확인하려는 거야?"

"그러는 넌?"

검은색 슈트 차림의 남자가 혀를 끌끌 찼다. "넌, 허깨비를 한 번도 못 봤잖아. 안 그래? 내 장담하건대, 저건 허깨비야, 허깨비래도."

"몸을 바꿔치기한 맹추 같으니. 젊음에 안달하는 좀생이 같으니. 제 입맛대로 주둥이를 놀리는 구경꾼 같으니. 신데렐라를 꿈꾸는 마귀 같으니. 머지않은 내일 반드시 죽게 되리니." 홍일점이 두 남자를 향해 날카롭게 소리쳤다.

검은색 슈트 차림의 남자가 능글맞게 웃으며 손으로 동료 옆구리를 찔렀고, 이에 동료는 신경질적으로 뺨을 긁으며 투덜댔다. "젠장맞을 허깨비."

"…… 허위에 맴도는 환생, 그마저도 한계에 닿았지. 난 모두 합해 6번 환생했고, 201년간 간호사로 일했어. 그러는 너희는 몇 번 환생했지?"

가만히 듣고 있던 칠이 기지개를 켜듯 두 팔을 앞으로 쭉 뻗었다.

"애송이들."

전철이 멈추고 문이 열렸다.

"쳇, 허깨비가 아니었군."

"그러면 그렇지." 갈색 슈트 차림의 남자가 낄낄대며 동료의 얼굴에 손가락질했다. "좀생이 같으니."

"에이, 씨." 검은색 슈트 차림의 남자가 도망치듯 차량 밖으로 뛰쳐나가자 갈색 슈트 차림의 남자도 낄낄대며 따라 나갔다.

"좀생이, 마귀, 애송이 같으니."

"그만해!"

문이 닫히고 다시 전철이 느릿느릿 나아갔다.

이때 메밀이 으쭈쭈, 하고 이상한 소리를 내며 잠에서 깼다.

"잘 잤나 봐." 칠이 심드렁히 말했다.

"웬걸, 어떤 여자가 서럽게 흐느끼더라고. 그래서 잠을 좀 설쳤네." 메밀은 길게 하품하며 눈 주위를 비볐다. "거참, 이상한 꿈이었어."

"이상하다니, 뭐가?"

"꿈이 아닌 것 같아서 …… ." 메밀은 목을 뒤로 빼고 기지개를 켰다. 그의 얼굴을 덮었던 밀짚모자가 바람에 올라탄 낙엽처럼 미끄러지듯 비행해 홍일점 발치에 착지했다. 하는 수 없이 자리에서 일어나 홍일점 발치에 떨어진 밀짚모자를 주워 머리에 쓰며 슬쩍 위를 올려다봤다. 그녀는 창백한 낯빛이 미모를 가리기는커녕 지적이고 사려 깊은 인상을 주는 여자로 날씬한 몸매에 제법 키가 있어 보였다. 양손을 무릎 위에 가지런히 올려놓은 여자는 어깨를 움찔하며, 마스카라가 번진 채 시선을 떨구었다. 도로 자리에 앉은 메밀은 홍일점을 흘겨보며 팔꿈치로 칠의 옆구리를 쿡쿡 찔렀다. 아무래도 뭔가 묘했다. 하지만 칠은 모르쇠로 일관했다.

더는 안 되겠다 싶었던지 홍일점이 입을 열었다. "이제 보니 제 것 중에서 울음소리만큼은 아직 한계에 이르지 않았나 보네요. 남의 꿈속에까지 들락날락하다니."

"당신이었나?" 눈을 반짝이며 메밀이 물었다.

"네. 죄송하게 됐어요."

"꽤 서럽게 울던데, 무슨 일로 …… ."

홍일점의 낯빛이 급격히 어두워지자 보다 못한 칠이 메밀한테 핀잔을 줬다. "더 자지그래."

"방금 깼는걸."

"환생피로에 걸렸다는 진단을 받고 가는 길이에요." 그녀는 뭔가에 맞서는 듯 잠시 부르르 떨더니 이내 풀죽은 목소리로 말을 이었다. "그래요, 나는, 역시나 한계에 닿았어요."

칠은 메밀을 나무라듯 미간을 찌푸렸다.

"끝난 거죠. 그래서 …… ."

"몇 번이나 환생했는데?" 메밀이 넌지시 물었다.

"6번이요. 6번이나 환생했으니 성공했다고 볼 수 있는데, 머릿속으로는 그렇게 다짐하는데도, 그간의 환생이 한낱 꿈같아요. 짧고 밋밋한 꿈. 간호사로 보낸 201년이 어땠는지 도무지 실감이 나지 않아요. 바로 그제의 일은 너무도 생생한데. 오지 않는 연인에 대한 기대를 접고 맞이한 다음 날처럼 그저 멍해요. 달에 가볼까요? 누군가는 그런다던데."

"간호사니 더 잘 알 거 아냐." 칠이 마뜩잖은 눈길로 그녀를 쳐다봤다.

"하, 그래요. 많이 보았죠. 환생피로를 앓아 나이를 먹으며 죽음을 기다리는 사람, 초조하게 다음 환생을 준비하는 사람, 환생 중에 숨이 끊긴 사람, 그리고 또 …… 음, 두 분 같은 허깨비도 아주 가끔 보았어요."

메밀과 칠이 동시에 고개를 끄덕였다.

홍일점이 재빠르게 이어서 말했다. "하지만 두 분 같은 경우는 처음이에요. 어떻게 이럴 수 있죠?"

"난 칠이고 7개의 이름을 가졌어. 이쪽은 메밀로 6개의 이름을 가졌고. 우린 이름을 쫓는 여행 중이지." 별일 아니라는 투로 칠이 말했다.

"제 이름은 미진이에요. 서로 다른 6개의 이름 대신에, 원래 있는 이름이 연이어 6번 이어져 있어요. 유행에 둔감하다거나 게으른 편이기보다는, 특색 없는 생이었어요. 왜 이리 빨리도 지나가버렸는지. 아, 두 분 앞에서 이러면 안 되는 것을 잘 아는 지금에도, 눈치 없이 이기적이게도, 제 불행만 생각하고 있어요."

"동감이야. 당신의 아픔이 내겐 전혀 와 닿지 않으니까." 칠은 손등으로 거뭇한 턱수염을 쓸어 올렸다.

미진은 피식 싱겁게 웃으며 방금 한 말을 깜박 잊은 듯 자신에서 벗어나 바깥에 관심을 보였다. "이름을 쫓는다고 했죠? 여행 중이라고."

"맞아." 칠은 어깨를 으쓱했다.

"이름이 7개고요?"

"그는 이미 죽었을지도 몰라."

"그라면, 이름의 주인을 말하는 건가요?"

"8개일 수도 있어. 벌써 이름을 지었다면 말이지."

"그러네요. 만약 죽었다면요?"

"그게 무슨 소용이겠어. 이미 8번째 환생인데. 그는 죽은 목숨이라고. 아니 뭐 누구나 죽은 목숨이긴 하지. 결과적으로. 뭐 한참 전에 죽어버렸을지도 모르지만."

"죽어도 상관없나요?"

"상관없지는 않아. 그와 대면하면 더할 나위 없이 좋겠지……."

"그래서요?"

"뭐가 궁금한 건데?" 칠은 조금 짜증을 냈다.

"아, 귀찮게 굴었다면 사과할게요."

순간 몸을 움츠린 미진을 보며 칠은 인상을 찌푸렸다. 칠은 상대가 누가 됐든 이해하고 싶지 않았고, 반대로 상대에게 이해를 바라지도 않았다. 하지만 이런 분위기는 못내 찜찜했다. 칠이 말했다. "알고 싶어. 팔등에 새겨진 내 이름에 관해서. 그걸 알게 되면 내가 누구고 왜 여기에 있는 건지, 조금은 이해할 것 같아서. 난 그래. 저 사람은 어떨지 몰라도."

어느새 모로 누운 메밀은 눈을 끔벅이며 졸린 얼굴을 했다. 메밀은 둘의 대화에 별 흥미를 느끼지 못했다.

"허깨비는 모두 그래야 하나요?" 뭔가 이해했다는 듯 고개를 끄덕이며 미진이 물었다.

"이름을 좇는 여행 말이야?" 칠이 되물었다.

"네."

"아니, 그렇지 않아."

"저분이 여행을 제안했나요?" 미진이 모로 누운 채 눈을 감은 메밀을 힐끗 쳐다보며 목소리를 조금 낮췄다.

"그래 보여?"

"아닌가요?"

순간 차량 내 전등이 깜박거렸다. 불안과 불만은 관례가 되어버려 익숙한 정적을 낳았다. 이만한 불편은 매번 있는 일이었다. 미진은 고개를 한쪽으로 살짝 기울여 까만 유리창에 비친 자신을 멍하니 쳐다봤다. 차량이 크게 덜컹거리고 얼마 지나지 않아 전등 불빛이 정상적으로 비쳤다.

"환생하면 기분이 어때?" 칠이 물었다.

미진은 퍼뜩 정신을 차린 얼굴로 칠을 쳐다보았다. "뭐라고 했죠?"

"환생하면 기분이 어떠냐고 물었어."

"음 ……." 미진은 쉽사리 입을 떼지 못했다.

"30년간 잘 어울려 지냈던 몸을 떠나 젊고 탄력 있는 20세의 몸으로 옮겨가는 것이 과연 환생으로 불려도 되는지 궁금해서. 겨우 30년인데. 그것도 언젠가 끝이 나는. 더욱이 정해진 횟수도 다 채울 수 없는."

"최소한의 의술로 최대한의 효과를 거두는 가장 적절한 시기가 20세의 몸으로 견디는 30년 정도라서 그래요. 몸의 나이가 50세를 넘기고부터는 환생을 이어가는 성공률이 확 떨어진다는 게 정설이고요."

"매번 젊음이 융성한 시절을 보내겠어."

"그래요." 미진의 입에서 한숨 소리가 나직이 새어 나왔다. 이제 다시는 돌아가지 못하리라.

"그런데 10대의 몸이 더 젊고 활기차잖아. 대충 15세나 16세의 경우. 물론 내가 그 시절을 경험해본 건 아니지만."

"그 시기의 몸은 호르몬이 뒤죽박죽이라 좀처럼 통제할 수 없어요."

"그렇게 보면, 노화도 마찬가지겠지."

"생명이 이래요. 하지만 노화에 머물며 삶을 이어가는 시간은 점점 늘어나고 있어요. 그렇게 굳어가고 약해져서 결국에는 ……."

"…… 죽겠지. 모두가. 나 같은 허깨비들은 노화의 초입에서부터 삶을 시작한다는 거고." 칠의 입에서 허탈한 웃음이 흘러나왔다.

"이렇게 말해도 되는지 …… 어쨌든, 살아남았잖아요. 안 그래요?"

"좋게 받아들이라는 거군."

"네."

"그래, 운이 좋았어. 인정해."

"혹시, 지금 그 몸이 환생 전에 겪었던 일상에 관해서 조금이라도 좋으니 기억나는 거 있나요?" 미진의 눈에서 이채가 떠올랐다.

"왜 찔리는 거라도 있나 보지. 어딘가에서 방황하는 허깨비의 소식이라도 들은 거야?"

"아뇨, 내 이름을 공유할 허깨비는 없어요. 찔리는 것도 없고요. 돌이켜보면, 정말 굴곡 없이 평범한 삶을 살았네요. 병원, 집, 몇 번의 사랑, 분명히 알고 있는데도 여지없이 반복하는 기대와 실망, 그리고 불현듯 찾아온 한계. 200년 넘게 살았는데도 이러는데, 500년을 살면 뭐가 달라질까요? 전 허깨비를 바랐어요. 정말로요!"

"허깨비를?"

"네. 그러면 안 되는지 알면서도 인큐베이터에서 병실로 옮겨진 50세의 나를 몰래 찾아가 응원을 보냈어요. 아자! 힘내, 조금 더, 더! 허깨비의 탄생을 통해 또 다른 나를 만나보고 싶었어요. 환생을 통해 20세의 몸으로 돌아간다고는 하지만, 나는 내가 눈 감고 코 막아도 원래 알고 있던 나였고, 내 삶의 규칙이나 습관 같은 것은 쭉 같았어요. 신선하고 역동적인 활력으로도 나를 바꿔놓지는 못했어요. 나를 반쯤 놓치고 싶었어요. 그래서 그녀를 깨우고 싶었고요. 함께 왈츠를 배우고, 마주 앉아 식사하고, 책을 나눠 읽고, 부둥켜안은 채 잠드는 거죠. 그리고 일기장을 공유하는 거예요. 첫 문장은 내가 쓰고 다음 문장은 그녀가 쓰는 식으로. 우린 긴 글을 써 내려갈 거고, 죽는 그 날에 이르기까지 이야기를 끝맺지 못하게 할 거예요. 나는 매번 놀라겠죠. 오호, 그녀에게 이런 면이 있었구나, 라고. 황망히 여기는 동시에 황홀함을 느끼며, 전보다 자신만만한 나를 실감하게 될 거예요."

칠은 못마땅하다는 듯이 콧방귀를 뀌었다.

"왜요?"

"난 여기 누워 잠들어 있는 메밀과 같은 성분의 몸을 사용하고 있지만, 내 환영까지 그와 같다고는 생각하지 않아. 난 다르다고. 분명 그럴 거야!"

"그럼요."

칠은 너무도 쉽게 공감을 표시하는 미진을 의아하게 쳐다보았다. "허깨비라는 존재는, 본원이 특정한 성취에 앞서서 어떤 암시가 되는 또 다른 알레고리가 되거나, 촉매제 역할이 아니라고. 그런데 넌 그걸 바란 거야. 우리는 여기에 존재해. 단순하고 자연스럽게. 거기에는 어떠한 이타심도 없어. 무슨 말인지 알겠어?"

"그럼요."

"칫."

이때 안내 방송이 나왔다. '이번에 정차할 역은 청구역입니다.' 전철은 서서히 속도를 늦췄다. 쇳소리가 커졌다. 자리에서 일어난 미진이 말했다. "전 이번 역에서 내려 5호선으로 갈아탈 거예요. 어디까지 가세요?"

"종로 5가."

"그곳에 이름이 있군요."

"가보면 알겠지."

"그 아래 을지로 6가에 제가 근무하는 병원이 있어요. 숙명적인 그 날까진 전 거기에 있을 거예요."

"오늘은 그쪽으로 가는 게 아닌 것 같은데?"

"네. 왕십리에서 한 번 더 갈아타 운길산역에서 내릴 거예요. 35년 만에 들르는 건데, 북한강이 보이는 고적한 마을에 한때 부모님과 함께 살았던 집이 있어요. 그곳에 가서 며칠 쉬다 보면 조금은 여유를 되찾을 것 같아서요. 받아들이는 거죠."

"한계, 그리고 여유라 …… ." 칠은 손등으로 턱수염을 쓸어 올렸다. 그녀로부터 생에 대한 애착이 강하게 느껴졌다. 살아 있는 건 모두 다 그렇겠지. 그래서 우리도 이름을 좇는 거고. 하지만 거슬렸다. 짜증이 났다. 칠은 심통이 난 듯 불퉁하게 말했다. "곧 빛이 되어 사라질 운명에 처한, 방금 대기권을 통과한 우주선 같아."

"아직은 아니에요."

"결국에는 한계에 다다랐어." 칠은 쓴웃음을 지으며 단정적으로 말했다.

"네. 모두가요. 하지만 아직은 아니에요. 남아 있으니까요."

전철이 완전히 멈추고 문이 열렸다. 멀어지는 미진을 보며 칠은 속으로 '을지로 6가'를 곱씹었다. 문이 닫히고, 메밀이 으쭈쭈, 하고 기지개를 켜며 다시 잠에서 깼다.

"참 잠을 잘 자." 칠이 심드렁히 말했다.

"내가? 아냐, 잠을 좀 설쳤지 뭔가."

그늘에 쉬어

"이렇게나 많은 사람이 어째서, 여기에. 이 활력은 대체 …… . 이들을 바쁘게 움직이게 하는 동력이 무엇이기에 …… 왜 이곳에만 사람들이 몰린 건가?" 종로 5가 역사 밖으로 나온 메밀은 먼저 나온 칠에게로 고개를 돌렸다. 칠의 멍한 얼굴을 보니 물으나 마나일 듯싶었다. 메밀은 혼잣말하듯 중얼댔다. "여긴, 뭔가 달라. 무언가 있는 거야. 어딘가에 …… ." 메밀은 인도 맨 가장자리에 박힌 돌 볼라드에 앉아 주변을 감상했다.

이때 칠은 목을 길쭉이 뽑아 검지로 성대 근처를 슬슬 긁었다. 메밀처럼 소리 내 호들갑을 떨지 않았을 뿐 칠도 내심 이질감을 느끼고 있었다. 왕 노릇 하는 자가 가보라던, 그 종로 5가. 인파로 넘치는 종로 거리를 보고 있노라면 눈이 빙글빙글 돌 지경이었다. 그자는 이러한 풍경을 알았던 것일까? 매캐한 공기, 벌에 쏘인 듯 쨍쨍 울리는 노래, 사방에서 음식 냄새가 경쟁하듯 쏟아지고, 알이 꽉 찬 옥수수처럼 시장은 빈자리 하나 없이 온갖 상점들로 빼곡했다.

칠과 메밀은 눈앞에 펼쳐진 활기찬 풍경을 의아하게 여겼다. 왜냐하면, 200년 전과 비교해 지금은 인구가 눈에 띄게 줄었기 때문이다. 거의 40퍼센트에 달하는 인구가 공중으로 붕 떠버렸다. 질병, 사고, 자살이 사망

순위의 금·은·동을 차지한 것과 별개로 인구의 총량이 줄어들고 있었다.

사람들 대부분이 30년마다 젊은 육신으로 갈아타는 통에 아이를 낳아 기르는 생활을 거추장스럽게 여긴 탓도 있지만, 한 번이라도 환생한 몸은 임신 가능성이 뚝 떨어져버린 게 결정적이었다. 그리하여 각자에게 주어진 환생을 전부 소비하고 이제 나이를 먹으며 죽음을 목전에 둔 사람들은 이 상실감에 대해 후대에 엄중히 경고하는 지경에 이르렀다. 상실감만큼 입에 물리지 않는 설교거리는 없으니까. 하지만 이제 막 환생의 한두 계단에 오른 사람들은 조금 쉰 듯한 늙은 목소리에 그다지 신경을 기울이지 않았다. 이들이 선대의 경고를 무시하거나 반발했느냐 하면, 그건 얼토당토않다. 이들은 유달리 쇠락해가는 현재와 높은 적합도를 보였다. 이들에게 있어 쇠락은, 결국 그렇게 되는 것을 알고 있음에도 변화나 반동 없이 묵묵히 받아들이는, 계절이 지나 시들어 떨어지는 잎사귀처럼 자연스러운 현상이었다.

앞으로 인구가 더 줄어들 여지는 충분히 있었다.

"발 디딜 틈 없이 사람들이 몰려 있는 이런 광경은 난생처음이네. 넌 알고 있었나?" 밀짚모자를 벗어 얼굴 쪽으로 부채질하며 메밀이 말했다.

칠은 고개를 저었다.

"이름이 있을 만하네. 이젠 어디로 가면 되나?" 메밀은 다리를 조금 절며 볼라드에서 일어났다.

"술집에 잠시 들를 거야. '그늘에 쉬어'라는 이름을 가진 술집."

"술집?"

"네가 원한다면 술도 마시면서."

"거기도 바글바글?"

칠이 살짝 짜증을 냈다. "왜 이래?"

"거긴 왜?" 메밀은 겸연쩍어하며 물었다.

"이름을 쫓는 거지 뭐겠어. 적어도 나침반 같은 것을 구할 수 있을 거야. 그게 뭔지는 가봐야 알겠지만." 이어서 칠은 손가락을 하나씩 꼽으며 이름을 읊었고, 모두 합해 7번 꼽았다. 칠이 진지하게 말했다. "2번째 이름 다비치에 대해 쭉 생각해봤는데, 그건 아마도 183년 전에 일어난 사건을 가리키는 것 같아. 시기적으로도 얼추 맞아떨어지기도 하고."

메밀 역시 칠과 같은 생각이었다. "다 빛이 되어버렸다, 뭐 그런 내용이었지. 본원은 그 사건으로부터 심리적 충격을 받았던 게 분명하네." 메밀은 밀짚모자를 다시 머리에 눌러 썼다.

"충격이라고?" 칠은 무슨 뜻이냐는 얼굴로 메밀을 물끄러미 바라봤다.

"아무거나 이름으로 정할 수 없네. 왜냐하면, 7개의 이름은 그가 자신의 생에서 중요하다고 여겼던 어떤 사정을 축약해놓은 낱말일 테니까. 허투루 낭비할 수 없었겠지. 물론 개인차는 존재하네. 말하자면, 제 맘이라는 거지."

"그래서 충격받았을 거로 생각하는군."

"그래, 왜 아닌 것 같나?" 메밀은 칠의 떨떠름한 얼굴을 이상하게 여겼다. 무슨 꿍꿍이가 있는 것 같은데, 뭐 그러거나 말거나 메밀은 속으로 다비치를 곱씹으며 아직은 한계에 굴복하지 않았던 세계를 머릿속에 그려보았다. 풍문을 종합해보면 당시의 시대상은 다음과 같았다고 한다.

인류는 신데렐라적 전환의 시대를 열어줄 걸로 믿어 의심치 않았던 우주선이 그렇게 허망하게 사라지고, 빛의 속도를 따라잡자마자 그만 빛이 되어버렸다는 충격에서 벗어나는 데는 거의 50년이 걸렸다. 그 기간에 우리가 불안과 무력감에 빠져 허우적댔느냐면, 전혀 그렇지 않다. 우리는 시야를 안으로 돌려 환생에 좀 더 몰두하였고, 또다시 싱그러운 젊음을 누리는 기술을 라식 수술만큼 대중화했고, 생리적 변화에 발맞춰 진취성을 한껏 끌어올렸다. 이를 통해 여태껏 미루고 미룬 그 사건을 조금씩 상기할 만큼 여유와 호기를 되찾았다. 해서 인류는 새로운 우주선을 개발하기로 하고 다시 똘똘 뭉쳤다. 인류 대부분이 젊음을 맛보는 시절이기도 해서, 그 기세는 용기백배했다. 그러나 광속을 돌파할 과학기술은 과거 호탕한 기대와 달리 좀체 실현되지 않았다. 어김없이 빛이 되어 공간을 잠시 환하게 비출 뿐이었다. 폭죽놀이치고는 어마어마한 비용이었고, 실패는 계속됐다. 이때 나온 사고 체계가 한계 회피였다. 우선은 영원히 범접할 수 없는 절대적 한계를 인정하고, 그다음으로는 새로 만들 우주선에 빛의 속도를 넘지 못하게 제한을 두자는 것이었다. 실로 간단했다. 지금 있는 기술만으로도 뚝딱 만들어 낼 수 있었다. 하지만 일부 사람들은 한계 회피를 거부했다. 본래 우리가 바라던 인식의 전환은 빛의 속도를 뛰어넘는 데 있으니, 그 의기를 훼손해서는 안 된다는 주장이었다. 맞는 말이었다. 그러나 현실을 무시하는 맹추들의 합창이라는 공감대가 압도적이라서 그들의 주장은 힘을 얻지 못했다.

이번에도 우주선의 디자인은 기도하려 맞잡은 손의 모양이 만장일치로 통과됐다. 우주선 외피에는 가벼우면서도 경도가 높은 장갑을 입혔다. 전 세계 청소년 중에서 5천 명을 선발했고, 빡빡한 일정에도 성황리에 경선을 마쳤다. 발사까지 210일 남았을 때, 20명이 최종 승무원으로 결정이 났다. 그들은 승리할 줄 아는 지구 최고의 인재들로 바로 우리의 미래가 이와 같다며 모두 흐뭇하게 여겼다. 이제 발사만 남았다. 모두 숨죽인 채 카운트다운을 했다.

발사는 성공적으로 이뤄졌다.

우주선은 계획대로 빛의 속도의 60퍼센트 속도로 지구에서 47광년 떨어진 행성으로 향했다. 우주선과 지구와의 교신 거리는 점점 늘어나 문답이 오가는 데 2개월 가까이 걸렸다.

그러던 어느 날, 단호한 말투를 실은 교신이 날아왔다.

"단 한 명의 반대 없이 모두가 내린 결정을 지구에 알리는 바다. 우리는 이 시간부로 성장 없는 정체에서 벗어나기로 결의하고, 우선 로켓 출력을 최대로 높여 빛의 속도에 진입하고, 차차 속도를 올리기로 의견을 모았다. 지난 세대의 불운이 우리에게 불가능을 주입해왔지만, 꿈꾸기를 두려워하는 과거의 이데올로기를 폐기함으로써, 이제 우리는 속박에서 벗어나 한계를 뛰어넘기로 당당히 선언하는 바다. 그럼에도 우리는 지구와 계속 교신하기를 바라는 바다. 이상 우리의 결의를 알린다."

통제센터는 발칵 뒤집어졌다. 2개월 가까이 우주 공간을 유영하여 방금 도착한 교신인 탓에 지금으로서는 대응 방안이 전혀 없었다. 그들의 기개에 박수를 보내며 간절한 마음으로 기도하는 수밖에는. 그리고 3시간쯤 지났을까, 또 다른 교신이 들어왔다.

"…… 다 …… 비치 …… ." 공포에 떠는 숨찬 목소리였다.

이후로 더는 교신이 없었다. 광속으로 접어든 그 순간 우주선의 몸체는 빛으로 변했던 것이다.

허리를 펴고 적당한 돌을 골라 손에 쥔 이후로 나날이 진보해온 인류였다. 문자를 만들고 역사를 기록했으며 환상을 하나씩 실현해왔다. 성장을 기대하고, 그 성장이 끝이 없이 이어지리라는 믿음은 이제껏 우리가 성취감을 집어삼키며 살아왔기 때문이었다. 그런데 어느 날, 절대적 한계를 맛보았다!

우리가 갇혔다는 사실은 분명해 보였다.

이날 이후로 거의 모든 인류가 합심하여 무언가 도모하는 일은 일어나지 않았다. 웅대한 야심은 그 빛을 잃었으며, 빛의 속도로 우리에게서 멀어졌다. 돌이켜보면, 한계를 인정한 순간 승패는 결정이 난 거나 진배없었다. 우리가 기대하는 마음을 품지 않게 되었을 때, 쇠락하는 시절을 맞이하는 것이 자명한 순서였던 것이다.

"'수지'가 뭔 것 같아? 단순히 사람 이름일까? 아니면 …… ." 3층 높이의 불투명한 아케이드 아래로 인파가 복작이는 시장통을 메밀과 나란히 거닐던 칠이 대뜸 물었다.

"글쎄, 단순히 수지맞았음을 의미하는 건지도. 첫 환생이니까. 또다시 젊음을 맛보다니, 횡재한 기분이었겠지." 메밀은 어깨를 으쓱하며 덧붙였다. "어쨌든 '수지'에 숨겨진 사정을 알게 된다면, 이름이 품은 수수께끼가 쉽게 풀릴지도 몰라."

"수수께끼라니 …… '수지'에 뭔가 숨겨져 있다고 생각하는 거야?"

"그 이름은, 뭐랄까 …… 내면의 용광로에서 나온 첫 소산물이니까."

"무슨 말이지?"

"그가 '수지'로 결정했다면, 우린 그 '수지'로부터 이어지는 선을 따라 목을 쭉 빼고 눈을 부릅뜬 채 좇으면 되네. 그러면 6번째 '메밀'을 지나 어느 순간 '칠'에 다다른 우리를 보게 되겠지. 사람은 쉽게 변하지 않거든. 전체적으로 보면, 시작이 끝을 잡아당긴다고나 할까. 물론 이건 어디까지나 내 추측이네. 넌? 넌 어떻게 생각하지?"

칠은 왼쪽 뺨을 쓰다듬으며 조금 머쓱한 얼굴을 했다. "뭐 나도 비슷해. 빤하잖아." 그렇게 말은 했지만 칠은 굴욕감을 느꼈다. 자신이 '수지'라는 일개 속성을 궁금해하고 있을 때, 메밀은 '수지'를 통해 이름 전체의 윤곽을 대강이나마 잡으며 이제껏 본 적 없는 이름의 주인을 어떻게든 그리려 하고 있어서였다. 칠은 그게 못마땅했다. 그는 시도했고, 자신은 생각지도 못했으니. 해서 칠의 말투는 조금 퉁명하게 변했다. "넌 그간 뭐 하고 지냈어?" 칠은 자신과 쏙 빼닮은 메밀의 이목구비를, 탄력 잃은 살갗에서 모공을 찾아낼 만큼 뚫어지게 쳐다봤다.

노점 가판대 앞에 서서 따듯한 어묵 국물을 종이컵에 따라 얻어 마시던 메밀이 고개를 돌려 칠을 쳐다봤다. "뭐? 방금 뭐라고 했어?"

"35년 동안 까치산시장에만 있었어?"

"아니." 메밀은 종이컵에 어묵 국물을 담아 칠에게 건넸다. "마셔, 맛나."

칠은 사양했다. 집중력을 깨트리고 싶지 않았다. "그러면 그간 뭐 하고 지냈는데?"

메밀은 잠깐 히죽 웃은 다음 아무렇지 않게 말했다. "별 볼 일 없이 떠돌아다녔네. 까치산시장에 정착하기 전까지는. 뭐 별수 있었겠나."

"음, 그렇겠지." 좌판이나 가판대에 진열된 만두며 도넛, 야채에 튀김옷을 입혀 기름에 튀겨낸 군것질거리에서 눈을 떼지 못하는 메밀을 쳐다보며 칠은 쓴웃음을 지었다. 지금의 인류가 점차 쇠락하는 중이라면, 허깨비는 거의 다 쇠락해버린 육체에 갇힌 상태로부터 생을 시작하는 가여운 존재였다. 해서 달걀형 돌멩이에 반듯한 코와 영롱한 눈과 해죽거리는 입을 그려 넣은 다음 예의 바르게 인사말을 하고 언젠가, 이 우주가 가속 팽창으로 말미암아 활력 없이 비어져 이윽고 사멸하기 전에 적절한 답변이 돌아오리라는 기대를 품는 것과 진배없이, 허무조차 아주아주 멀리 가 있는 기분이었다. 그래, 뭐 하고 지냈든…… . 실의조차 불가항력으로 받아들이는 무감한 나날이었을 것이다.

메밀이 멀뚱멀뚱 서서 생각에 잠긴 칠을 툭 치며 나무젓가락을 건넸다. "뭐해 안 먹고. 떡볶이 싫어? 참, 어묵 국물도 마시고." 메밀이 좀 전에 칠이 사양한 어묵 국물이 담긴 종이컵을 다시 칠 앞에 내려놓았다.

"어, 그래." 퍼뜩 정신을 차린 칠은 빨간 떡볶이를 입에 가져갔다.

언제부터였을까, 남색 페도라를 머리에 쓰고 청색 슈트 차림을 한 남자아이가 징그럽게 웃으며 칠을 올려다보는 모습이 메밀은 어느 순간부터 눈에 밟혔다. 일고여덟 살쯤 먹어 보였다. 아이의 부모일 거라 짐작되는 사람은 아이 주위에 없었는데, 있다면 하나같이 총총걸음으로 지나치는 인파뿐이었다. 칠은 아직 아이의 존재를 눈치채지 못한 듯했다.

칠은 이마를 훔치며 빨개진 혀를 내밀었다.

"맵지, 그치?"

칠은 주전자에서 물을 따라 마시는 와중에 방금 자기한테 말을 건 웬

아이를 발견했다.

"그래도 맛있지, 그치?" 아이가 배시시 웃으며 다시 말을 붙였다.

칠은 상관하고 싶지 않다는 듯이 고개를 홱 돌려버렸다.

"난 이 집 떡볶이보다 더 매운 집 안다." 아이가 자랑하듯 말했다.

"그럼, 거기 가."

아이가 히히 싱겁게 웃었다.

메밀이 떡볶이 한 접시를 따로 빼내 한가운데로 옮기자 칠이 눈치를 채고 접시의 행로를 손으로 막았다. 칠이 고개를 저었다. 메밀이 섭섭하다는 투로 말했다. "먹는 것 갖고 그러지 마."

"내게 생각이 있어." 칠은 떡볶이가 먹음직하게 담긴 접시를 들어 아이 코앞에 바싹 갖다 댔다 뒤로 물리며 아이의 탐욕스러운 눈빛을 꾀었다. 이에 아이는 접시와의 거리를 가늠하며 목을 길게 늘이거나 놀란 듯 움츠렸고, 그 모습을 보는 칠의 얼굴에 득의만만한 미소가 번졌다. 접시를 내려놓자 이를 이해한 아이가 득달같이 달려들었다. 칠은 팔을 뻗어 아이를 가로막은 다음 상체를 숙여 아이의 끔벅이는 크고 동그란 눈과 수평을 이루며 속삭이듯 말했다. "부탁이 있다."

"식탁?"

"부탁이 있다."

"난 식탁은 필요 없어." 아이는 입을 쑥 내밀며 시무룩한 얼굴을 했다.

"그게 아니고, 부탁이 있다, 부탁이 있다고!" 칠은 조금 목청을 높였다.

"식탁 살 돈은 내게 없어." 아이는 어색하게 히히 웃으며 양쪽 호주머니를 까 보였다.

칠은 혀를 살짝 깨물고는 쓴웃음을 지었다. 한숨을 내쉰 칠은 더욱 부드럽게 말했다. "거래하자. 어때? 이 떡볶이를 걸고."

아이는 그 말을 이해하는 듯이 고개를 끄덕였다. "그럼, 식탁은?"

"그건 됐고!" 칠은 자신도 모르게 어금니를 꽉 깨물었다.

"좋아. 뭔데, 뭔데, 말해봐."

"너 이곳에 살아?"

"응. 됐지. 얼른 떡볶이 줘." 아이는 칠의 팔을 잡아 옆으로 치우려 했지만 팔은 요지부동이다. 아이는 절망 어린 말투로 소리쳤다. "식탁 때문이야?"

"우리의 거래는 아직 끝나지 않았어. 그리고 웬 식탁? 식탁은 집어치워! 돈도 없다면서. 알아들었어? 좋아. 자, 잘 들어. 이 떡볶이를 거는 건 한 장소와 관련이 있어. 무슨 말인지 알겠지? 바로 '그늘에 쉬어'라는 이름을 가진 술집이지. 너 그곳이 어디 있는지 알아? 알아야 떡볶이를 줄 수 있어. 내가 무슨 말 하는지 알겠지?" 칠은 인내심을 갖고 다시 말했다.

아이가 환하게 미소를 지었다.

"몰라?"

순간 아이의 눈빛이 교활하게 반짝였다. 아이는 몸을 굽혀 절대 움직이지 않는 팔과 가판대 사이의 공간으로 파고들었다. 아이는 허리를 펴고 당당히 섰다. 아이는 손가락 2개를 폈다가 이건 아니라고 생각했는지 손가락을 하나 더 폈다. "세 접시는 먹어야겠어."

칠은 눈을 좁혔다. "어디 있는지 알아?"

"응." 아이는 자신만만했다.

"먼저 안내해." 칠은 접시를 자기 쪽으로 끌어당겼다.

"치."

"너 아니어도 물어볼 사람은 널렸어. 봐, 여기에 얼마나 많은 사람이 있는지." 칠은 눈을 내리깔며 쌀쌀맞게 말했다.

"치, 거짓말하고 있어." 아이가 부루퉁한 얼굴로 씩씩거렸다.

"누가 안 준다던."

"치, 지금 안 주잖아."

잠자코 듣고 있던 메밀이 둘의 거래에 끼어들었다. "지금은 이것만 먹고 나머지 두 접시는 도착하면 사주마. 어떠냐?" 메밀이 떡볶이 접시 가장자리를 잡자 칠은 순순히 접시에서 손을 뗐다. 메밀이 아이 앞에 떡볶이를 옮겨놓았다. "자, 여기 있다."

아이는 새로운 제안을 한 메밀의 얼굴을 유심히 살피며 김이 모락모락 피어오르는 떡볶이를 슬쩍슬쩍 쳐다봤다. 아이는 결심을 굳힌 듯 입을 열었다. "꼭 지켜야 해. 약속한 거다." 아이는 다짐을 받아두어야 안심이 된다는 얼굴로 메밀을 쳐다봤다.

"그럼, 약속하지." 메밀은 흔쾌히 말했다.

"알았어." 아이는 매운 떡볶이를 포크로 꼭 찍어 입 앞에서 후후 불고 손부채를 부치면서도 꿋꿋이 한 접시를 먹어치웠다. 이때 메밀이 물을 건네며 아이의 이름을 물었다. 아이가 낭랑한 목소리로 말했다. "소리. 개소리, 말소리, 목소리, 판소리, 잔소리할 때 그 소리."

이에 메밀은 자신의 이름과 칠의 이름을 소리에게 알려줬다.

소리는 메밀의 이름을 한 번 읊더니 뭔가 맞지 않는지 고개를 갸웃했다. 이번에는 칠의 이름을 읊었다. "칠. 그러니까, 칠. 기름칠, 금칠, 똥칠할 때의 그 칠. 맞지? 그치?" 소리가 까르르 웃었다.

"꼬맹이, 그만 시부렁대고 다 먹었으면 어서 안내나 하지." 아까부터 소리를 못마땅하게 흘겨보던 칠이 새파랗게 질린 얼굴로 말했다.

"가려고 했어."

"앞장서."

"치."

하지만 소리는 미로 같은 번잡한 시장통에서 갈피를 잡지 못하고 2시간을 헤맸다. 메밀과 칠이 초행길의 마력에 붙잡혀 소리의 뒤꽁무니를 어수룩이 따라다녔지만, 두어 번 지났던 곳을 또다시 지나자 서서히 마력에서 풀려나 이윽고 어린 안내자의 품성과 역량에 의심을 품기 시작했다. 이젠 이불 가게, 수선 가게, 신발 가게, 반찬 가게, 옷 가게 등이 서로 다른 모습으로 눈에 들어왔다. 낯섦이 거의 다 사라진 셈이었다.

"꼬맹이, 알긴 알아?" 칠이 소리를 빽 질렀다.

"거의 다 왔어. 아까 약속한 떡볶이 주는 거 맞지? 두 접시였어. 그거 지금 줘. 나 배고파. 힘이 안 나."

"이쪽 쳐다보며 걷지 말고 앞을 똑바로 보며 걸어. 너 아까부터 같은 곳을 빙빙 도는 거 알아, 몰라?"

"배고프다고."

"어서 가."

"사기꾼."

"너 모르지. 맞지, 그렇지? 이것 봐, 내 이럴 줄 알았다니까." 칠이 콧방귀를 꾸며 소리 눈앞에 손바닥을 내밀었다. "아까 먹은 떡볶이 내놔!"

"알아 안다고!"

"이게 거짓말하고 있어."

"치, 누가 거짓말한대. 나한테 왜 이래? 식탁 때문이지? 그렇지?"

눈살을 찌푸리며 둘을 지켜보던 메밀은 어디 앉아서 쉴 데가 없을까 하고 주위를 둘러봤다. 모퉁이 사이로 큰길가 쪽 사람들의 행렬이 언뜻 보이는 이곳에는 어디로 향하는지 알 수 없는 좁은 골목들만 있을 뿐 인적 없이 건조하고 삭막했고, 아케이드도 없어 왠지 모르게 소외감마저 들었다. 접근성이 떨어지는 이곳에 술집이 있을 것 같지 않았다. 정말 거짓말한 걸까? 고개를 가로젓던 메밀이 순간 무언가를 발견하고는 "어, 어." 하고 소리쳤다. 메밀의 눈이 점점 커졌다. 벽 모퉁이에 '그늘에 쉬어'라고 새겨 넣은 화살표 모양의 나무 푯말을 못으로 박아 고정해놓은 게 보였다. 메밀은 손을 들어 그곳을 가리키며 목청을 높였다. "저것 봐! 그늘에 쉬어. 그늘에 쉬어, 라고 적혀 있어. 저게 가리키는 곳에 그 술집이 있나 봐."

"어, 정말."

"치, 거봐."

그들은 동시에 걸음을 옮겼다. 화살표 방향으로, 아주 오래전에 장사를 접은 듯 좌판을 덮은 파란색 방수천 위로 먼지가 뿌옇게 내려앉은 문 닫힌 가게들을 지나, 알 만한 사람만 오갈 것 같은 시장 깊숙한 곳, 으슥한 분위기가 문 옆에 매단 청사초롱에 의해 엷게 풀어진 곳에 다다랐다.

문 위에 걸린 나무 현판, 그 안을 웅장한 필체로 꽉 채운 '그늘에 쉬어'.

메밀과 칠이 서로 마주 보고 서서 감격에 젖어 있을 때 소리가 쪼르르 달려가 문을 잡아당겼다. 수런거리는 소리, 술과 담배로 찌든 매캐한 냄새, 누군가 으하하 크게 웃는 소리가 쏟아져 나왔다.

"소리 왔구나."

"응." 소리가 문 안쪽 원탁에 앉은 중년 남자와 말을 주고받았다. "손님 왔어."

"네가 데려온 거니?"

"그런 셈이지." 소리는 어깨를 으쓱했다.

"이젠 네가 호객을 하는구나."

"호객? 그게 뭔데?"

"바텐더한테 손님을 데려왔다고 말하면 자연스럽게 알게 될 거야. 술은 안 돼도 잘생긴 사과 반쪽은 내줄 거니까."

"정말?"

"당연하지. 그러고 보니 내 술병의 술이 얼추 비어가는구나."

"호객해야겠는걸." 소리가 헤헤 웃으며 말했다.

"그러게 말이다."

청사초롱 옆에 서서 둘의 대화를 엿들은 칠의 얼굴이 붉으락푸르락했다. 꼬맹이 따위에게 속아 시장통을 빙빙 돌았다는 사실에 괘씸한 마음이 들었다. 그러나 메밀의 마음이 향하는 곳은 칠과 달랐다. 이름을 쫓아 방금 술집에 도착한 우리의 본분에 관해서 생각하고 있었다. 드디어 첫 성과를 올린 셈이었다. 두근두근 가슴이 뛰었다.

"그런데 말이야. 우린 수지 다비치 소접시 백이십 종묘 메밀 칠 중에서 무엇을 쫓아 이곳에 온 건가? 넌 그것에 관해서 아무 말도 하지 않았어." 문득 뭔가 빠진 것 같다고 생각한 메밀은 분을 삭이지 못하고 씩씩거리는 칠한테 말을 걸었다.

"그걸 내가 어떻게 알겠어." 칠이 신경질적으로 말했다.

"모른다는 건가?" 메밀은 깜짝 놀란 얼굴을 했다. "미리 생각해둔 바도 없다는 거지?"

"안다 모른다, 그런 차원이 아니라 …… 그저, 음, 점점 좁혀가는 거라고 해두지. 그렇잖아. 안 그래?"

애매하고 빈약한 대답을 내놓으면서도 아무렇지 않아 하는 칠을 쳐다보며 메밀은 씁쓸하게 미소를 지었다. 메밀이 슬쩍 물었다. "이곳을 찾은 다른 이유라도 있나?" 서로에게 동반자라고 해서 모든 비밀을 털어놓아야 하는 건 아니지만, 그래도 여행에 한해 비밀은 없어야 했다.

"왜 그렇게 생각해?" 칠이 정색했다.

"그러면 왜 이곳에 들른 건가? 뭘 찾으려고."

"말했잖아. 좁혀가는 거라고."

"어떤 이름을?" 메밀이 따져 물었다.

"참 나, 너까지 왜 이래?" 칠은 짜증스럽다는 듯이 미간을 찌푸렸다.

메밀은 숨을 깊이 들이마셨다. 동반자로서 배려와 인내가 필요한 순간이었다. 메밀은 한 번 더 숨을 깊이 들이마시는 것으로 이만 언짢은 기분을 훌훌 털어버리고자 했다. 여행은 길어, 그래 길어 …… . 이때 소리가 다짜고짜 메밀의 손을 잡고 앞으로 끌어당겼다.

소리가 재촉했다. "어서 들어와. 빨리." 메밀은 술집 문턱을 넘었다. "저기 저 남자가 이곳 대장이야. 다들 바텐더라고 불러. 등을 보인 채 유리

컵을 정리하고 있잖아. 누군지 알겠지? 목이 긴 의자 보여? 저기 어디쯤 앉아 있으면 바텐더가 쓱 다가올 거야. 다리가 보이지 않는다고 해서 그의 다리가 없다고 생각하면 큰 오산이야. 오늘 아침에도 내가 그의 다리를 분명히 봤거든. 길고 튼튼한 다리였어." 소리가 바 앞에 놓인 빨간 스툴을 가리켰다. "가자. 어서."

햇볕이 거의 들어오지 않는 어스레한 술집 안. 천장에는 조도가 낮은 꼬마전구가 듬성듬성 꽂혔고, 가장자리 쪽으로 원탁이 10개 남짓 놓였는데, 취기가 오른 머리들이 모여 뭐라 뭐라 수군거렸다. 바에는 아무도 없었지만, 이곳에서 가장 밝은 광원인 병맥주를 가득 채운 냉장쇼케이스 3대에서 내쏘는 형광 불빛을 정면으로 맞고 있어서인지, 그곳이 술집 안에서 가장 신이 나는 곳처럼 보였다. 이런 이유로 메밀과 칠이 바 한가운데에 앉은 건 아니었다. 둘은 문턱을 지나 곧장 직선으로 가서 눈에 보이는 스툴에 떡하니 앉은 게 다였다. 둘은 바텐더의 앳된 얼굴을 통해, 환생한 지 얼마 안 된 것 같다며 서로 눈짓을 주고받았다.

단정한 흰색 와이셔츠에 노란색 나비넥타이를 맨 바텐더가 바에 상체를 기댄 채 팔을 길게 뻗어 소리에게 바나나 한 송이를 안겨주었다. 소리가 헤헤 웃으며 돌아가 이내 사물의 안쪽 면이 되어 모습을 감췄다. 바텐더가 쓱 이동해 칠과 메밀 앞에 섰다. 바텐더가 정중한 말투로 물었다.

"식탁을 찾는다고요?"

순간 메밀은 상체를 뒤로 젖히며 하하 크게 웃었다. 반면 칠은 고개를 저으며 복잡하고 서글픈 얼굴을 했다.

뭐가 잘못됐음을 눈치챈 바텐더가 소리를 찾으려고 고개를 들었다. 원탁에 앉은 모두가 하나같이 노란색 바나나를 들고 있었다. 소리를 찾지 못한 바텐더는 식탁에 얽힌 심심한 농과 고집을 설명하는 메밀의 말에 귀를 기울였다. 바텐더는 아하 그런 거였군요, 하는 얼굴로 두 손님을 쳐다보며 고개를 끄덕였다. 메밀의 설명이 끝나자 바텐더가 다시 입을 열었다. "식탁을 보러 온 손님이 아니었군요."

"내다 팔 식탁이 있긴 하고?" 칠이 토라진 말투로 빈정댔다.

"보다시피 팔 수 있는 건 술밖에 없지요."

"그럼 술이나 줘." 칠이 바에 올려놓은 팔꿈치로 슬쩍 메밀을 건들며 말했다. "맥주 마실 거지?"

"우선은."

"맥주 8병. 어때?"

"그렇게 해." 성의 없이 대꾸한 메밀은 몸을 조금 옆으로 움직였다. 비스듬히 칠을 외면하는 각도로. 아까 그 일 때문에 메밀은 옆에 앉은 칠이 약간 거북했다. 뭔가 꿍꿍이가 있는 것 같은데, 여행의 동반자에게 아무것도, 아니, 좁혀간다는 말을 들은 게 전부였다. 좁혀가다니, 대체 무엇을? 누구를? 어디를? 진심은 뭘까? 서운한 마음이 쉬이 풀어지지 않고 출구를 찾아 헤맸다. 인파로 넘치는 종로 거리라면 모를까, 이름을 쫓을 때 도움이 될 만한 특정한 무엇을 이곳에서 찾을 수 있을까? 만약 있다면, 그건 은밀하고 비밀스러운 무엇이 될 것이었다.

그리고 그건 동반자에게는 전혀 해당 사항 없는 거겠지.

순간 지진이 난 듯 드르륵드르륵 굵고 거친 소리가 나며 술집 안이 흔들거렸다. 메밀과 칠은 고개를 집어넣은 움츠린 자세로 서로 시선을 주고

받으며 망설였다. 주변이 묘하게 침착해서였다. 바텐더가 방금 냉장쇼케이스에서 꺼낸 병맥주 8병을 바 위에 내려놓았다. 이어서 불안하고 의아한 얼굴로 두 눈을 끔벅이는 새내기 손님 앞에 유리컵을 한 개씩 내려놓으며, 이 건물의 2층에서 5층까지는 슈트를 제작하는 소규모 옷 공장이 여럿 있다고 천장을 슬쩍 쳐다보며 설명했다.

"젠장." 목을 빼며 칠이 빈정댔다.

그래서인가, 호황을 누리는 상점과 인파로 들끓는 거리의 기저에 흐르던, 술집 안에 있는 사람들이 하나같이 몸에 잘 맞는 슈트 차림을 하고 있는 모습에서 메밀은 인간의 기본적인 성질을 떠올렸다. 사회성. 우린 관계를 맺고, 동질감을 느끼며, 서로 거래한다. 200년 넘게 인류를 짓눌러왔던 '한계'가 이곳에서는 그다지 작동하지 않은 것처럼 느껴졌던 것도 바로 이 때문인 듯싶었다. 그런데 단지 그것 때문일까? 우선 사람이 모여야 했다. 어떤 식으로든 …… 무언가를 바라며 …… 의식적으로 행동에 옮겨야 했다. 메밀은 밀짚모자를 살짝 들었다가 다시 깊게 눌러썼다. 이 근방에 무엇이 있어서 그 많은 사람을 모이게 한 걸까? 그것이 뭐든 간에 이름과 관련이 있을 것 같다는 느낌이 강하게 들었다. 그리고 짐작이 가는 이름이 하나 있기는 했다. 하지만 술집 '그늘에 쉬어'에 왜 왔는지는 조금도 짐작할 수 없었다. 어째서 …… . 메밀은 자신의 팔을 붙잡고 흔드는 소리를 내려다보며 자상하게 물었다. "또 왜 그러니?"

"그만 마셔. 계속 마셨다가는 땅이 흔들리고 말 거야." 소리가 근심 어린 얼굴로 말했다.

"아직 괜찮다." 메밀은 빈 병을 내려놓고 새 병을 집어 들었다.

"약속 지켜."

"아, 그렇지, 약속." 메밀은 묵묵히 병째 들어 술을 마시는 칠을 힐끗 쳐다본 다음 시선을 밑으로 내렸다. "지금?"

"응. 배고파."

"음 …… . 그것도 좋겠다. 그래, 가자꾸나." 메밀은 재빨리 자기 손을 낚아채는 소리의 신이 난 얼굴을 보며 흐뭇한 미소를 지은 것도 잠시, 스툴에서 내려오다 그만 휘청하며 바닥에 쓰러질 뻔했다. 금세 심각하게 변한 소리의 얼굴을 통해 메밀은, 마치 한나를 보는 듯했고, 아무것도 경험하지 못한 기억의 조각들이 덮쳐와 눈앞이 까매질 때면 그렇듯이 순간 어리둥절했지만, 그리움에 대해 이해할 수 있게 된 자신을 어디라도 좋으니 옮겨 적고 싶은 마음에서 그는 자부심을 가졌다. 그리고 감정이 격해졌다. 메밀은 밀짚모자를 더 깊이 쑤셔 박아 얼굴을 가렸다.

"거봐, 땅이 흔들릴 거라고 했잖아."

"그래, 네 말이 맞다, 네 말이 맞아."

한편, 메밀이 소리와 함께 술집에서 나간 것을 확인한 칠은 손을 저어 바텐더를 부른 다음 귓속말하듯 숨죽여 말했다. "혹시, 허깨비 왕을 알아?"

"직접 본 적은 없습니다." 바텐더가 나긋나긋 말했다.

"그야 그렇겠지."

"손님께서는 본 적이 있습니까?"

"뭐 비슷해. 그래서 하는 말인데 …… ." 칠은 더욱 목소리를 낮췄다. "난 그가 보내서 왔어. 허깨비 왕 말이야. 정확히 말하면, 그가 '그늘에 쉬어'에 한번 가보라고 했거든. 무슨 말인지 알겠지?"

"알겠느냐고요? 뭘요?"

"그거야 …… ." 다시 맥주를 병째로 들어 서너 모금 마신 칠은 손등으로 입가를 훔치며 만면에 상냥함을 띤 바텐더를 찬찬히 뜯어보았다. 전혀 모르는 눈치긴 하지만 저 뒤에 무엇이 숨겨 있는지 짐작할 수 없었다. 해서 어떻게 풀어나가야 할지 좀체 감이 잡히지 않았다. 혹시 여기가 아닌가? 문득 그런 생각이 들었다. "'그늘에 쉬어'라는 술집이 이곳 말고 또 있나?"

"이곳뿐입니다."

"그러면 여기가 맞아. 틀림없다고." 칠은 답답하다는 듯 인상을 찌푸렸다. "무슨 영문인지 모르겠지만, 왕이 내게 이곳에 가보라고 말했어. 그게 전부야. 다음에 무엇이 나오고 내가 어떻게 해야 하는지 …… 솔직히 나는 전혀 알지 못해. 내 말뜻 알겠지?"

"모른다면서요?"

"그래." 칠은 낙담한 듯 고개를 숙였다.

바텐더가 살짝 미소를 지었다. "술을 마시러 온 손님이 아니군요."

"이봐, 아직 술이 남았다고." 칠은 투정부리듯 샐쭉한 얼굴로 말했다. "내 말을 전혀 알아듣지 못하는 것 같은데, 방금까지 내 옆에 앉아 있던 밀짚모자를 쓴 남자와 나는 같은 남자한테서 나온 허깨비라고. 모자를 쓴 그는 6개의 이름을 가졌고, 나는 7개의 이름을 가졌지. 내 이름은, 김 수지 다비치 소접시 …… ." 무심한 듯 집중해서 경청하는 바텐더의 상냥한 얼굴을 째려보며 칠은 신경질적인 반응을 보였다. "젠장!"

"바라던 게 있었나 보군요."

"아니, 하지만 해야 할 건 있어." 칠은 퉁명하게 말했다.

"그게 뭐죠?"

"나는 내 이름을 쫓는 여행을 하고 있어. 밀짚모자를 쓴 그 남자하고 같이."

"여행이라 …… 왕이 그러라고 했나요? 그래서 이곳에 들른 건가요?"

"뭐, 비슷해."

"다른 말은 없었고요?"

"어. 뭐, 무슨 말?" 순간 칠의 얼굴이 신중하게 변했다.

"이 술집을 연 어르신을 찾아뵈라든지, 아니면 위대한 선구자와 함께 투쟁을 벌였던 친구를 찾아보라든지 …… ." 입도 벙긋하지 않고 얼어붙은 칠을 향해 바텐더는 빙그레 미소를 지었다. "이런, 아무 말도 못 들었군요."

"아무래도 그런 것 같아."

바텐더가 세로로 실금이 그어진 바 상단 밑으로 손을 집어넣고는 위로 들어올렸다. 바는 3단으로 접히며 한 사람이 지나갈 만한 공간이 열렸다. 바텐더가 거의 무심한 듯 예의 상냥한 말투로 말했다. "안으로 들어오세요."

칠이 바 안쪽으로 들어갔다. 바 바깥에서는 짐작도 못 했는데, 여러 종류의 빈 맥주병을 죽 벌여놓은 진열장과 맞붙은 붉은 벽돌 벽 뒤에는 좁은 복도가 있었다. 복도 안쪽 벽도 같은 재질의 붉은 벽돌이라서, 여기에 공간이 있다고 알려주거나 뭔가 눈치를 채고 유심히 보지 않는 이상, 단골이라고 해도 좀처럼 알아내기 어려운 공간이었다. 바텐더를 따라 좁고 침침한 복도에 들어섰다. 순간 습한 공기가 확 밀려들었다. 스무 걸음쯤 걸었을까, 갓등 하나가 갈색 문 주위를 밝히고 있었다. 밀실이었다.

바텐더가 젊고 싱싱한 허연 손을 내밀어 문에 노크했다. "손님이 왔습니다."

곧이어 "잠시 기다려주게." 조금 쉰 듯한 노회한 목소리가 희미하게 들려왔다.

바텐더가 칠을 돌아봤다. 바텐더의 얼굴에는 전에 없이 자부심이 넘쳐났다. "이 문 너머에 위대한 선구자의 친구가 있습니다. 이분은 위대한 선구자가 자신의 운명을 깨닫고 행동으로 옮기기 전부터 친구 사이였지요. 다시 말해, 이분은 선구자의 위대함에 매료돼 우르르 모여든 사람이 아닙니다. 이분은 처음부터 끝까지 선구자의 친구였고, 누구보다 앞장서서 행동한 실천가였습니다."

"그의 나이가 어떻게 되지?"

"올해로 105세가 되세요."

"그래?" 왕이 살아 있었다면 현재 나이는 138세였다. 허깨비의 자유와 지위를 위해 함께 투쟁한 첫 동료라면, 왕과 얼추 비슷한 나이대일 거로 생각했었다. 고개를 갸웃하며 칠이 물었다. "이름이 어떻게 되지?"

"솔."

"몇 번째지?" 칠은 눈을 깜박였다.

"그게 다입니다."

"솔, 그거 하나라고? 그러니까, 다른 이름은 없이?"

"네."

칠은 의아한 얼굴을 했다. "이름의 주인이 이름을 정하지 않았나 보군.”

“아니요. 원래 이름이 하나였습니다.” 바텐더가 예의 상냥하게 말했다. “이분은 태어날 때부터 환생피로에 걸렸지요. 들어봐서 아시겠지만, 부모 중 한 분이라도 환생했다면 10퍼센트가 조금 안 되는 확률로 자녀가 환생피로에 걸리는데, 매우 운 나쁜 경우지요. 그래서 부모님께서 이분의 이름을 소나무처럼 오래 살라는 뜻으로 ‘솔’이라고 정했다는군요. 아까 그 아이도 태어날 때부터 환생피로에 걸렸지요. 보지 않았습니까?”

“그래서 그 아이가 …… . 참, 그러는 당신은?” 칠은 앳된 얼굴을 한 바텐더의 정체가 궁금했다.

바텐더가 씩 미소를 지으며 어깨를 으쓱했다. “저 역시 소리와 같습니다. 태어날 때부터 환생피로에 걸렸지요.”

그때 스르륵 문이 열렸다. 바텐더 혼자 방에 들어가고 다시 문이 닫혔다. 아마도 사정을 설명하는 것이리라. 환생한 적 없이 환생피로에 걸렸다니 …… 놀랄 것 없다. 전환의 시대 이전에 살았던 사람들이 바로 그러하지 않았던가. 그들 모두는 태어날 때부터 환생피로에 걸린 셈이었다. 이야기가 길어지고 있다. 칠은 붉은 벽돌 벽에 등을 기댄 채 짝다리를 짚었다. 어떤 남자일까? 왕의 오랜 친구라고 …… 그게 뭐 어쨌는데, 이 만남이 내 이름을 쫓는 여행과 무슨 관련이 있다는 거지? 수지에 대해 알아낼 수 있다면 좋으련만, 그러면 메밀의 말대로 전체적인 그림을 그릴 수 있 …… . 순간 칠은 뒤통수를 망치로 얻어맞은 것 같은 얼빠진 표정을 지었다. 아니, 내 이름을 쫓는 여행과 이 술집 사이에 이퀄 표기를 하고 연관성을 설명한 다른 누가 있었던가? …… 없다, 분명히 없다. 미간을 깊게 찌푸리며 칠은 자신도 모르게 신음을 내뱉었다. 왕 노릇 하는 자는 단지 시간이 나면 '그늘에 쉬어'라는 이름의 술집에 들르라고 말했을 뿐이었다. 그런데 어째서 나는 …… . 칠은 문 주위를 밝히는 갓등에서 벗어나 어둠을 입에 문 채 고개를 가로저었다. 헛것이 되어버렸다. 자꾸 그런 생각이 들었다.

"이제 들어가 보세요." 방에서 나온 바텐더가 문을 잡고 서서 상냥하게 말했다.

돌아가지 않고 문 옆에 수행원처럼 지키고 선 바텐더를 힐끗 쳐다보며 이번엔 칠 혼자 방에 들어갔다. 곧이어 문이 닫혔다. 원룸 구조에 방 크기가 10평쯤 되는 밝고 온화한 분위기 속으로 칠은 뚜벅뚜벅 나아갔다. 벽에 걸린 민화풍의 화조화 몇 점과 갈색 3단 서랍장 위에 홀로 자리한, 금장을 입힌 접이식 액자에 잠시 눈길을 돌렸고, 상체가 옆으로 갸우뚱 무너진 자세로 전동 휠체어에 앉아 있는 남자가 불현듯이 앞에 나타났다. 왼쪽 안면이 마비된 강퍅한 인상의 남자는 무릎까지 내려오는 담요 같은 숄을 어깨에 두르고 있었다. 남자는 궁금증이 가득 담긴 눈으로 칠을 올려다봤다.

"왕이 보내서 왔다고?"

칠은 솔을 내려다봤다. 솔이 고개를 움직이거나 눈썹을 꿈틀거릴 때마다 말총머리를 한 그의 두개골이 살아 있는 생명체인 양 꿈틀댔는데, 그건 그의 검은색 말총머리가 가짜라는 것을 은연중 알려줬다. 저 머리 때문에 시간이 길어진 듯했다. 칠은 솔의 육체가 눈에 보이는 것보다 더 심각한 상황에 직면한 것 같다고 생각했다.

"비슷해."

"참, 내 정신 좀 봐. 내 이름은 솔이네."

"내 이름은, 김 수지 다비치 소접시 백이십 종묘 메밀 칠 준으로 나는 이 중에 칠이지." 칠은 자신을 소개하며 이곳에 온 사정을 이야기했다. 자신은 7개의 이름을 가진 허깨비라는 것과 6개의 이름을 가진 동료와 함께 이름을 좇는 여행 중이라는 것, 왕이 이곳에 들르라고 한 것까지. 칠이 덧붙여 말했다. "이상하게 들리겠지만, 내가 여기에 온 건 단순한 착각 때문이라는 사실을 방금 깨달았어. 정말 모르겠어. 뭔가 잃어버린 기분인데, 실제로 잃어버린 건 아무것도 없으니까. 그래, 이건, 허상 같은 거야. 내 잘못이지."

"좀 더 자세히 말해보게." 솔이 눈을 반짝이며 물었다.

"말하자면." 칠은 고개를 돌려 출입구를 보았다. "이만 나가겠다는 거지."

"뭐가 잘못됐는데?"

"이곳에 들르는 것과 내 이름을 좇는 여행에 이퀄 표기를 했는데, 다른 누가 그래야 한다고 말해주지 않았는데도, 나도 모르게 그만 그런 식으로 연결하고 말았어. 허탕을 짚은 셈이지. 멍청하게도."

"그게 정말 잘못됐나?"

칠은 살짝 미간을 찌푸렸다가 곧바로 폈다. "당연히 잘못이지. 누구의 것도 아닌 바로 내 이름을 좇는 여행이라고. 내 팔등에 새겨진 7개의 이름 각각은 어떤 장면에 대해 특수하게 반응한 것으로, 200년 넘는 인생에서 단 7컷만 찍을 수 있는 사진기를 들고 고심을 거듭하다 마침내 찍은 사진이라고 할 수 있어. 이것을 찍을까, 아냐 좀 더 기다려서 저것을 찍을까, 저게 한 방 먹일 만큼 나에게 있어 거대한 무엇인가? 이제 몇 방 남았지? 그가 무엇을 찍을지 누가 알 것이며, 그것이 당신, 그러니까 선구자로 왕으로 아버지로 불리는 한 남자의 친구인 당신과는 아무런 관련이 없다는 거지. 안 그래?" 뭔가 아는 듯 입가에 미소가 희미하게 걸린 솔을 보며 칠은 조금 목청을 높였다. "준을 알고 있기라도 한다는 거야?"

"아니, 난 모르네."

솔의 느긋한 대답이 칠을 불쾌하게 했다. "결국 아무것도 없다는 거군. 젠장! 내 정신이 어떻게 됐나 봐."

"자네가 찾는 이름의 주인을 내가 알 리 없잖나." 칠이 허탈한 듯 작게 코웃음 치며 뒤를 돌아보는 그때 솔이 작은 탄성을 터트리며 덧붙였다. "하, 이어지고 있었어! 이 얼마 만인가. 그분을 뵌 건 내 나이 19세 때였네. 그때 왕은…… ."

"잠깐." 칠이 솔의 말을 자르며 끼어들었다. "난 이만 돌아갔으면 해."

솔의 전동 휠체어가 왼편으로 돌아 나가 3인용 소파 앞에 멈췄다. 솔은 말총머리가 거의 떨어질 정도로 턱을 내밀었다. 이에 칠은 어쩔 수 없이 3인용 소파에 앉았다. 소파에 등을 기댄 칠은 어디 한번 해보라는 식으로 팔짱을 꼈다. 그 모습을 보며 솔이 심드렁히 말했다. "내가 허깨비가 아니어서 그러나?"

"그런 뜻이 아니야."

발끈하고 일어서려 했지만 그러지 못하는 솔의 몸은 상체만 조금 흔들었을 뿐이다. 대신에 솔의 목소리가 조금 격양되었다. "내 앞에서는 다들 그렇게 말하곤 했지. 하지만 내심, 그래도 넌 젊음을 보내지 않았느냐고…… 환생이 가능하지 않은 육체에 짓눌린 건 마찬가지인데도, 너희 허깨비들은 나와 말을 섞는 것도 탐탁지 않아 했어. 차라리 허깨비였다면 이런 소외감을 겪지 않아도 되었겠지. 난 방황했네. 정말 엉망진창이었어. 그러던 어느 날 내 앞에 장차 왕이 될 분이 나타났어. 그때 난 며칠째 한 식료품 가게 주위를 배회하고 있었지. 기회를 봐서 털 생각이었는데, 좀체 용기가 나지 않았어. 그때 그분이 내게 다가왔지. 요 며칠 몇 번 마주친 터라, 난 동업이라면 절대 사양이라고 말하려는 참이었지. 그런데 그분이 이러는 거야. 네 이름이 뭐지? 라고. 난 귀찮게 하지 말라는 투로 거의 시비를 걸듯 내 짧은 이름을 밝혔지. 좋은 이름이네, 나는 아직 이름이 없는데, 이름이 있다는 건 좋은 거야, 넌 누군가에게 상징되고 그러한 상징은 기분 좋은 울림이 되어 너에게 되돌아가지. 솔, 안 그래? 네 이름을 정했던 최초의 기대를 상상해보라고. 나는 무슨 개소리냐고 코웃음 쳤지. 하지만 외로웠어. 누군가 말을 걸어줬으면 했어. 내 이름을 부르고 나와 눈을 맞추며. 이런 마음과 달리 혀를 끌끌 차는 내게 다가온 그분이 내 어깨를 다독이며 말했지. 가자, 솔. 시간을 낭비해서는 안 돼. 죄명 옆에 너의 아름다운 이름을 올려두겠다는 거야? 그러면 안 돼. 자, 따라와. 어서. 나도 너처럼 혼자니까. 그거면 충분했어. 그때부터 나는, 그분을 형이라 부르며 졸졸 따라다니다가 어느 순간부터는 형이 가는 곳이라면 불지옥이라도 죽을힘을 다해 따라다니기로 마음먹었지. 그때 형은 이름을 좇는 여행 중이었어. 지금 자네처럼."

"아!" 칠은 깜짝 놀란 얼굴로 소파에 등을 떼고 솔을 쳐다봤다. "그럼 당신도 그분의 여행에 동행한 거야?"

"물론이지."

"왕과는 호형호제하는 사이였다면, 지금의 왕이 가짜라는 것도 알겠군."

"그래." 잠시 말을 멈춘 솔이 갑자기 부르르 몸을 떨었다. 당장에라도 넋두리를 늘어놓을 듯한 처연한 얼굴을 한 그는 입에서 다른 소리가 새어 나오지 않도록 사력을 다하는 듯 입을 꾹 다문 다음 한 자 한 자 또박또박 말했다. "〈2번째 주인의 자유와 지위 보장에 관한 법률〉이 통과되기 전날 형이 돌연 급사하고, 나는 은밀히 형의 육체를 맨 처음 가졌던 남자의 쌍둥이 동생을 불러 형의 대역을 맡게 했어. 그날 이후로 모두가 그랬듯 형의 대역을 나 역시 위대한 선구자나 왕으로 부르게 되었지. 그런 호칭으로 부른 건 난생처음이었어. 내 입에서 형이라는 말이 나올 리 없게 되었지. 과거를 더듬을 때를 제외하면."

"왕 노릇 하는 자가 그의 동생이었다는 게 사실이었어." 칠은 혼잣말하듯 중얼대다 솔을 바라보며 물었다. "여행은 어땠지?"

"이름을 쫓는 여행 말인가?" 솔의 얼굴에 조금 화색이 돌으며 말투도 느긋해졌다.

"그래."

"어떻게 말하는 게 좋을까, 음, 이름의 정체를 알아낸 형은 몹시 실망했어. 밤이면 이불을 뒤집어쓴 채 훌쩍이고, 낮이면 으슥한 곳에 숨어들어 끙끙 앓았어. 허공에 대고 고함을 지르거나 무언가를 밟는 듯 발을 굴렀지. 왜인지 아나? 형이 찾은 3개의 이름은 사실 별거 아니었어. 형은 그 사실을 받아들이는 데 몹시 어려워했지. 믿을 수 없었던 거야."

"끔찍했던 게 아니라 별거 아니었다니 …… 그 무슨?"

"각각의 이름은 대단할 것도 없이 무척 평범한 내용을 품고 있었어. 그 이름은 사과 천 여화로, 첫 이름은 집 앞에 사과나무를 심었다는 것. 하지만 당시에는 그 나무를 찾을 수 없었지. 태풍이 와서 쓸어가버렸다고 했으니까. 그것도 나무를 심은 그다음 해에. 2번째 이름은 천 개째 콘돔을 사용했다는 웃기지도 않은 내용이었고, 3번째 이름은 여자 이름으로, 그녀와는 운명이고 뭐고 없이 단순히 짝사랑했던 상대인데, 그녀는 사과 천 여화라는 이름을 가진 남자에 대해서도 긴가민가할 뿐 분명히 기억하지 못했어. 그녀에게 있어 그는 아무래도 상관없는 남자였던 거야."

"이름이 다 그렇지 않을까? 한심하고 여리며 충동적인." 칠은 어깨를 으쓱했다. "영원을 추측하려는 개별성의 그릇에 담긴 한계일 테니까."

"자네가 찾으려는 7개의 이름도 그분의 이름처럼, 어쩌면 그분의 이름보다 더 별거 없을 거라는 쪽으로 받아들여도 되겠나?"

칠은 자신도 모르게 끙 소리를 냈다.

"누구나 자신의 존재만큼은 운명적으로 받아들인다네. 그렇게 한계를 뛰어넘어 영원을 입히지. 형도 자신의 이름에서 그러한 징후를 찾으려 했었던 거고. 하지만 없었지. 가볍고 변태적이며 자신감 없는 기질밖에는. 앞으로 형이 행할 웅대한 포부와 도전적인 과제를 생각한다면 현격한 차이를 보이는 셈이었으니까. 이에 형은 며칠 밤낮을 뜬눈으로 보내며 고심을 거듭했어. 그러던 어느 날 내게 말했지. 내용이 어찌 됐든 간에 그 이름들에는 한계를 인정하지 않는 시도가 있고, 나는 그러한 개별적 역량에 기대를 걸어야 할 것 같다고. 다음 날 아침이었어. 지진으로 갈라진 대지를 밤새 쾌맨 것 마냥 꾸불꾸불 굽어져 온 사방으로 뻗어 나간 일정한 문양을 목격했지. 가까이서 보니, 그건 글자였어. 한 글자의 연속이었지. 내가 온 것도 모르고 형은 굵고 단단한 나뭇가지를 이용해 흙을 파헤치며 선을 긋고 있었어. 얼마나 열중하던지, 내가 아무리 목청 높여 부르고 깡충깡충 뛰어도 희열로 가득한 형은 이곳에 없는 사람이었어. 오, 얼굴에서 빛이 났지. 빛이 자신의 본성을 깨닫고 사방으로 그 밝음을 내뿜으려는 순간이 온 게지. 그건 이름이었어. 바로 그분의 이름이었던 거야. 그분은 스스로 그것을 해냈어."

"이름이라고?" 칠은 목청을 높였다. "이름이 뭐지?"

"그늘."

칠은 솔의 말을 따라 말했다. "그늘." 그리고 입에 착 감길 때까지 연거푸 소리 내 말했다. "그늘. 그늘. 그늘." 칠이 고개를 갸웃하며 말했다. "이 이름 어디에 위대한 신념이 깃든 거지? 참, 그러고 보니 이 가게의 이름이 '그늘에 쉬어'였지."

"그분은 내게 쉴 수 있는 그늘이 되어 주었으니까. 그때나 지금이나. 그래서 가게 이름을 그리 정했네. 지난한 혁명을 이 자리에서 간단히 설명할 수 없지만, 돌이켜보면 난 그저 형의 그늘에 쉬고 있었던 게야." 전동 휠체어의 머리 받침대에 뒷머리를 기댄 솔은 어느덧 편안한 얼굴을 했다.

"어째서 그늘이지?"

솔은 흐뭇한 미소를 입가에 그리며 말했다. "당시에 나도 자네와 같은 질문을 했네. 형은 수줍은 듯 얼굴을 모로 틀며 지나가는 투로 이리 말했어. 그냥, 뭐, 햇볕을 등진 채 내 품 안에 그늘을 드리우는 것만으로도 무척 힘에 부칠 듯해서. 형은 뒷머리를 긁적이며 헤헤 웃었지. 이제 돌아가

자. 어디로 갈 건데? 내가 물었지. 우선은 집에, 그게 좋을 것 같아. 그 이후로 형은 당신 스스로 지은 이름 대신에 아주 잠깐 3번째 이름 여화로 당신을 소개한 적도 있었지만 곧 혁명가, 인도자로 불린 터라 굳이 이름을 밝힐 필요가 없었고, 급작스런 죽음을 맞이한 이후로는 위대한 선구자이자 아버지, 허깨비 왕으로 불리게 되었지." 한동안 말없이, 잠이 덜 깬 듯 몽롱한 얼굴을 한 솔이 퍼뜩 정신을 차리고 고개를 들어 칠을 쳐다봤다. 솔은 과거 허깨비의 자유와 지위를 위해 실천가로 활동하던 그때로 돌아간 듯 엄하고 딱딱한 말투로 말했다. "이름을 쫓는다고?"

칠은 신중하게 고개를 끄덕였다.

"왕이 그러라고 하던가? 형이 했던 대로 이름을 쫓으라고."

"아니, 왕이 과거에 그러한 여행을 다녀왔다는 이야기를 듣고, 나도 그래야겠다고 마음을 먹었어. 그래서 지금의 왕은 내가 내 이름을 쫓는 여행 중이라는 사실을 모르지. 뭐 짐작은 할지 모르지만."

"애초에 이름을 쫓을 생각이 없었다는 말로 들리는군." 솔이 냉담하게 말했다.

칠은 솔의 강렬한 시선을 가볍게 넘겨버리려는 듯 왼쪽 어깨를 살짝 내렸다가 올렸다. "그래."

"이 여행의 끝도 있겠군."

"맞아. 이름을 전부 다 쫓는 거지."

"그다음은?"

"한계에 닿겠지. 나 자신을 이해하고, 돌아가려는 어떤 특별한 마음을 먹게 되겠지. 그래서 어딘가로 돌아갈 거고. 그런 자리가 있다면." 칠은 자리에서 일어났다. "이만 가봐야겠어." 칠은 몸을 홱 돌려 출입구 쪽으로 잰 걸음을 놀렸다. 여기에 이름은 없다.

방문객이 떠나고 솔은 전동 휠체어를 움직여 갈색 삼단 서랍장 앞에 멈췄다. 솔은 고개를 들어 금장을 입힌 접이식 액자를 바라보며 흐뭇한 미소를 지었다. 한때였다. 이름을 전부 다 좇고 집에 돌아와, 쌍둥이 동생이 장난삼아 찍은 그 사진에는 그분과 어깨동무한 자세로 서 있는 진짜 말총머리를 한 자신만만하고 말쑥한 인상의 젊은이가 있었다. 영원에 대한 강력한 표식이 바로 거기에 있었다. 솔은 자신의 이름을 조용히 내뱉었다.

한편, 메밀은 작고 날쌘 몸으로 아케이드 아래 인파로 붐비는 미로 같은 시장 안을 잘도 비집고 헤쳐 가는 소리의 행동거지가 밉살스러워서 한 대 쥐어박고 싶은 심정이었다. 그러자면 우선 저 아이를 따라잡아야 했다.

길 따라 죽 늘어선 노점들이 네 방향으로 갈라진 네거리 한가운데에 우뚝 멈춰 선 소리가 손을 들어 노점 한 곳을 가리켰다. 40세 안팎의 뚱뚱한 여자가 노점의 주인인 듯 긴 나무 주걱으로 떡볶이와 양념을 뒤섞으며 장사 준비에 여념이 없었다. 그녀의 오동통한 얼굴은 매운 열기를 품은 더운 김을 장시간 쬔 탓인지 아니면 단순히 이 일이 즐거워서인지 혈기 좋게 불그레했다.

"저기야. 이 시장에서 가장 매운 떡볶이를 파는 가게가. 분명 깜짝 놀랄걸." 소리가 엉큼하게 히죽 웃으며 황홀한 듯 두 손을 모았다.

"잡았다, 요놈. 잡았어!" 소리의 작은 어깨를 붙잡은 메밀이 해죽 웃으며 득의양양하게 소리쳤다. 이에 소리는 못마땅한 듯 입을 비죽 내밀며 몸을 돌렸다. 메밀이 가슴 높이까지 손을 들자 소리의 또랑또랑한 눈은 가장

자리부터 일그러지며 흔들렸다. 메밀이 피식 웃으며 소리가 머리에 쓴 남색 페도라를 위에서 납작하게 눌러버렸다. 소리가 앞이 보이지 않는다고 양손을 허우적대며 불평했다. "가만히 있어." 메밀이 소리의 허리를 한 팔로 감고 다른 손으로 엉덩이를 받쳐 위로 힘껏 들어서 어깨에 올려놓았다.

"우와!" 소리가 탄성을 질렀다. "최고야, 최고!"

"너 혼자서만 막 달려갈 거야?" 메밀이 상체를 앞으로 숙이자 소리가 우어어 소리치며 까르르 웃었다. "이래도 그럴 거야?" 메밀은 소리의 두 다리를 꼭 잡은 채 옆으로 뒤로 왔다 갔다 했다.

"알았어. 다시는 안 그럴게. 어지러워."

"정말?"

"약속해. 약속한다고."

"좋아. 이제 내려와."

"조금만 더. 조금만 더 있을게." 소리가 메밀의 머리를 북처럼 두드리며 소리쳤다.

"발은 가만 있어."

"치."

"내려올래?"

"아냐. 아니야. 야호!" 소리는 두 손을 높이 들어 환호를 연발했다.

메밀의 입가에 흐뭇한 미소가 걸렸다. 한나도 이랬다. 웃고 울고 기대하고 실망하고 환호하는 마음이 어지러울 정도로 금방금방 뒤바뀌었다. 한번은 이런 적이 있었다. 술래가 되어 거의 폐허가 된 시장통 어딘가에 몸을 숨긴 한나를 찾아내야 했다. 한나를 두 번이나 찾아냈지만, 술래는 여전히 메밀이 도맡았다. 두 번 모두 술래가 된 지 이삼 분 만에 한나를 찾아냈는데, 한나는 분한 듯 입술을 깨물며 "한 번 더!"를 크게 외쳤다. 하여 이번 세 번째 술래에서는 신중하게 행동해야 했다. 적어도 10분 정도는 한나를 발견해도 못 본 체하며 한나가 숨은 근방을 서성여야 했다. 한나가 양손으로 입을 틀어막아도 킥킥거리는 소리가 이곳까지 들려오고, 신이 난 얼굴을 들킨지도 모른 채 술래를 엿보고 있음에도, 도저히 못 찾겠다는 듯 뚱한 표정을 지어야 했던 것이다. 메밀은 금세 피로해졌다. 이제 3분쯤 지났을까, 포말이 빠르게 다가와 한나가 어디 있는지 물었다. 급한 것 같았다. 손을 들어 한나가 숨어 있는 위치를 간단하게 밝힌 메밀은 곧이어 자책이 밀려와 몹시 상심했다. 역시나 은신처에서 나온 한나가 잔뜩 토라진 얼굴로 소리쳤다. "나 안 해. 다시는 안 할 거야." 그렇게 말은 했지만, 다음 날에도 술래는 메밀이었다.

문득 이런 생각이 들었다. 돌아갈 수 있을까? 허깨비. 최악. 아. 견딜 수 있을까?

"매워서 그런 거지. 그치?"

메밀은 손을 들어 소리의 페도라를 위에서 푹 눌러버렸다.

"치, 봐. 난 아무렇지 않아. 멀쩡해."

등을 돌린 메밀은 팔을 들어 소매로 눈 주위를 쓱 닦았다. 얼마나 걸릴까? 전부 다 쫓을 수는 있을까? 메밀은 술집 '그늘에 쉬어'가 있는 미로 같은 시장통 쪽을 바라봤다. "다 먹었으면 이제 돌아가자." 자리에서 일어난 소리가 메밀의 손을 붙잡았다. 점점 인파가 줄어들며 이윽고 으슥한 분위기가 감도는 시장 깊숙한 곳에 다다랐다. 아까와는 전혀 다른 통로였다.

산책이라도 나선 듯 소리는 발걸음도 가볍게 사뿐사뿐 걸었다. 메밀이 물었다. “이 방향이 맞아?”

“응. 쭉 가면 돼. 왜 무서워?”

메밀은 헛웃음을 터트렸다. “아무도 살지 않나?” 조용한 점이 마음에 들었지만, 눈에 보이는 거의 모든 것이 새까맸다. 예전에 큰불이 일어나 연기가 빠져나갈 길을 찾지 못하고 이쪽을 휩쓴 나머지 이곳 상점들만 검게 그을린 건지 아니면 관리가 전혀 안돼 그런 건지, 양쪽 상점들 사이로 세운 3층 높이의 아케이드마저 까매서 빛이 거의 들어오지 않았다. 텅 빈 금관악기 속을 통과하는 듯이 고요한 가운데 땅을 자박자박 밟는 발소리에서 진동이 느껴졌다. 정말 아무도 없는 듯했다. 저 끝에서 하얀빛이 반짝였는데, 200미터 정도 떨어진 그곳이 출구인 듯했다. “이곳 종로 거리로 사람들이 모이는 이유에 대해 누군가한테 들은 것 있니?”

“아니, 왜, 많으면 안 돼?”

“안 되는 것은 아니지만, 이상해서 그러지. 넌 여기서만 지냈니?”

“응. 쭉. 그런데 종로를 벗어나면 사람들이 아예 없는 거야? 무시무시한 낭떠러지가 있나 봐.”

“낭떠러지?”

“응. 낭떠러지. 바텐더가 그랬어. 물이든 공기든 사람이든 건물이든 하늘이든 별이든 모조리 삼켜버리는 낭떠러지가 있으니까 너무 멀리 나가지 말라고. 환생할 수 없는 우리라면 더욱이 안 된다고.”

“환생할 수 없다고?” 메밀은 밀짚모자를 살짝 위로 들어 올렸다.

“응.”

"내가 어떤 사람인지 알아?"

"허깨비잖아. 나도 알 건 알아. 나도 허깨비와 비슷한걸. 엄마 아빠가 그랬어. 환생할 수 없다고."

"혹시, 태어날 때부터?" 메밀은 눈에 힘을 주며 물었다.

"맞아."

들어본 적은 있지만 실제로 본 적은 이번이 처음이었다. 태어날 때부터 환생피로에 걸린 사람들에 관해. 그 수가 점점 늘어나고 있다지만 아직은 미미했다. 이들을 치료할 마땅한 수단은 없었다. 한계니까.

짧든 길든 수명을 다하면 흙으로 돌아가고, 억겁에 달하는 시간이 지난 후에는 결국 빛으로 화할 터였다. 모두 같았다. 결국에는 같아진다는 이유를 들어 유쾌해지고 싶지 않았지만, 슬며시 안심이 드는 이 마음을 추악하다고 여기며 저만치 밀어내고 싶지도 않았다. 중요한 건 전혀 다른 곳에 있었다. 지금 이 육체를 찌르고 꺾고 문지르는 모든 감각은, 그러한 정서는 오로지 나 자신하고만 연관돼 있다는 사실이었다.

난 지금 생생하다.

그때였다. 카랑카랑한 목소리가 메밀과 소리의 발걸음을 멈춰 세웠다. "거기, 멈춰!" 2층과 이어진 철제 나선계단에서 경찰 제복 차림의 남자가 빠른 걸음으로 빙글빙글 돌아 지면에 내려왔다. 메밀은 남자의 동선을 좇아 시선을 옮겼다. 옆얼굴 쪽으로 검버섯 같은 게 돋았지만 입 주위 피부는 탱탱했다. 조금 묘한 얼굴이었다. 남자는 은색 버클이 달린 가죽 허리띠 양쪽에 손을 얹은 위압적인 자세로 서서 쌍꺼풀이 없는 작은 눈으로 메밀을 빤히 쳐다봤다. 남자는 최 경위였다.

"이봐, 왜 이래? 마치 처음 본 사람처럼." 최 경위는 반가운 표시로 히죽 웃다 이내 뚱한 얼굴을 했다. 자신과는 구면이며 더군다나 약속을 맺은 사이임에도 초면이라는 듯 순진무구한 눈빛과 조금 얼빠진 태도가 정말이지 어처구니가 없었다. "하여튼 허깨비들이란 …… 자기 이외의 사람들까지 헛것으로 대강 보아 넘긴다니까. 그러니 정처 없이 떠돌아다니는 거라고. 내 말이 틀려? 이봐, 내게 이러면 안 되지. 모자는 또 뭔가? 뭘 가린 거지?"

메밀은 자신의 밀짚모자를 벗기고자 코앞까지 다가온 최 경위의 손을 툭 쳐내며 신경질을 냈다. "무슨 짓인가!"

"이런, 이런!" 최 경위가 황망한 얼굴로 고개를 가로저으며 목소리를 높였다. "그새 바싹 곯아버렸잖아! 무슨 일 있었던 거야? 그래, 이름은 알아냈고?"

"사람 잘못 봤네! 나는 당신이 찾는 사람이 아니야." 경찰 제복을 입은 이 남자가 칠과 어떤 식으로든 얽혀 있다고 메밀은 확신했다.

"나를 피하는 건가? 우리의 거래는 어떻게 하고, 앙!"

"난 그런 거 몰라."

"이건 배신이야. 위반이라고!"

메밀은 경위의 어깨를 옆으로 밀쳤다. 어찌할 바를 몰라 커다란 두 눈만 끔벅이는 소리를 내려다보며 어서 가자고 말하려는데, 순간 옆구리 쪽이 불에 덴 듯 화끈하더니 다리 힘이 쭉 빠지며 아무런 저항 없이 몸이 밑으로 무너져 내렸다. 잠깐 정신을 놓아버렸던 것일까, 메밀은 자신이 땅바닥에 대자로 누운 채 부들부들 떨고 있음을 알아차렸다. 갑자기 왜? 메밀은 고개는커녕 손가락 하나도 움직일 수 없어서 눈동자를 최대한 옆으로 밀어붙여 경위를 노려봤다.

"어딜 도망가려고." 최 경위가 가늘고 긴 막대기 같은 전기 충격봉을 흔들어대며 능글맞게 낄낄거렸다. "답도 안 내놓고. 내가 우습게 보여, 앙!" 전기 충격봉을 떡하니 어깨에 걸친 그의 시야에 겁에 질린 채 미동도 않는 아이가 들어왔다. 그는 아이의 휘둥그레진 눈과 마주치고자 허리를 숙였다. 그래도 눈이 마주치지 않자 전기 충격봉을 들어 아이의 뺨에 대고 자기 쪽으로 돌렸다. "넌 칠과 무슨 관계지?"

"…… 네, 네?"

"이자는 허깨비야. 헛것이라고. 몰랐지, 그치?"

소리가 숨을 헐떡이기 시작했다.

"아니야?"

"나, 난 ……."

메밀은 아찔한 정신을 추스르고자 애썼지만, 머릿속까지 전기가 흘렀는지 그저 멍하고 무력했다. 그렇다고 분한 마음마저 충격을 입고 깡그리 쓸려가지는 않아서 메밀은 신음을 토한 다음 가까스로 몇몇 단어를 내뱉었다. "그, 아이, 내버려둬. 내게, 뭘, 원해?"

메밀이 죽었다고 생각했던지, 순간 소리의 얼굴에 화색이 돋았다.

"누구한테 이래라저래라 하는 거야. 허깨비 따위가, 앙!" 최 경위가 구둣발로 메밀의 어깨를 지그시 누르며 말을 이었다. "이름을 알아냈겠지? 약속했잖아. 왕한테 널 데려다주면 넌 왕의 이름을 알아내서 내게 알려주기로. 자, 말해봐. 왕의 이름이 뭐지? 난 들을 준비가 다 됐어. 그거만 말하면 너와 나 사이에는 아무런 채무도 남아 있지 않게 된다고."

"모, 몰라. 그딴 거."

최 경위가 목청을 높였다. "왜 숨기는 거지? 왜?"

"저, 정말이야, 모, 모른다고, 몰라."

"거짓말 마! 허깨비가 모를 리 없어. 너희한테도 우리 같은 존엄한 존재로서의 자유와 지위를 보장하게 한 사람인데. 그런 사람의 이름을 모를 리 없잖아. 안 그래? 내 말이 틀려? 정말 모른다면, 네 말이 정녕 사실이라면, 칠, 너희는, 구제 불능의 쓰레기들일 뿐이지!" 최 경위가 바닥에 쓰러진 메밀의 어깨에 다시 전기를 흘려보냈다. "쓰레기, 배은망덕한 쓰레기라고. 너희 허깨비들은 원래부터 잡것이었던 게야." 메밀은 새된 비명을 지르며 온몸으로 부들부들 떨었다. 최 경위는 다시 아이에게로 시선을 돌렸다. "넌 뭐지? 칠하고 어디 가는 길이었지?"

"떡볶이를……."

"혹시, 너 알아? 왕의 이름을?"

"나, 난……." 소리가 다시 숨을 헐떡였다.

"뭐라는 거야, 앙!" 소리를 매섭게 노려보던 최 경위의 얼굴에 순간 이해할 수 없다는 표정이 떠올랐다. 최 경위는 아케이드에 가로막힌 흙빛 하늘을 향해 고개를 쳐들었다. 손을 들어 왼쪽 귀를 누르는 최 경위의 얼굴이 잔뜩 구겨졌다. "도대체 뭐라는 거야?"

그때였다. 메밀과 소리가 지나왔던 시장 쪽에서 한 남자가 나타났다. 남자는 또각또각 구둣발 소리를 내며 다가와 최 경위와 나란히 섰다. 남자는 먼저 온 최 경위와 체형, 얼굴, 옷차림새가 똑같았는데, 언뜻 보면 허깨비 같았지만 통상 30년 차이가 나는 허깨비와 비교하면 나이대는 엇비슷했고, 무엇보다 개체성이 느껴지지 않았다.

"너도 그 정보 받았나?" 최 경위가 방금 나타난 최 경위에게 물었다.

"그래."

"그렇군. 그게 무슨 의미지?"

"정보 그대로. 저 남자는 우리와 거래했던 칠이 아니라는 거지. 6번째 이름 메밀로 불리는, 6개의 이름을 가진 남자지. 얼굴이며 체형이 비슷한 건, 칠 이전의 허깨비여서고. 둘은 정확히 30년 차이가 나."

"신뢰할 만해?" 먼저 온 최 경위는 쓴웃음을 지었다.

"우선은 그렇게 해석해야겠지."

"한 개체에 2명의 허깨비가, 그것도 연속해서 나올 수 있나?"

"아직 한계에 닿지 않았다고 보아야 옳겠지. 그래서 장담할 수 없는 거고. 통계란 그런 거니까. 그래서 확률적으로 거의 희소한 경우겠지."

"그렇군. 그러면 저 남자는 아무것도 모른다는 건가?"

"칠이 말했다면 모를까, 거기에 대한 정보는 없어."

"다른 이들과 공유해보지."

"좋아."

두 최 경위는 손을 들어 왼쪽 귀를 누른 채 한동안 흙빛 아케이드를 올려다봤다. 미미하게 고개를 흔들던 그 둘은 거의 동시에 어깨를 으쓱하며 고개를 내렸다. 먼저 온 최 경위가 바닥에 쓰러진 메밀과 미동도 않고 서 있는 소리를 잠시 흘깃했을 뿐 둘 다 거의 비슷한 속도로 인파로 넘치는 시장 쪽으로 사라졌다.

잠시 후, 정신이 돌아온 메밀이 앓는 소리를 연발하며 몸을 움직이려

애썼다. 그 소리를 듣고 퍼뜩 정신을 차린 소리가 메밀한테 다가갔다. 소리가 메밀의 축 늘어진 손을 잡아당기며 메밀을 일으켜 세우려 안간힘을 냈다. 메밀은 소리를 안심시키고자 부드럽게 말했다. "괜찮다. 난 괜찮아."

"괜찮지 않아 보여." 소리가 울먹이며 말했다.

일어나려다가 아직은 힘이 부쳐 도로 바닥에 누워버린 메밀이 허탈한 듯 말했다. "갔겠지?"

"응."

메밀은 후유, 하고 숨을 길게 내쉬었다. "잠시만 이대로 있을게."

"죽는 거 아니지?"

"바닥에 엎드려 있고 싶어. 지금은 그래. 그러니까, 그런 눈으로 보지 마. 정말이야. 잠시 이렇게 있고 싶어. 어디 가지 말고 근처에 있어." 아직 기운이 돌아오지 않기도 했지만, 메밀은 경찰 제복 차림의 남자가 한 말을 잊을 수 없었다. 좀 더 그 말에 집중하고 싶었다. 왕의 이름이라 …… 왕의 이름이라고!

귀에 거슬렸다.

수지

칠.

7번째 이름 칠, 거기에 무엇이 담겨 있을까?

자리로 돌아온 칠은 홀로 연거푸 술을 마셨다. 메밀이 먹다 남긴 맥주까지 모조리 비운 다음에야 칠은 폭음을 멈추고 두 손을 들어 자신의 뺨을 감쌌다. 그는 무슨 생각으로 그런 이름을 지었을까?

아아, 언제였던가, 한번은 그녀가 이렇게 말한 적이 있었다.

"내가 문 앞에 서서 스피커에 대고 문을 열어 달라고 하면 엄마 아빠는 항상 같은 질문을 했어. 네 이름이 뭐니? 라고. 그때만 내 이름을 물은 건 아니었어. 팔을 뻗어 엄마 아빠를 붙잡을 때, 화장실 문을 두드릴 때, 막 잠들려는데 엄마 아빠가 다가와 내 이마에 뽀뽀할 때, 수저를 들기 전에, 그리고 엄마가 돌아가셨을 때 아빠가, 다음 해 아빠가 돌아가셨을 때 나도 모르게 내가, 내 이름을 중얼댔어. 그냥, 나도 모르게. 두 분이 내게 했던 것처럼 두 손바닥으로 내 뺨을 살포시 감싸면서. 그랬던 내가, 이랬던 나를 모두 잊은 어느 날 문득, 내 이름을 중얼대는 나를 발견하고는 펄쩍 뛸 듯 놀랐지. 왜냐고? 불안하고, 토할 것 같고, 막막할 때, 내 나름의 진정제를 찾은 셈이었으니까. 정말로.

가만 돌이켜보니, 우린 알고 싶어서 그랬던 것 같아. 네가, 내가 알고 있는 네가 맞는지. 내가, 나를 인정하는지 …… .

그렇게 안심하는 거지.

음, 그래서 하는 말인데, 그렇게 불려도 정말 상관없어? 진짜로. 그래도 좋다는 거구나. 그렇지?"

칠은 바에 팔꿈치를 괴고서 조금 붉어진 턱을 살짝 들었다. 원탁 쪽 손님들의 시중을 들고 돌아온 바텐더가 후유, 하고 숨을 돌렸다. 바 뒤에 스툴이 숨겨져 있었는지 바텐더의 키가 조금 낮아졌다.

이때 문이 열리고, 노을빛이 술집 안으로 쏟아져 들어왔다. 문 쪽으로 몸을 반쯤 돌린 칠은 눈이 부셔 손차양을 했다. 소년과 노인은 누가 누구를 부축하는지 모를 정도로 한 몸이 되어 15센티미터 높이의 문턱 앞에서 낑낑대며 애를 먹고 있었다. 그 모습을 본 칠은 재빨리 스툴에서 내려왔다. 그 둘은 소리와 메밀이었다. 칠은 메밀의 한쪽 팔을 들어 올려 어깨동무하는 자세를 잡은 다음 메밀을 천천히 들어 올렸다. 메밀은 이제 안심이라는 듯이 희미하게 미소를 지었는데, 밀짚모자에 의해 그늘진 얼굴을 고려하더라도 가까이서 본 메밀의 얼굴이 나갈 때와 다르게 핏기 없이 초췌한 탓에 칠은 깜짝 놀랐다.

문이 닫히자 음침하고 서늘한 어둠이 내려앉았다. 칠이 물었다. "무슨 일 있었어?"

메밀의 입가에 허탈한 미소가 떠올랐다.

칠이 메밀을 스툴에 앉히고 한숨을 돌리는데, 갑자기 소리가 울먹이는 목소리로 말했다. "떡볶이를 먹고 오는데, 경찰이 …… 길을 가로막고, 손에 든 봉에서 전기가 …… 넘어졌어. 부르르 떨고 …… 팔다리가 제멋대로 부들부들 …… 갑자기 쌍둥이가 나타났어. 그 둘이 보이지도 않는 하늘을 보는데 …… 알아들을 수 없이 뭐라 뭐라, 심각한 것 같아 …… 그런데 일어나지 않고, 엎드려 있고 싶다고 해서 …… 참, 쌍둥이 중 한 명의 입에서 그 이름이 나왔어. 칠, 칠이라고."

"나, 내 이름?" 순간 칠이 황망한 얼굴로 물었다.

소리가 입을 비죽 내밀며 고개를 끄덕였다.

이때 바텐더가 따듯한 홍차를 메밀 앞에 내려놓았다. 메밀은 고맙다는 뜻으로 고개를 끄덕이고는 천천히 홍차를 마셨다. 칠이 채근했다. 내 이름이라니, 경찰이라고, 넘어졌어, 뭔데, 도대체 뭐야, 라고 연달아 물었지만, 메밀은 아무 소리도 못 들었다는 듯 눈을 감은 채 홍차의 상쾌한 맛을 음미할 뿐이었다. 메밀은 홍차를 한 잔 더 비웠다. 메밀의 얼굴에 드리운 창백한 기운은 어느새 거의 다 지워져 있었다. 메밀은 상체를 뒤로 젖히며 기지개를 켰다. 뚜두두둑, 뼈마디가 풀어지는 소리가 났다.

"내가 왜? 밖에서 무슨 일 있었어?" 칠이 물었다.

"있었고말고." 기운을 어느 정도 회복한 메밀이 조곤조곤 설명하기 시작했다. 사방이 연기에 그을리고 검은 재 따위가 내려앉은 인적 없는 시장통을 지나가는데, 철제 나선계단에서 내려온 경위 계급장을 단 경찰이 우리를 불러 세웠고, 그 경찰은 내 얼굴과 똑 닮은 남자와 어떤 약속을 맺은 것 같았는데, 왜냐하면 그는 내가 왕의 이름을 알아내 그에게 알려주는 것이 우리 사이에 아무런 채무도 남아 있지 않은 것이라고 말했고, 그가 찾던 사람은 내가 아니라는 항변을 그는 인정하지 않고 오히려 내가 그를 속이는 것으로 판단 짓고는 전기 충격봉으로 나를 공격했고, 그것도 두 번씩이나, 그의 복사판 같은 또 다른 경위가 나타나서는 칠의 이름을 대며 그들이 찾던 남자는 내가 아니라고 했고, 서로 반박하더니 둘은 거의 동시에 귓바퀴 가장자리를 손으로 누른 채 하늘을 쳐다보며 또 다른 누군가와 통신 같은 것을 주고받은 뒤, 용무가 끝났는지 같은 방향으로 멀어졌다는 것을 끝으로 메밀은 이야기를 마쳤다.

모두의 시선이 칠한테 쏠렸다.

칠은 순순히 털어놓았다. "최 경위일 거야. 그래, 최 경위가 확실해."

"채무라니?"

칠은 손등으로 턱수염을 쓸어 올렸다. 조금 귀찮은 일에 얽혔다는 듯이 짜증 섞인 한숨을 내쉬며 칠이 입을 열었다. "최 경위는 왕의 이름을 알고 싶어 해. 왕한테 데려다준 사람도 최 경위였지. 채무는 바로 그거야. 나는 왕을 꼭 찾아뵙고 싶었거든. 그 후로 경위를 보지 못했어."

"왕을 찾아봬야만 했던 이유가 무엇이었나?" 메밀이 따지듯 물었다.

"이 여행의 목적과 같아." 칠은 어깨를 으쓱했다. "왕을 찾아뵈었지만 …… 기대와 달리 내 안의 의문을 해소하지 못했어. 그래서 이름을 쫓는 여행에 나선 거고. 그리고 널 만났지."

"왕의 이름은 뭔가?"

소리가 끼어들었다. "몰라?"

순간 메밀의 눈동자가 얼어붙었다.

"현판에 쓰여 있잖아. 이따만 하게." 소리가 양팔을 크게 벌렸다.

메밀은 미간을 모은 채 한참을 생각하다가 단어 하나를 슬쩍 내뱉었다. "그늘?"

"맞아."

그 단어가 정말 왕의 이름이 맞느냐며 메밀은 옆에 앉은 칠을 물끄러미 쳐다봤다. 칠이 고개를 끄덕였다.

생각에 잠긴 메밀은 불쑥 혼잣말하듯 중얼거렸다. "그 이름이 어떻다고 …… 경위는 어째서, 그렇게 격렬하게 반응했을까?" 이름이라고 했다. 분명히 왕의 이름이라고 …… .

그가 내 친구를 죽였을지도 모를 그 경찰일까?

허깨비로 산 지 17년째가 되던 어느 날, 지난 2년 동안 함께 자고 먹고 돌아다녔던 큰 키에 호리호리한 체격의 남자, 4번째 이름 일식으로 불리는 그를 사흘 만에 보게 되었다. 그간 메밀의 걱정은 이만저만한 게 아니었다. 2번째 주인으로 법의 보호를 받는다지만, 허상이나 헛것으로 불리는 허깨비가 무슨 곤경에 처하든 어디서 죽든 간에 사람들은 그다지 신경을 쓰지 않았다. 하여 메밀은 숨을 헐떡이며 나타난 일식의 몸 구석구석을 눈으로 살폈다.

"왕을 찾아뵈어야겠어!" 일식이 들뜬 얼굴로 말했다.

"뭐?"

"왕을 찾아뵈어야겠다고!"

또 그 소리다. 메밀은 고개를 가로저었다. 우선은 왕이 어디 있는지 모를뿐더러, 왕을 찾아뵌다고 해서 허깨비의 생이 어떤 식으로든 바뀌리라 생각하는 동료들을 메밀은 도무지 이해할 수 없었다.

우린, 허깨비만이 가지는 생의 독특함에서 절대 벗어날 수 없다. 환생하지 못하고, 나이 든 몸에서 생을 시작하는, 해서 오래 살 수 없는 건 확실하고 내일에도 이 목숨이 남아 있을지 불확실하기 그지없는 삶. 그런데 이러한 굴레를 부정하다니! 현재를 받아들이지 않는다면, 한계에 다다르기도 전에 우리 자신은 어디에도 없는 것이 된다고, 물론 미래도 없다고 메밀은 생각했다. 하지만 이런 태도가 겁쟁이며 게으름쟁이로 비치고 있음을 메밀 자신도 대충 짐작하고 있었다. "또 무슨 소리를 들었나 보군. 이번에는 어디지?"

"아니, 그런 게 아니야. 하하, 깜짝 놀랄걸. 지금 곧 왕을 찾아뵐 거야. 그러기로 약속했어."

"약속이라니, 그게 무슨 말이야?"

"너만 알고 있어. 어떤 경찰이 나를 왕한테 데려다주기로 했어. 조금 있다가. 굉장하지!"

"경찰이?"

"응. 그래서 이렇게 달려왔어. 너와 함께 가려고. 가자, 같이 가자!"

"음."

"뭘 망설여. 왕을 찾아뵈는 거야. 우리에게 자유와 지위를 보장한 위대한 선지자를."

"경찰이 왜?" 미심쩍었다.

"약속을 맺었어. 왕의 이름을 알아내서 그 경찰에게 알려주는 조건으로."

"이름?"

"그래, 겨우 이름. 누구나 있는 것. 자, 어서 가자. 이제 시간이 얼마 없어. 어서."

그때 낡은 고가도로 위로 군용 지프가 끼익 하고 멈췄다. 일식은 고개를 세워 그곳을 쳐다보며 너무도 환한 미소를 지었다. 선홍색 잇몸을 다 드러낼 정도로, 괴기스럽게, 정욕에 가득 차서. 메밀은 자신도 모르게 뒷걸음질 쳤다. 이 육체를 저리도 저주했던가.

"난 됐어." 꺼림칙했다.

"무슨 말이야? 왕을 뵙는 거야. 왕이라고!"

"난 여기에 남을래."

"정말? 그래도 괜찮겠어?"

순간 메밀은 일식의 눈에서 안타까워하는 빛을 보았고, 왠지 안심이 되어 서너 발걸음 나아가 일식과 손을 맞잡았다. 그렇다, 그는 친구였다.
"다 보고 나서 꼭 알려줘. 알았지?"

"음……."

"아쉬워 마. 또 볼 수 있잖아. 그때 너의 모험담을 이야기해줘. 알았지?"

"당연하지. 그럼, 보고 올게. 전부 다 보고서 모두 말해줄게. 그리고 이거, 네가 잠시 맡아줘."

메밀은 미니 고무나무를 심은 흰색 사각 화분을 건네받았다. 타원형의 건강한 녹색 잎이 6장 달려 있었다. "응."

7개월쯤 지났을까, 양화대교 근처 한강 둔치에 죽은 듯 널브러져 있는 그를 보았다는 소식을 들었다. 메밀은 한달음에 달려갔다. 그건, 일식이 맞았다. 아직 못한 말이 있다는 듯이 입을 크게 벌린 채 점점 말라가고 있었다.

그늘, 그러니까, 그늘이라는 거지.

"그런데 정말 두 명이었어? 그리고 둘은 똑같았어? 거의 쌍둥이처럼?" 칠이 물었다.

메밀이 검지를 세워 밀짚모자 앞쪽 챙을 살짝 들어 올렸다. "그래. 동일체가 같은 시간대에 존재했네. 허깨비의 경우에 같은 성분의 육체이기 때문에 동일체라고 볼 수 있지만 서로 다른 나이대나, 또는 시간을 더한 환경의 특이성 때문에 개체적 성향이 어느 정도 드러나는데, 그 둘은 전혀 그렇지 않았다네. 똑같았지. 마치 거대한 무엇을 이루고 있는 것 같았어." 메밀은 침을 삼킨 다음 말을 이었다. "이건 어디까지나 내 짐작이지만, 그 둘이 전부인 것 같지 않았어. 여러 명이 있는 것 같았거든. 음 …… 뭐랄까, 둘 이상의 숫자를 의미하는 어떤 단어를 들은 것 같아. 그게, 음, 그게 잘 기억이 나지 않지만 …… ."

칠은 쵀 경위를 떠올렸다. 유난히 발달한 상체에 어딘지 모르게 음침한 구석이 있던 남자였다.

소리가 불쑥 끼어들었다. "공유, 공유라고 했어."

"공유?" 칠이 따라 말했다.

"그래, 맞아! 그 상황에서 잘도 들었구나." 소리의 머리를 쓰다듬으며 메밀이 덧붙여 말했다. "그리고 그 둘은 손을 들어 왼쪽 귓바퀴를 누른 다음 동시에 하늘을 향해 고개를 세웠네. 마치 통신을 하듯."

"통신?"

"이젠 사라져버린, 그러니까 쇠락해서 거의 못쓰게 되어버린 무선 데이터통신을." 메밀이 천천히 말을 이었다. "지상의 기지국들은 거의 다 파손되었지만, 대략 200년 전에 쏘아 올린 아주 특별한 위성만큼은 아직도 작동하고 있다는 얘기를 들었네. 귓바퀴 가장자리를 살짝 뜯어 고성능 통신 단말기 칩을 이식하면 위성을 통해 여러 사람과 무선으로 접속할 수 있다고 했지. 그 주파수를 몇몇 경찰이 독점하고 있다고도 했어. 그땐 경찰들이 괜한 허세를 부리고 있다고 생각했는데."

"그래?" 칠은 아랫입술을 비죽 내밀며 반신반의한 얼굴을 했다. 유선 전화망이라면 칠도 몇 번 사용해서 알고 있었다. 요금은 매우 비쌌고, 음질은 형편없었으며, 모든 지역과 연결된 것도 아니었다. "무선 데이터통신이라……."

맥주 6병을 내려놓은 후 가지런히 정리한 다음 잠자코 듣고 있던 바텐더가 대화에 끼어들었다. "그건 행성 간 통신위성입니다."

"행성 간 통신위성?" 칠이 따라 말했다.

"네. 원래는 제2의 지구로 낙점받은 행성과의 통신을 위해 시험적으로 쏘아 올린 행성 간 무선 데이터통신용 위성입니다. 그게 아직도 작동하고 있는 거지요. 전환의 시대가 선포되기 바로 직전에 만든, 아마 마지막 통신위성이라서 거의 완벽에 가까운 물건이라고 합니다. 실제로 달에 건설된 대규모 요양 시설과의 통신에서도 그 통신위성이 사용된다고 합니다."

"그 통신망을 이용해 정보를 공유하겠군."

"무슨 정보를?" 메밀이 물었다.

"그야, 이름에 관해서겠지. 경위가 알고 싶은 건 그거니까."

"아는 거 없나?"

"뭘?"

"그 둘은 판박이였다네. 너는 그 둘을 직접 보지 못해서 사태의 심각성이 크게 와 닿지 않겠지만."

"난 최 경위를 알고 있어."

"그렇지. 채무가 있는 건 너고."

"그 말을 하고 싶었던 거지?" 칠은 고개를 가로젓는 메밀을 힐끗 쳐다보았다. "어차피 이름을 찾는 거 아니겠어."

"어째서 이름이지?"

"모르겠는걸."

"정말?"

"그래. 내가 왜 너에게 거짓말을 하겠어."

"음, 멀리 달아나야 할까?"

칠이 코웃음 쳤다. "무슨 소리야! 우리가 무슨 큰 죄를 지은 것도 아니잖아."

메밀은 그 말을 비웃 듯 쓴웃음을 지었다. 경위의 폭력이 아직도 몸 곳곳에 남아 찌릿찌릿했다. 집착에 빠져 매 순간 절박한 심사를 몸에 달고 사는 무리는 맹목적으로 변하기 마련이었다. 그들은 매우 서둘렀고, 초조해 보였다. 자신도 모르는 사이에 갑작스레 살인자로 돌변할 만큼. 우린 그들이 그러는 이유를 알지 못한다. 그러나 그들이 무엇을 바라는지는 알고 있다. "그렇지만 이름을 알고 있지. 최 경위는 모르는."

"뭐 정중하게 물어오면 알려줄 수도 있어."

"아, 그런 거였군." 메밀은 비아냥거렸다.

"물론이지. 그늘, 그래 그늘이니까. 단지 이름일 뿐이라고. 또 뭐? 없어. 아무것도 없어. 안 그래?" 칠은 공감을 바라는 눈빛으로 바텐더를 쳐다봤다. 바텐더는 말없이 씩 미소를 지었다. 칠은 그 미소가 매우 불성실하다고 생각하며 맥주를 병째로 마셨다.

칠과 메밀은 둘이서 경주를 벌이듯 밤새 맥주를 마셔댔다. 금세 달아올라 머리를 정지시켜버리는 독한 술을 마실 바에는 헤로인을 주사하는 쪽이 훨씬 깔끔하고 간단했다. 하지만 둘은, 아니 이곳에 모인 누구도 그런 짓을 하지 않았다. 그건 너무도 현대적으로, 이미 쇠락한 문명에서 벌였던 무가치한 양식 중 하나였다. 술은 이런 것이다. 마시고, 건배하고, 마시고, 코를 풀고, 마시고, 오줌을 누고 돌아와, 마시고, 아몬드나 땅콩 따위를 씹고, 마시고, 히죽 웃고, 마시고, 큰 소리로 주문하고, 마시고, 방귀를 뀌고, 마시고, 허세를 부리고, 마시고, 허리를 펴고, 마시고, 빈 병을 가지런히 놓고, 마시고 또 마시고 …… . 칠의 얼굴빛이 점점 불쾌해진 것에 반해 메밀의 얼굴빛은 거의 그대로였다. 35년짜리 허깨비가 5년짜리 허깨비보다 술이 조금 셌다.

그리고 아침이 왔다.

바에 머리를 처박고서 죽은 듯 곯아떨어졌던 메밀은 귀에 익은 이름을 듣고 잠에서 깼다. 들뜬 목소리로, 준 당신 맞아? 라고 했다. 또 그런다. 그때 옆에서 소스라쳐 놀라는 칠의 목소리가 들렸다.

"으응! 누구야?"

"준."

"뭐야, 왜 이래?"

"오, 이런 당신이 맞았어!"

"하지 마."

"아직 잠이 덜 깬 거야? 준, 나야, 나라고!"

"어, 어, 뭐?"

"100년 만인가, 아닌가? 아무렴 어때. 다시 만났는걸. 우리가. 그런데 당신은 …… . 이런, 생각도 못해봤는데 …… 아아, 고개를 돌려주겠어? 내 추한 얼굴. 환생피로에 걸린 내 늙은 몸. 내일 죽어도 모두가 당연하게 생각하겠지. 보지 마. 난 도망칠 테야. 하지만 그럴 수 없어. 도저히 발이 떨어지지 않아. 보고 싶었어. 다시 만나고 싶었단 말이야. 지금의 나를 당신이 어떻게 볼지 염려스럽지만, 그래도 당신이 나를 봐줬으면 좋겠어. 예전 그때처럼 나를 탐하는 눈빛으로. 우리가 사랑했던 그때로 돌아가서. 아, 다시 환생할 수 있다면. 또다시 젊음을 쟁취할 수 있다면. 당장에라도 이 몸을 찢어발겨버릴 수만 있다면. 오, 당신 …… 준, 내 사랑 준. 나야. 나를 알아보겠어?"

밀짚모자를 찾아 머리에 쓴 메밀은 방금 잠에서 깨어 비몽사몽인 칠과 그런 칠의 얼굴을 덜덜 떠는 두 손으로 감싸 쥔 백발의 쭈그렁 할망구를 보았다. 그녀의 주름투성이 얼굴은 뜻 모를 황홀경에 빠져 분홍빛이 감돌았다.

"비켜, 나한테 왜 이래?" 칠이 고개를 뒤로 빼며 소리쳤다.

"뭐?" 순간 쭈그렁 할망구의 눈빛이 차갑게 변했지만, 이내 뜨거워지며 부드럽고 달콤한 목소리를 냈다. "잠이 덜 깼구나. 나야, 나. 우린 130년을 함께 보냈지." 그녀는 손을 들어 주름진 좁은 이마가 훤히 보이게끔 뒤로 묶은 머리칼을 매만지고, 고개를 살짝 돌려 손바닥으로 입가를 닦고, 흰색 스웨터와 보라색 긴치마의 매무시를 가다듬은 다음 칠 옆에 가지런히 놓인 빈 병들을 흘겨보며 인상을 찌푸린 것도 잠시, 뭔가 이해했다는 듯 고개를 끄덕이고는 칠을 사랑스러운 눈빛으로 쳐다봤다. "술을 많이도 마셨네. 한 잔만 마셔도 얼굴이 금세 벌게졌던 너였는데 ……. 이젠 익숙해질 때도 됐지, 그래, 그 세월이라면 ……. 너를 보니, 너도 …… 이때까지 잘 버텼구나. 달에 갈 거면 나도 데려가. 그러려고 내 앞에 나타난 거 아냐?"

정적이 흘렀다.

"준."

"바텐더. 이봐, 바텐더." 칠은 바텐더를 애타게 찾았다. 바텐더는 나타나지 않았다. 새벽까지만 해도 어둠 속에서 이채를 발하던 눈빛들도 사라지고 없었다. 바는 텅 비었다.

"준?"

칠은 백발의 쭈그렁 할망구의 손을 피하고자 주변을 요리조리 살피는 척했다.

"나야, 수지. 수지라고."

"뭐? …… 수지?"

"그래, 수지. 알아보겠지? 그렇지?"

메밀과 칠의 시선이 허공에서 마주쳤다. 칠은 메밀의 입 모양을 읽을 수 있었다. 그건 이랬다. 수지, 수지라니, 그 수지? 칠의 마음도 메밀과 같았다. '수지'가 한 여인의 이름이라면, 그 이름을 가진 여인이 준을 몰라볼 리 없었다. 이런 우연을 어떻게 받아들일지는 나중 문제였다. 어떡하지. 메밀이 눈을 부릅떴다. 뭘 어떡해, 라고 말하듯이. 준, 이라고 불렀을 때 알아봤어야 했다. 이제 칠은 너무 많은 것을 만져서인지 닳고 건조할 뿐인 손길에 자신의 뺨을 맡기며, 묵묵히 고개를 끄덕였다. 백발의 수지가 감격에 겨워 눈물을 훔쳤다. 칠은 손을 더듬거려 술을 찾았다. 목이 탔다. 이때 메밀이 무언가가 반절 가량 채워진 술병을 칠한테 건넸다. 칠은 병째 들어 벌컥벌컥 마셨다. 김빠진 맥주에서는 지린내가 났다.

"정말, 준 맞지?"

"왜 아닌 것 같아?" 손등으로 입가를 닦으며 칠이 말했다.

"아니, 그게 아니라 …… 여기서 이럴 게 아니라. 집에 가자."

"집에?"

"응. 한참 됐어. 이곳 분위기 알잖아."

"잠깐, 소개할 사람이 있어."

"누구?"

칠은 밀짚모자를 눌러 쓴 메밀을 가리켰다. "허깨비야. 우린 사이가 좋지."

5번의 환생을 끝으로 그녀가 95년간 눌러앉은 현 육체보다 더 오래된, 그녀가 현재 묵고 있는 연립주택의 3층. 페인트가 군데군데 벗겨진 자리에 콘크리트의 거친 면이 보이고, 녹슨 빗물받이가 바람을 맞아 대롱거렸다. 전환의 시대가 선포되기 전에 지은 네모반듯한 집이었다. 농담처럼 들리는 우스운 이념이 하나 있었는데, 가까스로 백 년 정도 사는 당시만 해도, 천 년이 가도 끄떡없는 건축물을 짓는 데 열성을 다했다는 것이다. 정말 이상하게 들리는 말이었다. 해서 이 집도 무척 튼튼하게 지어졌다. 천 년은 모르겠지만, 삼사백 년은 끄떡없을 거라고, 환생피로에 걸려 언제 죽을지 모르는 그녀가 자랑하는 소리를 메밀은 귀담아들었다. 엘리베이터는 작동하지 않았다. 메밀은 아무렇지 않게 준의 역할을 하는 뻔뻔한 칠과 첫 번째 이름 '수지'의 당사자일지도 모를 백발의 수지를 쫓아 3층까지 걸어서 올라갔다.

불을 켰다. 휑한 거실, 온기 없는 공기, 흰색 도배지를 바른 밋밋한 방 2개. 숨이 죽은 양탄자는 마룻바닥만큼 차고 딱딱했다.

집에 들어온 수지가 갑자기 숨이 막혀 당장 죽어버리기라도 하면 어떡하느냐는 듯 목을 움츠린 채 겁먹은 얼굴로 숨을 몰아쉬었다. 메밀이 걱정돼 다가가자 수지가 저리 가라며 손을 내저었다. 그녀는 식탁에 앉아 아직도 숨을 몰아쉬었지만, 허깨비 옆에 서서 집 안을 둘러보는 옛 연인을 꿈꾸는 듯한 눈으로 바라보며 입가에 미소를 그렸다.

"있다면, 무감과 허무뿐이군." 메밀이 속삭였다.

"너무 오래 살았지." 칠 역시 비슷한 톤으로 말했다.

"환생이란 이런 것일까?"

칠이 나지막이 고소를 터트렸다.

"왜?"

"웃겨서."

"뭐가?"

"그 말은, 환생을 앞두고 불안과 환상에 휩싸인 보통 사춘기 소년이 내뱉을 법한 말이었어."

"내가 어떤 말을 했는데?"

"아무렴 어때."

"무슨 소리야?"

칠은 고개를 가로저었다. "그런 답답한 눈으로 나를 쳐다보지는 마. 어찌 됐든 …… 우리가 곧 도착할 곳. 끝맺을 지점. 이 집 안에 배어 있는, 네 말대로 무감과 허무는 그것의 뒷면에 드리워진 것으로 환생할수록 점점 커가지."

"준도 그럴까?"

"무슨 말을 하고 싶은 거야?"

"넌 지금 준 행세를 하니까. 환생피로에 걸려 언제 죽을지 모르는 저 늙고 가녀린 여인의 눈에 넌 진짜 준으로 보이니까 하는 말이네."

"상관없어."

별 감흥 없이 쌀쌀맞게 대하는 칠에 반해 메밀의 기분은 썩 좋지 않았다. 아니, 소름이 돋았다. 자랑스럽고 소중한 것, 혼자 있을 때도 두고두고 곱씹을 것들, 가령 한때의 풍경이나 인물을 찍은 벽걸이 액자나 여행지에서 사온 자잘한 장식품이나 애정을 다해 키우는 화초 따위도 없이 그저 밋밋한 공간. 달력조차 없이. 이 세계는 말할 것도 없고 자기 자신에게조차 일절 관심을 끊은 것 같았다. 그 많은 시간이 어땠기에 …… 이대로 없어진 것으로 두어도 괜찮은 걸까? 환생피로에 걸리기 전부터 이미 심각한 피로 상태에 빠져, 모든 것에 손 놓아버린, 죽음만이 지친 영혼의 탈출구인 양.

메밀은 이제 숨을 정상적으로 쉬는 그녀를 안쓰럽게 쳐다봤다.

"내 7개의 이름. 그중 넌 첫 번째, 수지." 몸을 돌린 칠이 수지를 앞에 두고 대담하게 말했다.

"그랬지, 내가 처음이었어. 네가 정말로 수지를 새겨 넣자, 선사시대에 그려진 암각화의 동물들처럼, 마치 내 전부가 너에게 예속되어 다시는 빠져나올 수 없을 것 같았지. 어떤 주술에 걸린 듯 이상야릇했어. 그러자 넌 이렇게 말하며 나를 안심시켰어. 환히 웃으며."

"내가 뭐라고 했지?"

"다음 이름은 없어."

"아."

"그런데 지금 네 이름은 ……." 말없이 고개를 끄덕이는 칠을 보며 수지가 샐쭉 토라진 얼굴로 퉁명하게 말했다. "무슨 말이라도 해봐. 수지 다비치 소접시 다음은 어떻게 된 거지? 나 말고 또 누가 있었던 거야?"

130년 동안 준과 보냈다는 그녀가 좀 전에 했던 말이 불현듯 칠의 뇌리를 스치고 지나갔다. 수지, 다비치, 소접시, 그리고 숫자인지 사람 이름인지 어떤 지명인지 개인적인 사건인지 조금도 감이 오지 않는 백이십에 얽힌 사정에 대해서도 그녀가 어느 정도 관련이 있을지도 모른다는, 아니 그럴 것 같다는 생각이 들었다. 칠은 수지의 빤한 시선을 느끼며 두루뭉술하게 대답했다. "김 수지 다비치 소접시 백이십 종묘 메밀 칠 준." 칠은 이름 하나하나마다 어떠한 어감의 차이도 없이 또박또박 소리 내 말했다. 이건 알고 있으니 건너뛰자는 미묘한 느낌을 주지 않기 위해서였다.

"넌 준이지."

"아니, 칠이면서 동시에 준이기도 하지."

"칠이면서 준이라고?"

"그래."

"나머지는 전혀 감이 오지 않아. 너에 대해서, 하나도 모른다는 기분이 들어."

칠은 어쩔 수 없었다며 어깨를 으쓱했다. "거기에 여자 이름은 없어." 칠이 강조했다. "정말이래도."

"그런 것 같더라. 하지만 또 모르지." 식탁에 턱을 괸 수지의 얼굴이 무슨 회상에 잠겼는지 조금 벌게졌다. 그러다 불현듯 눈을 치켜떠 칠 옆에 선 메밀을 발견하고는 입을 열었다. "저 사람 이름은 뭐지?"

"메밀. 6번째."

"어째서 메밀이지?"

"그건 나중에 설명해줄게."

"피, 여자하고 관련 있구나." 수지가 눈을 흘겼다.

"아니야."

"아니라면 지금 말해줘."

칠은 기지개를 켜듯 앞으로 쭉 뻗었던 손을 배 쪽으로 가져갔다. "뭐 먹을 거 없을까?" 칠은 그녀 맞은편 식탁에 앉았다.

"말 돌리지 마."

"난 어디 가지 않아." 칠은 의자 등받이에 등을 기댔다.

"넌 나를 떠났어. 아무 말도 없이."

"그게 언제였더라?" 칠은 조심스러운 마음과 달리 능청스러운 미소를 지었다.

"그걸 잊은 거야? …… 그런 마음이었다면, 그래, 나를 혼자 남겨두고 ……. 모르겠어. 정말 하나도 모르겠어. 그 시간 동안 네 안에 어떤 독선이 심어졌던 것일까? 네 기분을 모르는 건 아니지만 …… 위로를 받아야 할 사람은 너만이 아니었어. 너도 알잖아. 내가 얼마나 힘들었는지."

"누구에게나 한계는 있어."

"한계라고?" 수지는 이해할 수 없다는 듯이 고개를 가로저었다. "예전에 넌 그렇게 말하는 법이 없었는데, 그래서 넌 내가 모르는 뭔가에 홀렸고, 그리고 난 ……."

"음."

"그런 너를 보며, 아무렇게 사라져버린다면 ……." 수지는 무언가를 애도하듯 쓸쓸하고 착잡한 얼굴로 그 말을 몇 번이고 되뇌었다. "사라져버린다면 ……."

칠은 손등으로 턱수염을 쓸어 올리며 거의 들리지 않게 신음하며 따라 말했다. "…… 사라져버린다면."

순간 수지의 눈이 반짝였다. "5일 만에 잠에서 깬 넌, 내가 모르는 뭔가를 결심한 게 분명했어. 자기밖에 모른 채. 무슨 일이 있었지? 그 병실에 나 말고 또 누가 다녀갔던 거야? 그래서 널 데려갔을까? 넌 잠을 잤던 게 아니었던가?"

칠은 입을 다물었다. 그게 최선일 것 같았다.

"우리가 함께 보낸 130년을 그렇게 무참히 끝내다니 ……." 수지가 추궁하듯 목소리를 높였다. "입이 있으면 말해봐! 그렇게 끝내야만 했어? 5일이었어. 단지 5일. 너와 내가 떨어져 있던 기간은."

"5일?"

"그 후 넌 날 떠났지." 수지의 목소리가 착 가라앉았다.

"5일이라. 아, 그랬던가."

"이제 기억나?"

"나중에 얘기해. 우선은." 칠은 침을 꿀떡 삼켰다.

"배고파? 많이?"

"응."

"그거 해줄까?"

순간 정적이 흘렀다.

"왜 싫어?"

"아니, 좋아." 칠은 고개를 돌려 메밀한테 말했다. "서 있지 말고 너도 앉아. 너도 뭐 좀 먹어야지."

메밀은 그의 대담함과 천연덕스러움에 감탄하며 식탁에 앉았다.

수지가 냉장고를 열어 달걀 4개를 꺼냈다. "넌 배가 고프면 바로 신경이 예민해졌지. 내가 무슨 말을 해도 나 몰라라 했는데. 지금도 그러네." 수지가 소리 없이 슬며시 웃었다. "2분이면 완성되는 요리가 뭐가 좋다고……." 달걀을 대접에 푼 다음 달궈진 팬에 넓게 두르고, 물기가 마르기 전에 밥을 넣고, 간장 조금, 다진 마늘을 넣고 볶다가 마지막에 후추를 조금 뿌렸다. 거의 2분쯤 됐을까, 달걀 볶음밥이 접시에 담겨 나왔다. "자, 오랜만에 하는 거라서 간이 맞을지 모르겠네."

숙취 때문에 입안이 텁텁하고 속도 편하지 않아서 그럭저럭 먹을 만하다는 느낌조차 갑자기 잠이 쏟아진 탓에 희미해졌다. 하품을 참으려니 눈물이 쏙 빠졌다. 메밀은 눈을 비비며 남은 손으로 밥을 입에 밀어 넣고 우걱우걱 씹었다.

이때 접시를 다 비운 칠이 으갸갸, 하고 괴상한 소리를 내지르며 기지개를 켰다. 수저를 내려놓으며 칠이 말했다. "잘 먹었어. 든든해. 이젠 제대로 한숨 푹 자야겠어."

"몇 시까지 마신 거야?"

"미안, 나중에." 자리에서 일어난 칠이 메밀의 어깨를 툭 치며 말했다. "너도 자야지."

흰색 도배지가 발라 있는 빈방. 침대만 하나 덩그러니 놓였다. 오래 비워둔 방에서는 퀴퀴한 냄새가 났다. 이불을 들고 방에 들어온 수지의 환한 얼굴이 순식간에 일그러지며 샐쭉 토라진 빛이 바르르 번졌다. 둘이 친형제처럼 침대에 나란히 누워 있어서였다. "거기에 놓고 가." 숙취와 포만감에 젖은 칠의 목소리에는 거의 아무런 기운도 느껴지지 않았다. 수지는 이 상황을 지적하고 항의하려는 마음을 접고, 잠시 칠을 흘겨본 다음 이불을 바닥에 내려놓고 방에서 나갔다.

"애처로워 보였네." 메밀이 말했다.

"어쩌라고. 난 그저 준 흉내만 낼 뿐인데."

"하지만 그녀는 모르지."

"졸려 죽겠어."

"너도 백이십에 대해 눈치챘겠지?"

칠은 천장을 향해 두 팔을 쭉 뻗었다. "그건 시간이었어. 24시간 곱하기

5일이었어. 백이십. 둘이서 130년을 함께 하고 그 이후로 보지 못했으니, 순서상 4번째 이름이 맞아. 소접시까지는 알고 있었으니까."

"참, 수지의 말로는 준이 변했다고 했어. 무슨 일이 있었을까?"

"빤하잖아. 그는 수지를 남겨두고 도망쳤어."

"어째서?"

"나중에. 지금 난, 내 정신이 아니야. 날 좀 살려줘."

"잠시 동안 넌 준이었으니까 그럴 만도 하겠지."

"그만."

"이건 매우 중요하다고!"

"젠장, 어째서?"

"네 이름과 내 이름이 백이십 다음다음에 나와서야. 너와 나는 그녀가 전혀 모르는 어떤 특질을 가지고 있을지도 모르잖아."

"몸 어딘가에?"

"모르지, 단지 …… ."

"넌 걱정이 너무 많아. 간단하게 생각해. 그건 상황이 변한 것일 뿐이야. 그는 떠났잖아. 여자들은 바로 그런 거에 진저리를 치곤 해. 변화가 있든 없든 간에. 정말이래도. 그러니까, 이를테면 …… 아 졸려, 아침 7시에 일어나려 했지만, 도저히 일어날 수 없어 내처 잠드는 것과 같은 거지. 알고 보니 겨우 20분 남짓 더 잔 셈인데도, 여자들은 길길이 날뛰지. 엄청난 재앙이 올 것처럼. 알겠어?"

"아니."

"됐어. 이제 말 시키지 마. 죽겠다고."

"힘들어?"

"어." 순간 칠이 몸을 말더니 배를 잡고 키득거렸다.

"뭐가 웃긴 건데?" 침대 밖으로 손을 뻗어 이불을 주워든 메밀이 퉁명하게 물었다.

칠은 메밀이 가져온 이불을 목까지 끌어 덮었다. "그냥, 힘이 없어서." 칠은 연신 키득거렸다.

"배부르고 졸리고 숙취로 머리는 흐리멍덩한데, 넌 잘도 웃네."

"말 잘했어. 그래서야. 그래서 나를 제어할 수 없어. 아, 웃겨 죽겠어."

"그만 웃어. 다 들리겠어."

"알 게 뭐야."

둘은 잠에 빠질 둥 말 둥 경계선을 줄타기하며 키득거리고 속닥이는 것도 잠시, 어느 순간 방 안에 고요함이 흘렀다. 둘은 어린아이처럼 세상 모르게 새근거리며 잠들었다.

거의 20시간이 지나고, 메밀은 갈증을 느끼고 잠에서 깼다. 문틈 사이로 새어 들어온 검푸른 빛을 좇아 침대에서 내려와 손을 뻗었다. 차고 단단한 둥근 문손잡이가 손에 잡히자 콱 움켜잡고 방 쪽으로 잡아당겼다. 서늘하고 조금 침침해서 살짝 스친 것만으로도 으스스함이 느껴지는 집 안의 공기. 목구멍이 말라붙는 것만 같아 침을 꿀떡 삼킨 메밀은 문손잡이를 놓으며 힐끗 뒤를 돌아봤다. 곤히 잠든 칠의 목울대 쪽을 정확히 겨눈 검푸른 빛이 점점 날이 선다. 그때 의자를 뒤로 빼는 소리가 들렸다.

주춤 일어난 수지가 재떨이에 담배를 끄려다 말고 긴가민가한 얼굴로 방에서 나온 메밀을 주의 깊게 살폈다. "…… 누구? 아."

목둘레에 하늘하늘한 프릴이 달린 통이 넓은 상아색 원피스 잠옷 차림을 한 수지의 모습이 껄끄럽고 거북해서 메밀은 그 자리에서 우뚝 멈춰 섰다. 되돌아가기에는 백발의 그녀가 턱을 꼿꼿하게 쳐들고 지켜보고 있었다. 메밀은 한 발짝 내디디며 변명하듯 말했다. "목이 타서." 밀짚모자의 앞쪽 챙을 살짝 내리려던 손길이 그만 허공을 긋고 내려오자 메밀은 적잖이 당황했는지 쓴웃음을 지었다. 이런, 이런.

수지가 찬장에서 컵을 꺼내 식탁 위에 놓인 주전자에서 물을 따라 식탁 맞은편에 놓았다. 마치 여기에 앉으라는 듯이. 그러나 메밀은 그녀의 의도에 맞춰주고 싶은 생각이 조금도 없었다. 메밀은 등을 보이며 급하게 물을 마셨다.

"메밀이랬지. 앉아봐." 담배를 입에 문 수지의 얼굴을 흰 연기가 피어오르며 가렸다. "싫어?"

"준을 깨울게." 밀짚모자를 쓰고 싶었다.

"그냥 내버려둬. 어서 앉아." 재떨이에 담배를 비벼 끈 수지는 메밀을 똑바로 바라보며 물었다. "어떻게 알고 그 술집에 들른 거지?"

"난 허깨비야."

"그는?"

"알고 있지 않나?" 메밀은 그녀와 대화를 나누던 칠의 능청스러운 미소를 떠올리며 똑같이 입가에 지었다.

수지가 고개를 가로저었다. "거긴 특별해. 이곳에 정착한 지 45년이나 됐지만 '그늘에 쉬어'의 단골이 된 건 5년도 채 되지 않아. 알 만한 사람이 아니면 좀처럼 찾기 어려운 곳이지."

"그 아이, 소리가 안내해줬어."

"아." 그 아이를 알고 있다는 듯 고개를 끄덕인 수지가 한껏 숨을 들이쉬며 말했다. "나 때문은 아니지?"

"준을 깨울게." 메밀이 자리에서 일어났다.

"뭐가 뭔지 모르겠어."

메밀은 허리를 구부정하니 숙인 엉거주춤한 자세로 서서 실의에 잠긴 그녀의 얼굴을 멍하니 바라보며 입을 굳게 다물었다.

"그래도 아는 건 분명해. 내가 모를 줄 알아? 준은 130년간 내 곁에 있었어. 우린 사랑하고, 반목하고, 이해하고, 산책했던 …… ."

목둘레를 장식한 프릴처럼 물결 모양으로 주름이 잡힌 수지의 입술이 아무 소리 없이 달싹였다. 메밀은 자신도 모르게 후유, 하고 숨을 길게 내쉬었다.

"그는 지금 …… 어디 있지?" 수지가 목을 쥐어짜듯 간신히 소리 죽여 말했다.

메밀은 못 들은 척 무슨 소리냐는 듯이 눈을 끔벅였다.

"살아 있긴 해?"

"음."

"본 적 있어?"

"아, 아니." 엉겁결에 말하고 말았다. 메밀은 이게 자신이 알고 있는 전부라는 듯이 어깨를 으쓱하는 동시에 손바닥을 내보였다. 실의도 예상이 맞았다는 우쭐함도 더욱이 비참마저 보이지 않은 채 망연자실 그대로 굳어버린 그녀의 주름투성이 얼굴을 내려다보며 메밀이 덧붙였다. "악의는 없었어."

"무엇 때문에 …… ." 수지가 힘겹게 고개를 쳐들었다.

잠시 대답을 망설인 메밀은 그녀가 우리의 여정을 안다고 해서 방해할 것 같지 않고, 그녀의 의혹 어린 시선을 해소하기 위해서라도 순순히 털어놓는 게 좋을 것 같다고 생각하며 입을 열었다. " …… 쫓고 있어."

"쫓고 있다고? 혹시 그를?"

"7개의 이름 전부를. 그 내력을 알려는 거지. 그래서 어찌어찌해서 여기까지 온 거고. 당신과 이런 식으로 …… 이건, 우연인 거고, 숙명인 거고, 뭐 누군가의 말마따나 한계인 거고."

"그랬구나. 그런 거였구나."

"미안."

수지의 입가에 희미하게 미소가 그려졌다. "덧없는 생." 수지가 착 가라앉은 목소리로 혼잣말하듯 차분하게 말했다. "지금도 생생한 그 시절의 우리."

"어땠는데?"

"이름을 쫓는다는 그 말 …… . 이름 하나하나마다 담긴 사정을 알아간다는 뜻이겠지. 그걸 안 다음에는 제 기억인 양 이름을 빼앗겠다는 거고."

"아니." 메밀이 다시 자리에 앉았다. "태어나서 제정신이라는 어떤 주도적인 심사로 바라본 나는, 노구를 이끌고 정처 없이 떠도는 방랑자로, 무언가를 빼앗아서 거짓으로 그럴싸하게 꾸미기에는 허깨비의 생은 너무나 짧고 허망해."

"그럼 왜?"

"내 몸에 새겨진 이름이, 그간 이 몸이 겪은 공동의 경험이, 어떤 학습을 통해 나를 이루었는지 알고 싶어. 하지만 그건 진정한 내가 아니야. 지금은 메밀로 불리지만, 내 이름은 메밀이 아닌 것과 같아. 그래, 내 이름은 없어. 아무개, 무엇, 어느, 그것, 뭐 그런 상태지. 그래서 공동의 경험조차 알지 못하는 내가, 무개성의 나는 여태껏 현재를 살아보지 못한 셈이지. 단 한 순간도. 해서 한 존재가 어떻게 존재하겠다는 상상마저 나는 할 수 없었어."

"상상?"

"환상, 기대, 꿈, 미래, 계획, 가치. 현재와 과거를 아우르는 공동의 내가 그러한 것과의 얽힘을 통해 어떤 모양을 갖춰가는 특정한 존재감."

눈가를 살짝 찌푸린 수지는 메밀의 말뜻을 정확히 모르겠지만 어떤 기분인지는 알겠다는 듯이 고개를 끄덕였다.

"그래서 당신이 필요해. 당신을 만나서 얼마나 기뻤는지 몰라."

잠시 생각에 잠긴 수지가 입을 열었다. "내가 알고 있는 준의 이름. 거기에 담긴 사연들을 말하라는 거겠지."

"그래 주면 고맙겠어. 부탁해."

" …… 좋아, 들려줄게." 숨을 깊이 들이쉬며 수지가 말을 이었다. "200년, 아니, 그보다 조금 더 오래전. 신데렐라 프로젝트가 허망하게 끝나고, 갈라파고스적 전환이 모두의 무의식에 은근슬쩍 자리를 잡기 시작하던 그 시절, 승인과 축복 대신에 안이하고 격렬한 동거에 들어간 28세 동갑내기인 그와 나. 그로부터 22년이 지나 우린 첫 환생에 들어갔지. 환생은 더 이상 부자들만의 전유물이 아니었어. 사춘기를 맞듯 시기적절한 기점에서,

사랑니를 뽑듯 자연스럽게 이루어지는, 전 인류가 동참한 진화였지. 다시 맞는 환상적인 젊음. 기운이 용솟음치고, 뜨겁고, 상쾌하고, 자신만만하고, 쾌활해서 마치 전지전능한 신과 같았던 시기. 한여름의 해변, 한겨울의 스키장, 봄과 가을의 유원지 어디에서도 젊은이들이 넘쳐났지. 로큰롤, 다이어트, 복근, 핫팬츠, 태닝, 인스턴트. 열광과 무절제. 긍정과 오만. 도전과 허풍. 그가 자신의 팔에 첫 이름으로 내 이름을 새기던 그즈음, 인류 대부분은 한계 회피라는 연대를 기반으로 또다시 우주선을 쏘아 올리기로 힘을 모았지. 환생과 우주 시대. 지속 가능한 경제 발전에 대한 장밋빛 전망. 우린 2번째 환생에 들어가고 당연하게 젊음을 받아냈지." 잠시 말을 멈춘 수지는 가슴에 손을 올려놓으며 물었다. "네 몸은 어떻게 반응하지?"

"아무렇지 않아." 순간 한쪽 눈을 추켜올리는 수지의 시선을 의식하며 메밀은 뒷머리를 긁적였다. 수지는 담뱃갑을 만지작거리며 작게 숨을 내쉬었다.

"이상한 소문이 돌았어. 환생은, 머리에 총을 겨눈 러시안룰렛과 같아서 지금은 아니라도 결국에는 끝장나게 돼 있다는. 몇몇은 말 같지 않은 소리라 치부했지만, 대부분은 별 관심을 보이지 않았지. 모두의 이목은 그곳에 가 있었으니까. 기도하려 맞잡은 손의 모양을 닮은 유선형의 미끈한 우주선. 지구 최고의 인재라는 20명의 승무원. 그와 나는 팝콘과 콜라를 준비해 놓고 TV에 집중했지. 응원가를 부르는 듯 카운트다운을 열광적으로 따라 하며. 드디어 발사. 화성 통과. 토성 통과. 태양계 돌파. 우린 신이 나 있었어. 거의 완벽에 가까운 지금의 인류가 드디어 완벽을 향한 여정에 나섰다고 생각했지. 이보다 좋을 수는 없었어. 3, 4개월쯤 지났을까, 아니, 그 이

상일지 몰라, 아무튼 우린 소파에 느긋이 앉아 긴급 속보를 전하는 TV를 바라봤지. 신입 아나운서가 비장하게 낭독한 성명서를 다 들은 그는 별것 아니라는 투로 콧방귀를 꼈어. 그건 나도 마찬가지였지. 거의 완벽한 우리가 완벽에 다가가는 건 손뼉을 칠 만한 일이었으니까. 그는, 속박에서 벗어나 한계를 뛰어넘기로 당당히 선언하는 바이다, 이 문장이 마음에 든다며, 자신의 2번째 이름을 '선언'이라고 지어야겠다고 선언하기까지 했지. 2, 3시간쯤 지나고, 우리를 절망에 빠트린 그 교신이 날아왔어. 지금도 또렷이 기억해. 공포에 떨며 더듬더듬 말을 잇는 그 숨찬 목소리를. '…… 다 …… 비치 …… .' 한동안 까맣게 잊고 있던, 절대적 한계, 갈라파고스적 전환. 그간 움츠려 있던 무의식이 폭발하듯 각성됐지. 우린 갇혔어. 영원히 벗어날 수 없어. 그는 뭔가에 홀린 듯 펜형 문신 기계를 집어 들더니 말릴 새도 없이 팔등에 다비치를 새겨 넣었어. 그리고 그는 순식간에 해쓱해진 얼굴로 기운 없이 침대에 쓰러졌고, 나도 따라서 그 곁에 누웠지. 우린 서로 껴안은 채 이틀 밤낮 잠만 잤지. 도저히 일어날 기분이 아니었어." 여기서 이야기를 중단한 수지는 이마를 쓸어 올리며 메밀을 쳐다봤다. 수지가 물었다. "네 몸은 어떻게 반응하지?"

"아무렇지 않아."

"3번째 환생에 성공하고, 우린 이 환생이 당연하게 주어지지 않는다는 사실을 알게 되었어. 여리고 불안정한 정신이 거듭나는 생을 받아들이지 못하는 것을 두고 소위 전문가라는 사람들이 환생피로라 명명했지. 하나 둘 늙어갔어. 죽음을 받아들여야 했지. 한계는 우리 곁에, 그것도 아주 바짝 다가와 있었어. 우주, 광속, 진리, 완성, 번영 따위는 이젠 우리의 관심

사항이 아니었어. 바로 이때였을 거야. 전부터 그러한 양상이 깔리고 있었겠지만, 쇠락하는 문명의 암울한 분위기가 불현듯이 피부에 와 닿았어. 우리 같은 사람들은 10년간 일하고, 나머지 20년은 쉬고 놀며 게으름을 피웠으니까. 서비스직이나 간단한 생산직 정도. 그리고 그마저 곧 질려버려서 간신히 살아남을 정도의 형편이라면 별문제 없었어. 모두 그랬지. 난 아무데도 나가지 않고 온종일 TV를 보았는데, 어느 날 갑자기 송신이 중단되고 말았어. 아무런 예고도 없이. 미안하다는 자막도 없이. 비록 한계가 있다손 치더라도 환생을 거듭하는 현세대가 만족할 콘텐츠는 이미 오래전에 바닥이 나고 말았으니까. 아니, 콘텐츠 때문이 아니야. 아무도 관리하지 않고 누구도 창작하지 않았던 거야. 그래도 없는 것보다는 나았는데. 안락의자에 앉아 창밖을 멍하니 바라봤어. 아무도 관리하지 않고 버려진 건물이 도심 곳곳에 흉물스럽게 남았고, 그러한 흉물을 보물이라도 되는 양 아지트로 삼는 젊은이들조차 뜸해서 해 질 녘 어둠이 찾아올 때면 적막감이 깔리는 차갑고 전율스러운 풍경에 가슴이 먹먹했지. 그리고 무료했어. 나는 잘 살고 있는 걸까? 가끔 어서 빨리 죽어버렸으면, 그런 생각이 들었어. 문이 열리고, 아침 일찍 나갔던 그가 밤이슬을 맞고 들어와. 그는 품 안에서 피클이나 단무지 조각을 담을 만한, 운두가 낮고 바닥이 납작한 빨간색 소접시를 꺼내 찬장에 넣어둬. 어느 정도 접시가 쌓이면, 그는 침대 가장자리에 걸터앉아 손에 가죽 장갑을 끼고 망치로 소접시 한가운데를 내리쳐. 이유를 묻자 그는, 정신을 자극하고 싶다고 말해. 이건 내 심장 크기와 비슷해, 그가 손바닥 위에 빨간색 소접시를 올려놓고 또다시 망치로 내리쳐. 오래 살고 싶구나. 그는 내 말에 긍정도 부정도 하지 않아. 서로 할 말이 없기도 했어. 상대에게 인정받기 원하는 이 마음을 전하기에는 몇 해 전부터 무감과 불안에 떠는 나 자신을 달래는 것만으로도 벅찼으니까. 어쩔 수 없어. 그는 장장 20년 동안 묵묵히 접시를 깨. 미친 짓이지. 집 뒤편 놀이터에는 접시 파편이 2층 높이로 쌓였지. 그만. 그는 내 말을 듣지 않고, 나는 반복하지 않아. 우리가 사랑하고 있는 걸까? 5층 높이까지 접시 파편이 쌓일 기세야. 당연히 그의 3번째 이름은 소접시가 되었지. 무신경한 얼굴 같아. 어느덧 4번째 환생에 성공하고 2, 3년 정도 지났을까, 그가 소접시를 깨는 모습을 볼 수 없게 되었어. 그는 예전의 그로, 명민하고 자상한 남자로 돌아갔는데, 어딘가 모르게 낯설었지. 그는 자주 집을 비웠어. 알고 보니 여섯 살 먹은 한 여아를 만나러 다니는 거였어. 버림받은 기분이었지. 왠지 그 여아에게 지고 말았다는…… ." 잠시 이야기를 멈추고 다시 담배를 피워 물며 수지가 메밀에게 물었다. "지금 네 몸은 어떻게 반응하지? 솔직하게 말해봐."

"아무렇지 않아."

이상하다는 듯 고개를 갸웃하며 수지가 다시 입을 열었다. "집에서 얼마 떨어지지 않는 곳에 정부가 운영하는 보육원이 있었어. 맹세코 숨어서 지켜본 건 절대 아니야. 그를 따라 거의 20년 만에 나들이에 나섰는데, 나는 영문도 모른 채 그 보육원에 들어섰어. 그가 봉사 활동을 의욕적으로 참여하는 남자였던가, 나는 조금 혼란스러웠어. 우린 신분 확인을 끝내고 대기실에 들어왔어. 그가 부드럽게 말해. 은경이라 불리는 여섯 살 먹은 여아를 입양하고 싶다고. 난 별로 놀라지 않았어. 놀랄 것도 없지, 이 세계에서는. 나른함을 깨는 약간의 피로를 느끼며 나는 그가 홀딱 반한 그 애가 어떤 애인지 궁금했어. 여섯 살이라면 기저귀를 갈아줄 필요도 없다고 그가 나를 안심시키려고 했어. 그때 기분이 팍 상했어. 그는 내 얼굴을 읽지 못해. 아니, 쳐다보지도 않아. 그는 막 대기실로 들어온 예쁘장하게 생긴 은경을 이미 그 애의 아빠라도 되는 양 자상하고 웃음기 많은 얼굴로 맞이했으니까. 은경은 그의 옆에 앉은 나를 보고 약간 당황한 듯싶더니 이내 달려와 그의 품에 안겨. 경계심 많은 고양이 눈으로 나를 훑었지. 우리 셋은 산책을 나섰어. 둘은 자주 나들이에 나선 것 같아. 이제 막 세상 모든 것에 호기심을 보이는 나이에 들어선 아이는 여기저기를 가리키며 재잘거려. 이건 그거랬지, 그런데 아니야, 선생님께서 그러던걸, 아냐. 둘은 쾌활한 논쟁을 벌여. 내가 모르는 어느 과거를 꺼내서는. 그래서 기억할 수 없어. 아무튼 난 한마디 말도 못해. 할 수 없었지. 기저귀를 차지 않은 그 애는 내 손길이 필요하지 않았고, 더욱이 든든한 남자의 손을 꽉 움켜잡고 있었으니까. 그날 이후로 우리 셋은 거의 매일같이 나들이에 나섰어. 나는 그 둘한테서 한 발짝 떨어져 뒤쫓았지. 한번은 은경이 내게 물었어. 언제쯤 어른이 될 수 있나요? 나는 갈망과 절정으로 초롱초롱 빛나는 그 애의 눈을 지그시 바라보며 이렇게 답했어. 네 정신이 똑바로 박힐 때란다. 그가 나를 나무랐지. 왜 애를 울리느냐고. 나는 그 길로 집에 돌아와 잠이 들었지. 문득 잠결에 이상한 소리를 들었어. 뭔가를 조심스럽게 벗겨내는 듯 바스락 소리, 헐떡거리고 키득거리는 소리, 부드러운 것을 핥는 소리. 나는 주린 배를 참으며 다시 눈을 감았어. 정오가 다 되어 눈을 떴을 때 집에는 아무도 없었어. 싱크대 개수대에는 지난밤 파티의 흔적이 어지럽게 쌓여 있었지. 나는 싱크대 문짝을 발로 찼어. 여러 번. 발톱이 깨지고 발가락 사이로 선홍색 핏물이 흘러 밑으로 뚝뚝 떨어지는 모습이 눈에 들어와서야 간신히 멈추게 되었지만, 내 마음은 조금도 진정되지 않았어. 가혹하고 격렬한 뭔가를 몹시 갈구했고, 그것을 게걸스럽게 먹어치우고 싶어 안달이 났지만, 난 그게 뭔지 알지 못했어. 아직은 그랬어." 담배 연기를 메밀 쪽으로 내뿜으며 수지가 물었다. "지금도 네 몸은 아무렇지 않아?"

"으응, 멀쩡한 것 같아." 메밀은 얼굴이 벌겋게 상기된 수지를 바라보며 미안하다는 투로 말했다.

"입양 절차는 순조롭게 진행되어, 우린 합격점을 떼놓은 당상이었지. 그는 매우 활기찼어. 앞으로 어떻게 사는 게 옳을지 내게 매일같이 털어놓았어. 그건 주로 교육, 환경, 식단을 어떻게 짜는지에 대해서였지. 하나같이 은경을 위해서였어. 그는 들떠 있었어. 입에 거품만 물면 딱 미친놈이어서, 내가 이런 그를 위해 어떤 짓이라도 할 거라는 예감에 사로잡혀 몸서리쳤지만, 떨림은 이내 멈췄고, 나는 고개를 들었어. 행복에 빠진 그의 얼굴이 보이더군. 나는 이를 드러내며 그에게 다가갔어. 나는 그에게 여섯 살 여아를 맞이하는 집치고는 위험이 곳곳에 도사리고 있다며, 옷장 문짝이 단단하게 고정되어 있지 않고, 창문틀에 더러운 먼지가 잔뜩 끼었고, 선반이 너무 높이 달렸고, 벽 일부에 곰팡이가 슬었고, 아이에게 줄 방에 새로 도배를 해야 하고, 욕실 타일 일부가 깨져서 다칠 수 있으며, 대대적으로 해충을 박멸해야 한다고 진지하게 말했지. 그는 내게 고마워하며 다음 날부터 작업에 들어갔지. 온 신경이 거기에 파묻힌 그의 얼굴은 환희에 차 있었어. 나는 집을 나와 아무도 모르게 은경에게 찾아가 보육원 밖으로 불러냈어. 은경은 며칠째 그가 찾아오지 않는다며 불안에 떨고 있었지. 아빠는요? 아빠는요! 어서 기차에 올라타. 어디로 가는데요? 그가 너를 기다리는 곳이지. 아줌마는요? 난 한숨을 내쉬며 궁상맞은 표정을 지었어. 뭔가 있는 거죠? 네 정신이 아직 똑바로 박힌 것 같지 않구나. 이때 아이가 키득거리며 말해. 난 다 알아요, 다 안다고요! 기차가 출발했고, 나는 차창 너머로 보이는 아이를 향해 손을 흔들었지. 꺼져. 머나먼 혹한의 대륙으로. 그는 20여일 만에 초인적인 열정과 노력으로 아이를 맞이할 모든 준비를 마치고 보육원을 찾아갔지만, 그를 기다리고 있는 건 보육원 원장이 전하는 아이의 실종 소식이었지. 집에 돌아온 그는 뭘 할지 몰라 허둥댔어. 나는 가여운 그를 사랑스럽게 보듬어 안고서 침대로 인도했어. 처음에는 망설이던 그도 점점 내 손길을 의지하게 되었지. 옷을 다 벗기고, 오늘은 배란일이라고 그의 귀에 거짓을 속닥이고, 우린 그날 27년하고 6개월 만에 한 몸이 되었지. 깊고 격렬하게. 그게 가능해? 응, 그런 느낌이 들어. 나는 고개를 끄덕이며 불안에 떠는 그를 꼭 끌어안았지. 나는 다를 거야, 그렇게 나 자신에게 주문을 걸며." 여기서 이야기를 멈춘 수지가 재떨이에 담배를 비벼 껐다. 메밀을 흘겨보며 수지가 물었다. "이래도?"

메밀은 고개를 가로저었다. "전혀."

"정확히 배란일에 관계를 맺었는데도 임신은 되지 않았어. 다음 달, 다음다음 달에도 마찬가지였어. 나는 풍문을 통해 전해 들은 어떤 사람들과 완벽히 같았고, 마치 한 인간이, 한 여자가 아닌 전혀 다른 존재 같았어. 뭐랄까, 효용이 다 타버린 무기질 덩어리……. 난 뭐지? 대체 뭘까? 혹시, 허깨비였던 건 아니었을까? 아아, 아무렇지 않게 사라져버리다니! 난 고통받았지. 어느 날 갑자기 그가 피곤하다며 병원에 입원해 아무런 병명도 없이 깊은 잠에 빠졌다가 홀연히 5일 만에 깨어난 그때, 집에 혼자 남겨진 나는 침대에 누워 내게서 빠져나간 그 모든 것에 애도를 표하며 그리워했지. 그래, 내 곁에 아직 그가 있었지! 내 사랑, 준. 퍼뜩 정신을 차리고 그가 있는 병실에 찾아갔지만, 그는 사라지고 없었어. 그는 그렇게 나를 떠났어. 아무 말도 없이." 갑자기 수지가 손을 들어 식탁을 탕하고 내리쳤다.

"깜짝이야!"

"이제야 …… 반응이라는 것을 보이네." 이마를 짚으며 수지가 비아냥거리듯 말했다. 수지는 후후 웃었다.

이 순간 메밀은 참담과 긍지를 동시에 느꼈다. 이름이 겪은 내력을 전해 들었음에도 전혀 가슴에 와 닿지 않고 존재에 대한 허허로움만 커지며 참담한 마음이 든 반면에, 이름의 내력이 무엇이건 간에 이 몸이 운동하고 감각하는 데는 아무런 문제없이 건재하다는 사실에서 형용할 수 없는 긍지를 느꼈다.

그리고 다음 이름에 대한 갈증은 더욱 커졌고, 모든 것을 다 알게 된 다음에야 어떤 식으로든 무언가가 손에 잡힐 것 같다는 생각이 들었다.

"나머지 이름은 나도 몰라." 수지가 말했다.

"고마워."

"이름을 쫓아 종묘에 갈 거면 나도 데려가." 메밀이 아무 말 없자 수지가 이어 말했다. "어째서 종묘인지 알아?"

"조금은 짐작이 가. 이곳만 호황인 이유가 그곳에 가면 알 수 있지 않겠어."

"넌 내게 전혀 고마워하지 않고 있어."

이때 끼익 하고 문이 열리고 칠이 방에서 나왔다. 머리를 박박 긁고 나머지 손으로 눈을 비볐다. 하품을 끝내며 칠이 말했다. "둘이서 뭐해?"

수지가 기다렸다는 듯이 자리를 박차고 일어났다. "일어났어?"

"물 좀 줄래." 메밀 옆자리에 앉으며 칠이 말했다.

"잠깐만." 수지가 찬장에서 컵을 꺼내 주전자에서 물을 따라 칠한테 건넸다. 칠은 목이 탔던지 벌컥벌컥 소리 내 마셨다. 칠한테서 컵을 받으며 수지가 물었다. "배고프지?"

"조금."

"기다려. 금방이면 돼."

메밀은 음식을 준비하는 백발의 쭈그렁 할망구 수지의 뒷모습을 물끄러미 바라봤다. 그녀의 분주한 움직임에는 순정과 절정으로 똘똘 뭉친 들뜬 생동감으로 가득했다. 그녀는 사랑을 기억하고 있었다. 그녀가 모든 것을 눈치챘으니, 칠 너의 공작은 수포로 돌아갔다는 사실을 전해야 할까? 메밀은 옆으로 고개를 돌렸다. 팔짱을 끼고 앉은 칠의 입가에 잔잔한 미소와 제집인 양 너그럽고 평범한 얼굴빛이, 그리고 거의 들리지 않는 한숨과 안타까운 눈빛이 언뜻언뜻 보였다. 그렇다, 그는 그녀가 사랑했었고 아직도 사랑하고 있는 한 남자의 얼굴을 하고서 누구보다 그녀의 심정을 잘 받아들이고 있었다. 그러나 이건 미친 짓이다. 헛것이다. 그렇지 않은가! 거짓, 착오, 기망, 그리고 공범. 좀이 쑤셔 자리에서 일어난 메밀은 방에 들어가 밀짚모자를 찾아 머리에 쓰고 잠시 거울을 들여다본 다음 다시 거실로 나왔다. 메밀은 우뚝 멈춰 섰다. 보글보글 쓱쓱 뚝딱뚝딱 소리가 울리는 가운데 집 안 곳곳에 구수한 냄새가 돌며 온기가 차오르고 있었다.

이는 세계에 대한 항거의 표시였다.

종묘

중앙선 좌우 양쪽 2차선은 차도로 사용되고 나머지 차선은 인파가 차지한 과거 8차선 도로를 건너며 메밀은 밀짚모자 앞쪽 챙을 삐뚜름 올렸다. 마치 연인처럼 칠의 팔을 붙잡고 사뿐사뿐 걷는 수지. 하늘색 스카프를 머리에 칭칭 감아 백발을 감추고, 분홍색 블라우스에 청색 긴치마 차림에, 뒤에서 보면 살집이 없이 야위었다는 것뿐 나이대를 분간하기가 모호한, 한쪽 어깨에 멘 숄더백을 추켜올리며 수지는 귀금속 상가 앞에서 멈춰섰다. 상가 안에는 슈트 차림의 쇼핑객들로 발 디딜 틈이 없었다. 까치발을 하고 입구를 기웃기웃 넘겨보던 수지는 하는 수 없이 쇼윈도에 손바닥을 대고 금목걸이며 금반지 따위를 유심히 들여다봤다. 그 이유를 알 수 없으나, 메밀은 이때다 싶어 가슴을 내밀고 의젓하니 서 있는 칠에게 다가가 그의 한쪽 팔을 잡아끌어 수지로부터 서너 발짝 떨어트려 놓았다.

"이봐, 이봐." 메밀이 황망하게 말했다.

"어, 왜?" 칠이 귀찮다는 듯이 눈살을 살짝 찌푸렸다.

"지금 뭐하자는 건가?"

"몰라서 하는 소리야?"

"정신 차려. 지금 네 꼴을 보라고."

"상관없어. 그렇잖아." 칠이 코웃음 쳤다.

"너에게 해줄 말이 있네. 사실은……."

"다음에."

"아니, 지금이어야 하네." 메밀은 칠의 한쪽 어깨를 감싸며 수지와는 반대쪽으로 몸을 틀었다. 수지는 귀금속에 눈을 빼앗긴 채 입을 헤벌린 그대로다. "너에게 하지 않은 말이 있는데, 이름이……."

"밥 잘 먹고 왜 이러는 건데?" 기지개 켜듯 두 팔을 쭉 뻗으며 칠이 퉁명하게 말했다.

"웬 밥?" 메밀은 갑자기 웬 뚱딴지같은 소리냐는 투로 눈을 끔벅였다.

"그렇잖아. 안 그래? 너무 초조해하지 말라는 거야."

메밀은 뭐라 말대꾸하지 못하고 어이가 없는지 헛웃음을 터트렸다. 그래, 맛나기는 했었다.

아삭아삭 씹히는 차가운 신 김치, 감칠맛 도는 된장찌개, 겉은 바삭바삭하고 속은 부드러운 두부 부침, 달고 쫀득쫀득한 오징어채볶음, 짭조름한 오이장아찌, 향긋한 깻잎이 들어간 계란말이, 고슬고슬 알맞게 지은 밥까지.

칠과 수지가 기품 있게 꼭꼭 씹어 먹었던 것에 반해, 메밀은 몰래 가슴팍을 두드리면서도 밥 두 공기를 게 눈 감추듯 순식간에 먹어치웠다.

칠과 수지가 거의 동시에 젓가락을 내려놓았다. 메밀은 부러 트림하며 기회를 엿보았다. 그녀가 털어놓은 이름의 진상에 대해, 이제 그 꼴같잖은 준 행세는 당장 그만두라고, 내가 다 부끄럽다고, 조마조마해서 체할 것 같다고, 이곳을 빠져나가 어서 빨리 종묘에 가보자고 털어놓아야 했다.

그래, 끝이 보이는 듯해서 설렜다.

막 설거지를 마친 수지가 상아색 원피스 잠옷에 젖은 손을 쓱 문지르며 슬쩍 말을 꺼냈다. "종묘에 가고 싶어."

메밀은 등을 보인 채 서 있는 수지를 힐끗 쳐다보며 자신의 귀를 의심했다.

"종묘?" 칠이 무슨 말이냐는 투로 물었다.

"갈 거지? 데려다줘. 싫어?" 수지는 다시 물을 틀어 두 손을 싹싹 비벼댔다.

"뭐, 너 좋을 대로 해."

"잠시만 기다려. 금방이면 돼." 물을 잠그고 방으로 성큼성큼 걸어가며 수지가 말했다.

수지가 외출 준비를 마칠 때까지 가만히 식탁에 앉아 기다리는 칠을 보며, 메밀은 어차피 종묘에 가는 길이기도 하니 오늘 하루쯤은 적당히 모른 척 넘어가는 것이 이름의 내력을 전해준 것에 대한 답례라는 식으로 마음을 고쳐먹었다. 꼭 포만감 때문은 아니었다. 그러나 그녀는, 메밀의 예상과 달리, 대역을 통해 한때의 기분을 느껴보려는 것에 그치지 않고, 그 너머에 있는 무언가를 원하는 듯했다.

이제 수지는 몸을 돌려 칠을 사랑스럽게 바라봤다. "됐어, 가자."

"다 본 거야?"

"응."

"뭘 본 건데?"

"이것저것." 수지가 들뜬 얼굴로 앞장섰다. "저곳이 종묘, 혼이 머무는 신비하고 신성한 구역."

흐린 하늘 아래 저 멀리 북악산이 보였다. 기와를 얹은 4미터 높이의 담장 너머로 키가 큰 수목만이 무성할 뿐 사당으로 쓰일 법한 대궐 같은 기와집은 아직 보이지 않는데도 엄숙한 분위기가 감돌았다. 종묘 앞 작은 공원에는 3, 4천 명에 달하는 군중이 모여 있었다. 환생을 통해 100년에서 많게는 200년 조금 넘게 살아서 이제 숨이 간당간당 붙은 사람들이 돌의자나 거북 등껍질 같은 넓고 큰 박석에 또는 새파란 잔디에 진 치고 앉아 장기며 바둑을 뒀고, 나무 그늘에 자리를 깔고 누워 한가한 시간을 보내기도 했다. 이 많은 사람이 모였는데도 소란스러운 광경은 찾아볼 수 없었다.

담장의 꺼끌꺼끌한 면을 손으로 쓸고 가자, '자율 방범대'라 적힌 검은색 모자를 머리에 살짝 눌러 쓴 덩치 좋은 몇몇 남자가 수문장인 양 지키고 선 종묘의 정문인 외대문이 나왔다.

외대문의 중문인 홍살문을 제외하고 양쪽 문이 활짝 열렸다. 수지가 홍살문을 가리키며 말했다. "저 홍살문을 통과해 한동안 안식할 자리가 아직 남아 있을까?"

한눈에 봐도 홍살문 창살 사이의 간격은 8, 9센티미터 정도여서 칠은 그게 무슨 말이냐는 듯 물었다. "그러고 싶어? 어떻게 하면 그럴 수 있지?" 자신의 한쪽 팔을 움켜쥔 한 여자에게만큼은 무엇이든 해줄 수 있고 어떤 식으로든 답을 구해줄 수 있는, 이를테면 하늘에서 별도 따줄 수 있는 듬직한 연인인 양. "말만 해!"

"죽으면."

"죽는다고?" 칠의 눈이 깜짝 놀라 휘둥그레졌다.

"응. 그 뒤, 그때도 내 것이라고 할 수 있다면, 그런 게 있다면, 바로 내 혼이." 수지가 미소를 지었다. "저것보다 더 작은 공간이라도 난 훨훨 아무렇지 않게 통과해 그곳에 닿겠지."

"거기가 어딘데?"

"가보면 알아."

이때 홀로 외대문을 통과한 메밀은 넓적한 박석이 쭉 깔린 신로神路를 제외한 황토색 땅바닥에 촘촘히 박힌, 마치 가시를 세운 거대 고슴도치의 등처럼 보이는 낯선 광경에 놀라 소리쳤다. "이것 봐! 이게 다 뭐지?"

수지를 따라 외대문을 통과한 칠도 땅 위로 비죽 나온 그것을 보았다. 온 사방을 새까맣게 뒤덮은 가시 같은 것으로, 허리를 숙이고 자세히 들여다보니, 그건 비석 모양의 작은 나무패였고, 누군가의 이름이 세로로 적혀 있었다. 칠은 이게 다 뭐냐는 눈빛으로 수지를 쳐다봤다.

"죽은 사람의 혼을 모신 위패야." 수지가 담담히 말했다.

"이게 왜 여기에? 그것도 땅바닥에." 위패를 심은 땅바닥은 전에 사람들이 오고 가고 했을 길이 분명했다.

"이곳이 종묘이기 때문이지. 계속 가보자, 너도 짐작할 수 있을 거니까."

"다 임자가 있는 거겠지?" 수지를 쫓으며 칠이 물었다.

"물론이지."

둘의 대화를 가만히 듣고 있던 메밀이 문득 떠오른 생각을 말했다. "그렇군, 이런 식으로 한계를 뛰어넘겠다는 심사였군."

"그렇다고 한계를 뛰어넘지는 못해. 위패의 재질은 나무고, 그건 시간의 흐름은커녕 비나 바람조차 견디지 못하고 어느 순간 잘게 부서지지."

"아니면 누군가에 의해 하룻밤 만에 그 자리를 빼앗기기도 하겠지." 메밀은 윗옷 주머니 밖으로 위패가 조금 삐져나온 웬 남자가 주위의 이목을 힐끔힐끔 살피며 앞서 걷는 모습을 유심히 지켜봤다. 남자는 고개를 쭉 빼고 향대청 앞 행각 사이에 난 문을 통해 마당을 보았고, 마당에는 빈자리 한 뼘 없이 위패들로 빼곡했다. 남자는 적잖이 실망한 얼굴로 재궁 쪽으로 발길을 돌렸다. 그 남자를 지켜보는 건 메밀만이 아니었다. 외대문에서 보았고, 신로 곳곳에 배치돼 있는 '자율 방범대' 모자를 쓴 남자들도 마찬가지였다.

"아무렇지 않게 사라져버리는 건 정말이지 견디기 어려워. 우린 뭐라도 하지."

"그래서?"

"넌, 한계란 어떤 의도에 의해 정확히 정해져 있어서 우리는 도저히 넘어설 수 없다고 생각하니?"

칠은 답변을 피했다.

수지가 의기양양하게 말했다. "맞아. 정해져 있다고 여길 거야. 대부분이 그래. 그게 진리이건 아니건 간에 이 세계가 그러하고, 몸소 겪고 있으니까. 하지만 마음 한편에는 이루 말할 수 없는 무언가가 꿈틀거리고, 우린 그 슬픔에서, 그 갑갑함에서 어떻게든 빠져나오려 하지. 그러면 …… 조금은, 이 세계를 견딜 수 있지 않겠어."

"살아 있는 동안에?"

"아니, 죽은 이후의 어떤 면에서." 수지가 담담히 대꾸했다.

"그걸 어떻게 확신하지?" 칠이 미간을 찌푸렸다.

"확신하고 안 하고의 문제가 아니라, 기대하는 거야. 혼이라도 …… . 그래, 혼만이라도 내버려두라고. 그래야 이 피로가 씻겨나갈 것 같거든."

"두 눈 꼭 감아야겠어. 두 눈 멀쩡히 깜박일 때는 도저히 생각하지 못했던 것을 상상해야 하니까."

"좀 진지하게 받아들이면 안 돼?"

"난 진지해. 좋아. 그러니까, 지금이라는 말이지."

"지금에 집착하는 이유가 뭐야? 거기에 무슨 문제가 있어서 답을 구해야 한다고 생각하는 거야? 그래서 무슨 문제가 있다는 식으로 어깃장을 놓으면 속이 시원해? 그러면 자신이 어떤 면에서는 대단하게 보일 것 같아? 오롯이 네 말에 귀 기울이는. 하지만 전혀 아니거든." 수지는 샐쭉 토라진 눈빛으로 칠을 째려봤다.

"난, 그냥. 분명히 해두었으면 해서."

"분명히, 라고?" 수지는 믿을 수 없다는 듯이 말끝을 올려 말했다.

"그래." 칠은 어깨를 으쓱했다.

"봐. 보이지? 저 수많은 기원을."

"그래, 그게 뭐?"

"보고도 몰라? 이런, 넌 지금 어디에 갇혔니? 얼마나 더 …… ." 수지는 칠을 불쌍하게 처다봤다.

그렇다고 칠이 짐작 못 하는 바는 아니다. 외대문 밖에 사람들이 들끓는데도 이상하리만치 소란스럽지 않았다. 더욱이 이곳은 엄격하고 고요하며 공기마저 차분해서 외부에 공개할 수 없는 뭔가를 숙성시키고 있다는 기분을 들게 했다. 이런 건, 정말이지, 빤한 이유다. 그들은 한계에 맞닥트렸을 때의 절망감을 벗어나고자 이곳 종묘에 그들 자신의 바람을 거의 빈틈없이 딱딱 이식한 셈으로, 신비와 경외는 한층 커질 수밖에 없는 구조였다. 죽은 이후에도, 아니, 혼이 되어서까지도 …… . 하지만 절대적 한계가 밝혀진 이 세계에서 이게 다 무슨 조잡스러운 짓거리란 말인가. 칠은 이 상황을 가증스럽게 여겼고, 이를 지키는 모두를 경멸했다. 그렇지 않은가! 대체 얼마나 더 오래 남으려는지. 욕심도 많지. 쳇, 칠은 쓴웃음을 지었다. 이때 앞서 가던 메밀이 위패 대열에서 거의 뒤로 넘어진 위패 하나를 가리키며 위패 밑에 금장을 입힌 뭔가가 보인다고 말했고, 칠도 그것의 일부를 보았다. 팔찌 아니면 목걸이일까? 일종의 부장품이겠지. 아아, 칠은 신로를 걷는 그녀를 조금은 애잔한 눈빛으로 쳐다보며 자신도 모르게 팔을 앞으로 쭉 뻗었다. 칠은 아까 그녀가 했던 말을 떠올렸다. 넌 지금 어디에 갇혔니 …… .

"어디를 가든 마찬가지겠지?" 전에 길이었을 땅바닥은 물론이고 나무며 수풀이 우거진 낮은 언덕에도 위패들이 촘촘히 차지했다.

"정전은 달라."

"다르다니 …… 어떻게?"

"그곳은 아무것도 침범하지 못한 원형 그대로야. 이상하지?"

"그럴 수 있어?" 칠은 짐작도 못 하겠다는 듯 고개를 절레절레 흔들었다.

재궁을 지나 정전 동문으로 들어가자 우람한 기둥들이 길고 거대한 지붕을 떠받치고 있는 긴 회랑이 눈에 들어왔다. 돌계단 4개를 올라 왼쪽으로 돌아 나왔다. 정전이 한눈에 들어왔다.

정전은 기둥 20개가 검은색 지붕을 떠받치고 있는 거대한 붉은색 목조 건물로 가로 길이가 100미터는 돼 보였고, 정전 앞으로 축구장 크기의 월대가 넓게 펼쳐졌다. 정전 담장 둘레를 울창한 수목이 빙 둘러쌌는데, 마치 바깥세상으로부터 이곳을 보호하려는 듯해서 한층 경건하고 신비로운 분위기를 자아냈다.

그녀의 말대로였다. 정전은 이제껏 보던 것과 딴판이었다. 위패 하나 놓여 있지 않아서 전체적으로 횅한 느낌마저 들었다.

"이렇게 해놓으면 이뤄질지도 모른다고 생각하는 걸까?" 칠의 혼잣말에 누구 하나 신경 쓰지 않았다.

메밀은 와다닥 달려 나가 정전 회랑 그 긴 복도에 멈춰 서서 한동안 미동도 하지 않았고, 돌연 바닥에 주저앉은 수지는 가슴을 쥐어 잡은 채 파랗게 질린 얼굴로 거칠게 숨을 몰아쉬었다. 수지는 이따금 칠을 올려다봤다. 약간 굽은, 듬직한 등판을. 한편 칠은 이곳에 어떤 금기가 있는 듯하다고 혼자만의 생각에 빠졌고, 그게 뭔지 곧 깨달았다. 이곳마저 위패들에 내준다면, 암묵적으로 정한 질서가 와르르 무너져 정전은 제구실을 할 수 없게 될 테고, 그러면 종묘는 더는 종묘일 수 없어서 그 고유하고 신비로운 특색을 잃게 되어, 그들이 원하는바 혼이 안식할 신성한 자리는 영영 지워질 것이었다. 해서 자신 혹은 부모의 위패를 놓아둘 적당한 자리를 찾아 종묘 안을 샅샅이 뒤졌지만 마땅한 자리를 찾지 못한 눈이 이제 정전으로 향할 때, '자율 방범대' 모자를 쓴 남자들의 눈이 아무도 모르겠거니 하고 꾀를 내는 눈의 뒤를 밟아 엄중히 경고하리라.

아니, 어쩌면, 월대를 이루는 넓적한 바닥 돌 중 하나를 들어 올리면, 침입에는 성공했지만 당사자에게 잊혀버려 거의 바스러지고 이름도 지워진 위패가 드러날지도 모른다. 반드시 땅바닥에 고정해야 한다는 법이 없다면, 공신당 천장 으슥한 곳 거미줄에 칭칭 감긴 채 매달려 있거나, 칠사당 뒤쪽으로 돌아가 벽돌 중 한 곳을 살살 들어내어 그곳에 위패를 모실 수도 있었다. 또 어디가 좋을까?

이는 여태껏 정전이 침범당한 적이 없다는 것을 부정하는 것으로, 이곳은 순수하게 원형 그대로가 아니며, 외면과 은폐, 속임수와 허식, 감시와 제지를 통해 겨우겨우 지켜온 이기심 어린 공간인 셈이었다.

칠은 주위를 둘러보며 서슴없이 비약하여 악의를 품은 것도 잠시, 순간 이곳 어딘가에 자신의 위패를 아무도 모르게 모셔놓는 상상에 빠졌다. 그 상상에서 칠은, 평범한 혼이 되어 홍살문 창살을 통과해 집으로 돌아와 안식을 취했다는, 자연스러운 귀결에서 문득 뭔가 맞지 않은 점을 발견했다. 그런데 이름은…… .

아니, 보고 싶지 않다.

상상을 집어치우고 칠이 이만 눈을 떴을 때 벌게진 얼굴을 한 메밀이 숨을 헐떡이며 바로 코앞에 서 있었다.

"근사해. 정말 근사하네!"

"뭣 때문에 그리 흥분한 거지?" 이마에 손을 짚으며 칠이 퉁명하게 말했다.

"정전을 통해 사람들이 기대하고 있네."

"넌 허깨비야." 칠은 짜증스럽다는 투로 말했다.

메밀은 뭐라 대꾸하지 못하고 금세 시무룩해져 눈을 내리깐 채 입을 다물어버렸다.

이때 가슴을 쓸어내리며 자리에서 일어난 수지가 메밀 옆에 서서 항변조로 말했다. "허깨비가 어때서?"

"뭐?"

"허깨비가 어때서? 라고 말했어. 다 같은 사람인데. 안 그래?"

칠은 쓴웃음을 지었다. 고통이 완전히 가시지 않은 듯 옅은 파란빛이 감도는 그녀의 쭈글쭈글한 얼굴에 대고 심한 말을 할 수 없어선지, 그녀의 말에 깊은 감명을 받아 자기도 모르게 우쭐한 마음이 들었고 그게 부끄러웠는지, 칠은 메밀의 편을 드는 수지의 얼굴을 피해 고개를 모로 틀었다. 그때였다.

5번째 이름, 종묘. 준은 종묘에 왔었다. 메밀은 5번째 이름도 거의 밝혀진 거나 진배없다며, 이 여행도 이제 끝이 보이는 듯하다고 생각했다. 이에 대해 칠과 더 얘기해봐야겠는데, 우리가 정말 같은 성분의 육체를 공유하긴 한 걸까? 메밀은 언짢은 마음을 흔쾌히 털어버리지 못했다. 메밀은 아집과 편견에 싸여 건방을 떠는 칠을 힐끔 쳐다봤다. 순간 칠의 의아한 시선을 좇아 고개를 모로 틀었다. 남문 홍살문 창살 사이로 한 무리의 사람들이 신로를 따라 정전 쪽으로 오는 게 보였다. 얼굴을 알아볼 수 없으나, 경찰제복 차림에 체격이 비슷한 …… . 순간 짚이는 게 있었다. 무리 맨 앞에 선 남자가 손을 들어 이쪽을 가리켰다. 남자는 턱을 쳐들었다. 쌍꺼풀 없이 게슴츠레한 눈, 병을 앓는 듯한 탁한 낯빛, 유난히 발달한 상체, 왼쪽 귀를 누르며 입술을 달싹이는 것이 …… . 이런, 저들은 바로 최 경위 동일체들이었다. 메밀이 칠을 향해 소리쳤다. "어, 어떻게 …… 너도 봤지? 그렇지! 저들이 여길 어떻게 …… 이럴 게 아니라, 당장 피해야 하네!"

"그럴 필요 없어. 저들이 알고 싶은 건 이름이라고. 너도 잘 알잖아." 칠은 느긋하게 대꾸했다.

"저들은 그 이름을 믿지 않아!"

"믿고 안 믿고를 떠나서, 그게 정답인데."

메밀은 조금 목청을 높였다. "누가 그래, 그 이름이 정답이라고!" 최 경위 동일체들이 정전 남문으로 곧장 다가오고 있었다.

"웬 헛소리야?"

메밀은 답답한 소리 좀 그만두라는 듯 인상을 찌푸렸다. "저들의 맹목적 집착에 맞추기에는 그늘, 그 이름이 너무나 단순하고 간결하기 때문이라서 하는 말이네. 말하자면, 성이 차지 않아. 그런 건 정답이 되지 못한다고."

"정답이 꼭 길고 복잡해야 한다는 것을 이제야 알겠군." 칠이 빈정댔다.

"가야 해. 어서!"

"여럿이 몰려오니까 겁이 나서 그래?"

"난 겁나."

"뭐?" 칠은 미간을 찌푸렸다.

"내 친구가 죽었네."

"허깨비지?"

메밀은 답답한 듯 한숨을 내쉬었다.

"넌 너무 걱정이 많아. 나와 다르게, 아니 정말 이상하리만치. 그냥 이름을 알려주면 돼. 너와 내가 알고 있는 그 이름을. 알겠어?"

이제 최 경위 동일체들이 거의 남문 앞에 이르렀다.

수지가 둘의 대화에 끼어들었다. "왜 그래? 혹시 저들 때문이야?"

"맞아. 위험해."

"넌 상관 마."

"무슨 말이 그래. 저들은 최 경위 동일체들로, 우리를 뒤쫓고 있어. 속을 알 수 없는 녀석들이지. 그런데 칠은……."

"아무것도 아니야. 괜히 저러는 거야. 넌 신경 쓰지 마." 메밀의 말을 가로채며 칠이 말했다.

칠과 메밀을 발견한 최 경위 동일체들이 일순간 남문을 통과해 나는 듯 달려왔다. 갑자기 우르르 몰려오는 그 광경에 압도당한 칠은 자신도 모르게 휘청하며 뒷걸음질 쳤고, 노를 젓듯 뒤로 당겨진 칠의 팔을 메밀은 바통처럼 넘겨받아 앞으로 냅다 뛰었다. 칠은 어, 어 소리를 연발하며 옆으로 잰걸음을 놀리다 이내 메밀 옆에 서서 달렸다. 처음에는 넘어지지 않기 위해 재게 움직였는데, 옆에서 본 메밀이 절박하고 무서운 얼굴을 하고 있어서 잠시만 보조를 맞추자는 쪽으로 칠은 마음을 돌렸다.

하지만 그래도 그렇지, 칠은 기분이 팍 상했다. 테헤란로 어느 고층 빌딩 로비에서 벌였던 최 경위와의 일전을 칠은 기억했다. 이기진 못했지만, 그렇다고 진 것도 아니었다. 적어도 누구처럼 맞고 돌아오지는 않았다. 지금은 그때와 달리 최 경위가 여러 명으로 불어났다고 해도 칠은 지지 않을 자신이 있었다. 까짓것, 겨드랑이 양쪽에 최 경위 대가리를 각각 끼우고,

한 발을 제비처럼 날래게 놀려 또 한 명을 상대하고, 단단한 이마로 또 한 명을 위협하며, 근력을 상실해 더는 위협이 되지 못하는 최 경위 대가리를 바닥에 내팽개치고 대신에 새로운 녀석을 골라잡아 겨드랑이 양쪽에 각각 끼우고서 …… 맹렬하게. 그런데 쪽팔리게 도망치다니! 더군다나 이름만 알려주면 끝나는 일을 왜 이리 고집을 피우는지. 젠장!

앞장선 메밀은 정전 서문을 나와 거친 신로를 와다닥 밟으며 영녕전 동문으로 들어갔다. 메밀은 본능적으로 월대가 넓게 펼쳐진 쪽이 아닌 건물 뒤편으로 몸을 틀었다.

순간 칠이 우뚝 멈춰 섰다. "그만해."

"잔말하지 말고 어서." 메밀의 두 눈이 추궁하듯 번득였다.

옆에서 수지가 가슴을 움켜잡은 채 거친 숨을 몰아쉬었다. 그녀의 육체는 약간의 달음박질에도 힘겨워했다.

"이 손 놔." 칠이 메밀의 손을 뿌리치려고 몇 번이고 시도했지만 메밀은 절대 놓아주지 않았다. 칠이 윽박질렀다. "너 때문에 모두 힘들어하고 있어!"

발소리가 점점 가까워졌다. 당장에라도 최 경위 동일체들이 동문에서 튀어나와도 이상할 게 없었다. 메밀이 숨찬 목소리로 간청하듯 말했다. "여기서 이럴 게 아니라, 우선 저쪽으로 가서."

칠은 허리를 숙인 채 숨을 토하는 수지를 힐끔 쳐다봤다. 그녀의 다리가 후들후들 떨렸다.

"그 사람 말대로 해." 수지가 간신히 말했다.

메밀이 칠의 팔을 잡아당겼다. "어서."

먼저 발을 떼는 수지를 보며 칠은 마지못해 메밀을 따라 건물 뒤편으로 가 몸을 낮췄다. 그때 최 경위 동일체 다섯이 동문에서 튀어나와 월대가 넓게 펼쳐진 쪽으로 부리나케 달려갔다.

영녕전 둘레를 두른 담장은 높고 견고했다. 메밀은 칠의 팔을 끌고 회당 기둥 뒤에 숨어 최 경위 동일체들의 동태를 살폈다. 그들이 보이지 않았다. 어디로 갔을까? 서문으로 나가 울창한 수목 사이를 뒤지고 있을까, 아니면 영녕전을 빙 돌아 우리의 꼬리를 잡는 건 아닐까? 메밀은 서늘한 기분을 느끼고 뒤돌아봤다. 입을 비죽 내민 채 못마땅한 기색이 역력한 칠과 아직도 쿵쿵 뛰는 심장을 달래지 못해 힘겨워하는 수지. 담장 너머 키 큰 수목이 우거진 언덕에도 여지없이 촘촘히 박힌 수천 개의 위패.

"아까 그 말 사실이야?" 칠이 물었다.

"뭐가?"

"친구가 죽었다고 했잖아."

"그래. 지금으로부터 18년 전 어느 날, 일식으로 불리는 친구가 어떤 경찰이 그를 왕한테 데려다줄 거라며 부푼 가슴을 안고 떠나 한동안 소식이 없었는데, 다시 그의 소식을 들었을 때는 한강 둔치까지 떠밀려온 잡동사니처럼 더는 쓸모가 없어진 흉측한 몰골로 죽어서였어."

"음."

"우선 저들의 진위를 파악해야 하네. 조심해서 나쁠 건 없지 않겠나?"

"그 경찰 봤어?" 잠시 고심에 잠겼던 칠이 고개를 갸웃하며 물었다.

"대충은……. 그런 제안을 한 사람이 또 누가 있겠어."

"넌 그 경찰이 최 경위일 거라 짐작하는 거지?"

"그래."

"그리고 그가 네 친구를 그런 꼴로 만들었을 거라고 추측하는 걸 테고."

"잠깐." 메밀은 냉소적인 반응을 보였다. "짐작이니 추측이니, 뭐 그런 식의 꼼수는 내게 통하지 않네."

"아니, 넌 그렇게 네 망상을 합리화하고 있어. 알겠어?"

"달라."

"그렇게 믿고 싶은 거겠지."

"이해 못한 거야?" 칠을 흘겨보는 메밀의 얼굴에 득의양양한 기색이 퍼졌다. "네가 최 경위한테 졌다는 그 채무를 내 친구 일식도 졌어. 왕의 이름을 알아내는. 네가 그랬듯."

칠은 자신도 모르게 신음을 냈다.

"이제 알겠나? 내 친구 일식의 죽음은, 그가 왕의 이름을 알아내지 못했거나, 아니면 왕의 이름을 알아냈는데도 저들이 그 이름을 받아들이지 않았거나. 넌 어때? 나는 후자 쪽이라고 생각하는데. 그늘, 그건 너무나 간단하고 흔해빠져서, 그 정도로는 저들의 집착과 집념의 대가로서 충분하지 않으니까."

"네 멋대로 상상하지 마!"

"나도 그랬으면 좋겠어. 정말이야."

칠은 콧방귀 뀌며 팔을 밑으로 챘다. 하지만 메밀은 칠의 팔을 절대 놓아주지 않았다.

메밀이 칠의 팔을 잡아당겼다. 왔던 문으로 돌아 나와 신로를 따라 앞으로 나아갔다. 정전 담장에 바싹 붙어 종종걸음을 떼던 메밀이 순간 멈춰 섰다. 잎사귀 무성한 수목에 빙 둘러싸인, 벽 없이 앞뒤로 확 트인 행각 앞에 최 경위 동일체 넷이 모여 있었다. 종묘제례악을 연주하는 악공들이 악기를 준비하고 쉬기도 하던 악공청이었다. 그들은 일제히 고개를 든 채 손을 들어 왼쪽 귓바퀴 가장자리를 누른 자세로 미동도 하지 않았다. 무슨 정보가 오갈까? 혹시 우리를 뒤에서 모는 건가? 두 팀으로 나뉘었던가, 아니면 세 팀, 모두 합해 몇 명이나 될까? 저들 중에 진짜 최 경위가 있을까? 종묘 외대문 앞에 또 다른 팀이 지키고 있을지도 모르는 일이었다. 아, 어떻게 한다, 무슨 수로 이곳을 빠져나가지?

이때 칠이, 잠시 방심하고 있던 메밀의 손을 뿌리치는 데 성공했다. 칠은 우쭐대듯 서너 발짝 껑충껑충 뛰어올랐다.

"돌아와. 어서." 메밀은 두 눈을 부라리며 호통하듯 말했다.

"아니."

"그러지 마." 메밀은 고개를 저으며 애원하듯 말했다.

"난 달라."

메밀은 앞으로 튕겨 나가려던 몸을 가까스로 멈추고 팔을 뒤로 뻗었다. 수지의 놀란 눈과 탄력 잃은 살결이 스치듯 만져졌다.

겁쟁이 새끼, 칠은 속으로 메밀을 비난하며 턱을 꼿꼿이 쳐들었다. 난 너와 달라, 완벽히 다르다고. 악공청 앞 신로 길목을 지키고 있던 최 경위 동일체들이 당당히 모습을 드러낸 칠에게로 고개를 돌렸다. 칠은 슬쩍 냉소를 흘리며 여유만만하게 그들에게 다가갔다. 이제 빚을 갚는 일만 남았다. 그늘.

"이봐, 이만 끝내 …… ."

칠의 말이 끝나기도 전에 두 명이 나는 듯 달려와 그의 양어깨를 잡아채고는 억센 힘으로 바닥에 넘어트렸다. 칠은 곤장 형틀에 묶인 자세로 바닥에 배를 깔고 눕혀졌다. 그가 수치심과 반항심을 터트릴 새도 없이, 어깨를 누르던 손이 이제 그의 손목을 붙잡고 팔을 비틀어 꺾은 후 깍지를 끼운 상태로 무릎으로 찍어 누르고, 버둥대는 그의 두 다리를 또 다른 손이 붙잡아 하나로 모은 후 엑스 자로 꺾어 옴짝달싹하지 못하게 만들고, 또 한 명은 전기 충격봉을 허리에서 빼내 그의 머리맡에 쪼그리고 앉았고, 또 한 명은 이 일에 전혀 관심 없다는 듯 미동도 하지 않은 채 고개를 쳐든 자세로 누군가와 통신을 주고받고 있었다. 그는 순식간에 제압당했다.

전자 충격봉이 칠의 턱을 예의 없이 추켜올렸다. 칠은 이 상황이 믿기지 않는 듯 휘둥그레진 눈으로 그들을 쳐다봤다. 똑같은 제복, 똑같은 체격, 똑같은 얼굴. 정체를 알 수 없는 자들. 배와 가슴 아래에 깔린 위패 때문에 숨쉬기가 버거웠다.

"도망자 칠."

"약속을 깬 허깨비."

"맞지, 앙!"

"그래, 내가 칠 맞아. 이만 놓아줘." 칠은 으르렁댔다.

"맞대."

"빙고."

"우리가 못 잡을 줄 알았나, 앙!"

"말할게, 말한다고. 그러려고 내 발로 걸어온 거 아니야. 너희도 봤잖

아. 안 그래?" 순간 오기가 치솟았다. "내 스스로 왔어. 알잖아. 안 그래? 이러면 아무것도 말해주지 않을 수 있어!" 아무런 전조 없이 머릿속에 전기가 흘러들었다. 귓속에서 웅웅 소리가 나며 눈앞이 까매졌다. 몸속 아주 작은 뼈마디까지 해체된 후 다시 조립되는 듯 저리고 아팠다. 칠은 정신을 놓지 않기 위해 이를 악물었다. 몸속 모든 액체가 들끓었다. 칠은 캑캑대다 더는 참을 수 없어 신음을 토했다. 얼굴이 화끈거렸다. 순간 전기가 뚝 그쳤다. 그는 뻗대던 몸의 기운을 툭 놓아버렸다.

"값을 치러야지." 전기 충격봉이 그의 턱을 들었다가 툭 내려놓기를 반복했다. 그의 얼굴이 수치심에 벌겋게 달아올랐다.

"오, 각오가 대단해."

"미리 말해두는데 거짓말하지 마, 앙!"

칠이 힘없이 말했다. "그늘. 이게 전부야." 전자 충격봉을 든 최 경위 동일체의 얼굴에 능글맞은 미소가 떠오르고, 그의 머릿속에 전기가 펑 하는 소리와 함께 쏟아져 들어왔다. 두꺼운 흰색 보를 얼굴에 씌워 꽉 틀어막은 듯 숨이 막히고, 제멋대로 팔다리가 벌벌 떨렸다. 핏속에 거품이 들끓으며 장기 곳곳을 헤집어놓았다. 토할 것 같았다. 피가 말랐다. 정신이 하나도 없었다. 전기가 멈췄다. 그는 입을 헤벌린 채 헉헉 숨을 몰아쉬었다. 이번에는 처음보다 조금 더 긴 듯싶었는데, 그건 공포심을 안겨줬다.

최 경위 동일체 중 한 명이 혀를 끌끌 찼다. 칠은 가쁜 숨을 몰아쉬며 생기 없이 멀건 눈으로 옆을 돌아봤다. 정전 담장 쪽에는 아무도 없었다. 그는 지친 눈을 힘겹게 끔벅였다.

"실망인데."

"피, 뭐야?"

"장난쳐, 앙!"

"왜? 그 이름이 맞는데, 왜?" 칠은 항의하듯 목에 핏대를 세우며 소리를 질렀다.

"그건 우리도 알아."

"진짜를 감춘다고 해서 우리가 못 알아낼 것 같아? 허깨비는 너 말고 또 있어. 특히 넌, 우리를 우습게 보는 경향이 있는데, 네가 보기에 우리가 모두 합해 몇이나 될 것 같아. 7명, 16명, 23명? 아니, 정확히 72명이라고. 우릴 속일 생각은 마."

"흠, 자기 목숨보다 이름 따위를 소중히 여기다니. 아, 얼마나 경탄할 만한 이름인 거지? 다시 묻겠어. 그늘, 겨우 그거야? 앙!"

칠은 온 힘을 짜내 소리를 질렀다. "그 이름이 맞아, 이 잡종들아!"

또다시 전기가 그의 몸속을 헤집고 다녔다. 그의 멀건 눈알이 까무러칠 듯 말 듯한 경계선에서 뒤집어지며 요동쳤다. 그의 입에서 크륵 하고 괴상한 소리가 터져 나왔다.

"배은망덕한 허깨비."

"족보도 없는 껍데기."

"약해빠진 종자."

"자." 이제껏 한마디 말도 없이 흐린 하늘을 쳐다보던 또 다른 최 경위 동일체가 입을 열었다. "의견을 모으자."

칠은 누군가의 위패 모서리에 이마를 떨어트린 채 잘게 숨을 내쉬었다. 누군가가 머릿속에 자물쇠를 채운 듯 분노나 체념은 말할 것도 없고 비아냥대거나 같잖게 여기는 기색도 없이 그저 멍하고 무력했다. 모든 게 새까맣게 타서 하얀 재가 된 것 같았다. 몸에 힘이 하나도 없었다. 단순하고 무거웠다. 이러다 영영 잠들고 말겠어, 문득 그러한 염려가 일어난 것을 시작으로 해서 시나브로 정신이 돌아왔다. 통증, 울분, 고독과 피로가 고개를 내밀었고, 눈앞은 여전히 희뿌옇지만, 귀는 조금 열렸다.

"표준은 아직 요원한가?"

"거래를 튼 허깨비 25명 중 6명은 그늘, 이라 말했고, 8명은 모른다고 말했어. 기타 의견으로는 태양, 대지, 바다, 고래, 무궁화가 있지. 연락이 끊겨 대답을 들을 수 없는 게 6 명이나 돼."

"그럼, 그늘인가?"

"통계적으로 무의미하다는 의견이 많아."

"더 많은 원소를 모아야 해."

"얼마나?"

"들어봐."

"음."

"같은 이름이 10번."

"일리가 있어."

"잠깐, 더 들어봐."

"72번이라는데?"

"아니, 73번이야."

"어째서?"

"방금 들어온 소식인데, 형제가 한 명 더 늘었다는군."

"환영할 만한 일인가?"

"그럼, 73번?"

"차라리 100번이 어때?"

"제각각이라서."

"1,000번도 나왔어."

"이 도시의 허깨비가 모두 얼마나 되지?"

"불가능해."

"들어봐."

한편, 메밀과 수지는 도망치듯 왔던 길을 되돌아갔다. 정전 서문으로 들어가 월대를 가로질러 정전 동문으로 나왔다. 정전 담장에 몸을 바싹 붙인 채 반대편 악공청 쪽을 살폈다. 수목 잎사귀 사이로 여럿이 모인 게 얼핏얼핏 보였다. 최 경위 동일체 3명의 시선이 밑으로 향했다. 칠은 거기에 있을 것이다. 고초를 겪으며. 메밀은 자신도 모르게 부르르 떨었다. 이제, 어떡한다? 메밀은 수지를 돌아봤다. 자리를 피하는 게 좋겠다고 말하며 먼저 그를 외면한 건 그녀였다. 순간 수지가 재궁 쪽으로 달렸다.

그녀가 찾은 건 '자율 방범대' 모자를 쓴 50대 중반으로 보이는 남자였다. 경계심 많은 눈초리, 침묵할 줄 아는 꽉 다문 두툼한 입술, 딱 벌어진 어깨에 자부심이 내려앉았다. '빈자리는 없어, 하지만 나는 거기에 엮지 마' 라고 밀어낼 듯 가진 자의 여유와 빼앗기지 않을까 하는 긴장감이 몸에 밴 남자였다. 해서 남자는 웬 노파가 당장에라도 쓰러질 듯 비틀비틀 달려와 숨넘어가는 목소리로 내지른 말에 즉각 반응하지 않을 도리가 없었다.

"뭐가 어째!" 남자의 숱 많은 눈썹이 사납게 꿈틀거렸다.

"패륜을 저지르고 있어!" 수지가 있는 힘껏 소리를 빽 질렀다. "당해낼 수가 …… ." 순간 그녀의 가냘픈 몸이 휘청하며 땅바닥에 쓰러졌다. 메밀이 달려와 그녀를 일으켜 세웠다. 급격히 기력이 약해진 그녀는 입만 벙긋할 뿐 말을 잇지 못했다. 그녀는 갑갑한 듯 가슴을 두방망이질했다.

"뭐가 어떻다는 거야?"

수지는 메밀을 돌아보며 고개를 끄덕였다. 이제 그의 차례였다.

"어디서 경찰 제복을 구해 입은 똑같이 생긴 이상한 놈들이 악공청 주위를 난장판으로 만들어놨어. 거기에 이 여인의 위패도 있었는데, 우리 힘으로는 그들을 말릴 수 없었어." 메밀이 말했다.

"그게 정말이야?" 남자의 화난 목소리가 우렁우렁 울렸다.

"그들은 우리를 무시했어!"

"이런!"

"그들은 이곳의 규칙을 깨트렸어!"

남자는 윗옷 호주머니에서 은빛 호루라기를 꺼내 입에 물고 크게 3번 불었다. 그러자 즉시 종묘 곳곳에서 호루라기 소리가 울렸다. 먼 옛날 봉화대에서 연기를 피워 급변을 전달했듯. 곧이어 자율 방범대 모자를 쓴 남자 몇몇이 달려왔다. 남자는 방금 온 남자들에게 상황을 간단하게 설명한 다음 악공청 쪽으로 몰려갔다.

수지는 그르렁그르렁 숨을 거칠게 몰아쉬었다. 그녀의 몸속 장기는 좀처럼 진정될 기미가 없었다. 수지가 지친 듯 목소리를 낮춰 말했다. "그를 데려와줘. 부탁해."

"알았어."

흐린 하늘이 더 흐려졌다. 비가 올 정도는 아니지만 밤은 여느 날보다 일찍 찾아올 듯했다. 메밀은 뛰었다. 내 말 안 듣더니 고거 쌤통이다, 뭐 그런 사악한 마음이 아주 없는 건 아니지만, 파란색 방수천으로 좌판을 덮고 끈으로 꽁꽁 싸매 이만 하루 장사를 접듯, 막이 내려와 무대를 가리듯, 열기가 식으며 어쨌든 일과를 마쳤다는 홀가분한 기분이 들며 속수무책 맥이 탁 풀렸다.

이러면 안 되는데 하면서도 그랬다.

최 경위 동일체들과 자율 방범대 남자들이 한데 엉겨 붙어 드잡이판을 벌이는 그곳에 칠이 땅바닥에 납작 엎드린 무력한 상태로 방치돼 있었다. 생기 없이, 위화감도 들지 않게 가만히, 발에 치여 아무렇게나 나동그라진 위패들처럼 만만하게, 심한 병을 앓는 듯 끙끙대는 소리가 이곳까지 들려왔다. 아무도 메밀을 제지하지 않았다. 메밀은 외인이자, 자유인이자, 허깨비였다. 메밀은 허리를 숙여 칠의 한쪽 팔을 잡았다. 칠은 메밀을 확인하고는 쓴웃음을 지었다.

"금방 괜찮아질 거야. 나도 그랬으니까."

칠은 고개를 숙여 위패 모서리에 이마를 떨어트렸다.

저 멀리 영녕전 중문에서 나온 최 경위 동일체 5명이 이곳으로 빠르게 달려오고 있었다. 외대문 쪽에서도 한 무리의 남자들이 몰려오는 게 보였다. 자율 방범대 남자들이었다. 시간이 없었다. 최 경위 동일체들도 정식 경찰이 맞는지 알 수 없지만, 최 경위는 현직에 있었다. 흥분에 휩싸여 눈이 먼 그들을 단숨에 설득시킬 힘이 최 경위에게는 있었다. 조금이라도 상황이 유리할 때 이곳을 빠져나가야 했다. 메밀은 칠의 한쪽 팔을 어깨에 들쳐 메고 천천히 허리를 펴서 칠을 일으켜 세웠다. 그의 몸이 정상으로 돌아올 때까지 마냥 기다릴 수만은 없었다. 메밀은 한 발짝 한 발짝 힘겹게 내디뎠다.

칠은 힘없이 땅바닥을 질질 끄는 두 다리를 못마땅하게 쳐다보며 이를 악물었다. 부끄럽고 화가 났다.

이제 막 악공청 앞에 도착한 쇠 경위 동일체 무리와 자율 방범대 무리가 드잡이판에 합류했다. 뿌연 흙먼지 날리며 위패들이 걷어차였다.

"미안해"

"됐네."

"정말, 미안해."

"됐다니까."

"네가 그런다면, 알았어."

"수지가 기다려."

"난." 칠이 조금 울먹였다. "너희가 도망친 줄 알고……."

"몸은 어떤가?" 메밀은 화제를 바꿨다.

"오른쪽 다리는 써먹을 만해."

"어서 피해야 하네."

"네 말이 맞아."

"그럼 됐어."

"미안해."

"됐다니까."

재궁 앞에서 기다리고 있던 수지가 합세했다. 그녀의 기쁜 얼굴은 가

뻔 숨을 몰아쉴 때마다 고통과 불안으로 잠깐잠깐 일그러졌다. 점점 상태가 나빠졌다. 그러나 그녀는 자신의 몸을 전혀 돌보지 않았다. 그녀는 눈을 크게 뜨고 칠의 낡은 청바지와 검은색 와이셔츠에 묻은 흙먼지를 손으로 탈탈 털었고, 경직된 그의 팔과 어깨를 정성스럽게 주물렀다. 그녀의 입가에 만족스러운 미소가 그려졌고, 여지없이 일그러졌다. 그러나 칠은 고개를 쳐들고 하늘만 바라볼 뿐 아무 반응이 없었다.

메밀이 더는 참지 못하고 재촉했다. 여기서 한가롭게 이럴 게 아니었다. 상황이 변한 듯했다. 자율 방범대와 최 경위 동일체 사이에 정전 징후가 보였다. 광기가 사라지고 대신에 침착한 공감대가 흘렀다. 그리고 배타적인 시선이 한곳으로 모였다. 오싹했다.

"뛰어야겠지?" 칠이 먼저 말했다.

"그래." 메밀이 답했다.

칠은 메밀의 손을 자신의 어깨에서 치웠다. 그는 절뚝거리며 뛰쳐나갔다. 서너 발짝부터는 속도가 붙은 게 한눈에 보였다. 그래도 조금 빠르게 걷는 속도만도 못했다. 메밀과 수지는 그를 절대 앞지르지 않도록 일정한 간격을 둔 채 그의 뒤를 좇았다. 칠은 간신히 움직이는 오른쪽 다리가 조금씩 처지는 듯하자 양손으로 넓적다리 쪽 청바지를 부여잡아 위로 잡아당기며 속도를 유지했다. 외대문에 거의 다다랐다.

메밀은 뒤돌아보지 말아야지 하면서도, 슬쩍 뒤를 돌아봤다. 자율 방범대와 최 경위 동일체가 한데 모여 달려오고 있었다. 예상대로였다. 메밀은 인내심을 갖고 다음과 같이 말했다. "숨어야겠네."

수지는 심하게 숨을 헐떡였다. 이를 앙다문 칠의 얼굴은 벌겋게 달아올랐다. 메밀은 재촉하고 싶어 성화가 나는 마음을 억누르기 위해 입을 꾹 다물었다.

호루라기 소리가 날카롭게 울렸다.

칠이 맨 먼저 외대문을 통과했고, 뒤따라 수지가, 마지막으로 메밀이 통과했다. 순간 맨 앞으로 튀어나온 수지가 손을 들어 앞을 가리켰다. 셋은 회양목 울타리를 껑충 뛰어넘고 거의 구르다시피 달려가 그늘진 나무 아래로 미끄러지듯 몸을 던져 하늘을 보고 누웠다. 그리고 꼼짝하지 않았다.

호루라기 소리가 더 커졌다.

한 무리의 사람들이 담장을 따라 도롯가로 바삐 뛰어갔다.

메밀은 눈을 깜박이며 발소리를 집중해서 들었다. 점점 멀어지고 있었다.

호루라기 소리가 더는 들리지 않자 수지가 갑자기 숨찬 목소리로 깔깔 크게 웃었다. 승리감에 도취한 그녀의 새된 웃음소리는 경박하고 건방지며 그들의 우둔함을 힐난하는 듯 날이 섰지만, 꾸밈이 없이 정직하고 쾌활하여 듣기가 무척 좋았다. 안도감이 절로 들었다. 칠과 메밀은 거의 동시에 깍지 낀 손을 뒤로 해 베개로 삼았다. 하늘에 노을이 번졌다. 눈부시지 않아 좋았다.

"배고프다. 어쨌든 이걸로 된 거겠지?"

"어."

칠이 수지 쪽으로 모로 누웠다. 그녀가 웃고 있다. 소리 없이, 너무나 해맑은 탓에 거의 절규에 가깝게, 그대로 굳었다. 정지됐다. 어째서? 마치 인물화 속 주인공을 보는 듯해서 거리감마저 느껴졌다.

그러나 그녀는 너무도 얄밉게 생생하다.

"너…… ."

충격과 공포에 파르르 질려 한동안 미동도 하지 않던 칠이 숨을 크게 몰아쉬며 어깨를 움직였다. 그는 목을 쭉 빼 그녀의 목 가장자리에 코를 박은 채 몸을 웅크렸다. 잠시라도 그녀의 체취를 붙들고 싶었다. 그녀가 홍살문 창살 사이를 통과할 만큼 작고 희미해지기 전에.

칠은 손을 뻗어 그녀를 꽉 끌어안고는 숨죽여 울기 시작했다.

칠

달빛 한 점 없이 흐린 밤. 정전 월대 가장자리에 누렇게 바랜 신문지를 깔고 앉은 메밀은 낮에 철물점에서 산 호미의 뾰족한 날 끝으로 만만한 크기의 바닥 돌 둘레를 득 긁어댔다. 삭삭 호미질에 열중하다 말고 메밀은 놀란 사슴처럼 주변을 두리번거렸다. 무슨 소리를 들었는지 메밀은 단거리 육상에서의 출발 준비 자세와 비슷하게 엎드려뻗치며 상체를 낮췄다. 근처에, 누가 있나? 이대로 앞으로 튕겨 나가 회당 기둥 뒤에 숨을 것인지, 아니면 땅바닥에 납작 엎드릴 건지, 메밀은 결정을 내리지 못한 채 단순히 숨을 참고 움츠렸다. 정전 뒤쪽에서 간헐적으로 들려오는 부엉이 울음은 그의 가슴을 두방망이질하는 불안과 초조를 이만 잠재웠다. 숨을 몰아쉰 그는 다짐하듯 혼잣말했다. "아무 일 없다, 아무것도 아니다." 어둠 속에 가라앉은 종묘는 한적하기 그지없었다. 그는 옷에 흙이 묻을까 조심조심 주의하며 도로 자리에 앉았다.

아닌 게 아니라 사흘 전에 맞춘 새 옷 때문이었다. 머리에 쓴 남색 페도라와 몸에 딱 맞은 검은색 슈트. '그늘에 쉬어' 위층에 있는 옷 공장에서 100년 넘게 슈트를 제작하는 직공들은 불과 3시간 만에 슈트를 완성하여 내줄 정도로 일손이 날랬다. 박음질 솜씨도 좋아 실밥 한 올 삐져나오지 않고 견고했다. 몸에도 딱 맞아 착용감이 탁월했다. 하지만 그런 건 아무래도 좋았다. 칠과 함께 옷 공장에 가서 똑같은 옷을 맞춰 입은 그 순간부터 메밀은 이 슈트에 남다른 편애와 애착을 느꼈다. 잘 맞는 기분. 하나로 되어가는 느낌. 단순하고 안정감이 있었다. 해서 아직은 슈트 어디에도 얼룩지거나 구겨지는 것이 싫었다.

깜짝 놀라게, 호미 끝에 돌이 얹힌 듯 묵직한 감각이 전해졌다. 호미를 좀 더 구부리자 쩍 하는 소리와 함께 돌 가장자리가 살짝 들렸다. 흙을 좀 더 파냈고, 몇 번 더 돌을 들었다가 놨다. 돌 밑에 호미를 끼운 채 그대로 놔두고, 조금 들린 공간 사이로 양손을 쑤셔 넣고 모퉁이 부분을 꽉 움켜잡았다. 돌의 무게가 생각보다 상당해서 옆으로 굴려 다른 돌 위에 비스듬히 걸쳐놓았다. 돌 밑에 깔린 흙은 채에 거른 밀가루만큼 부드럽고 고왔다. 어떻게 이 무거운 돌을 떠받치고 있었을까 싶었다. 밖으로 드러난 면적도 넉넉해서 수직으로 파 내려가면 위패를 세워서 모실 공간이 충분히 나올 듯 싶었다.

메밀은 다시 호미를 쥐고 흙을 파냈다.

월대를 이루는 바닥 돌 밑에 수지의 위패를 모시자고 제안한 사람은 칠이었다. 그는 수지의 숄더백에서 위패를 발견하고 잠시 멍해 있더니, 곧 정신을 차리고 이번 일을 설명했다. 그녀의 혼은 반드시 종묘로 돌아와 안식을 취해야 한다고. 메밀은 왜 우리가 귀찮고 번거로운 일에 매여야 하는지 묻지 않았다. 숙연한 마음이 절제와 복종을 불러일으킨 것이다. 그러나 정작 칠 본인은 온종일 술에 절어 아무것도 하지 않았다.

어느덧 깊이 30센티미터 너비 10센티미터 정도 되는 원형에 가까운 구덩이가 완성됐다. 호미의 넓적한 부분으로 바닥을 다지고 벽면도 매끄럽게 정리했다. 메밀은 호미를 놓고 팔짱을 꼈다. 그리고 자신의 작품을 내려다봤다. 그녀의 위패가 안전하게 자리할 곳. 어쩌면 남의 이목을 영원히 속일지도 모른다.

칠이 덧붙여 이런 말도 했었다. "다시 말해, 그건 다른 차원의 영속성을 가진 그녀가 이제부터 머무를 집이 되는 셈이지. 그 집의 위치를 그녀만 알고, 아무도 초대할 수 없다고 해서 집이 아닌 게 아니라는 거야. 진정한 집은, 충직한 개처럼 주인을 잘 섬기지." 그리고 재차 강조했다. "그녀는 집에 돌아와야 해!"

집이라 …… 그 표현을 이해 못 하는 바는 아니지만, 메밀은 농도 짙은 새까만 구덩이 속이 아늑하고 편하게만은 다가오지 않았다. 아무도 모르는 갑갑한 곳에 방치되어 죽 쓸쓸하리라. 그래도 이곳 종묘에 위패를 모시는 것만으로도 할 일은 다 하는 셈이었다. 그녀 말마따나 우린 뭐라도 해야 했다. 한계에 맞닥트린 이후 무력감에 빠져 속절없이 쇠락하고만 이 세계에서.

수지가 갈 곳은 정해졌다.

이것으로 최악에서 벗어난 거겠지.

메밀은 깔고 앉은 신문지를 네모지게 접어 구덩이 위에 뚜껑처럼 덮었다. 그 위에 흙을 살살 뿌린 다음 바닥 돌을 원상태로 돌려놓았다. 수지의 위패는 칠이 가지고 있었다. 메밀은 곧장 자리를 뜨지 않고 정전 남문 너머 외대문이 있는 쪽을 물끄러미 쳐다봤다. 5번째 이름, 종묘. 종묘로 이름을 정한 것으로 보아 이곳은 준에게 뜻깊은 장소였으리라. 거기에 다른 의미가 있을 리 없다. 단 한 가지 이유밖에 없다. 종묘에 위패를 모시는 것. 준의 이름이 새겨진 위패가 이곳 어딘가에 모셔져 있을 것이다. 하지만 족히 수만 개나 되는 위패의 이름을 일일이 확인하기에는 아무래도 무리였다.

이제 남은 이름은 6번째와 7번째, 메밀과 칠. 어느새 여기까지 오긴 왔는데, 앞으로가 문제였다. 막막했다. 메밀은 바지 주머니에 양손을 찔러 넣었다.

준은 누구일까? 어떤 놈일까? 자기 여자가 죽었다는 것을 그는 짐작이나 할까? 아니, 아직 살아 있기는 할까?

메밀은 종묘를 빠져나와 불빛 한 점 없는 도로를 건너, 하루 장사를 접어 으슥한 시장통을 가로질러 술집 '그늘에 쉬어'에 도착했다. 생각했던 대로 칠은 이곳에 있었다. 그의 앞에는 물방울이 송골송골 맺힌 유리잔이 놓였고, 맥주가 아닌 맹물이 반쯤 비워진 상태였다. 냉장쇼케이스에서 내쏘는 형광 불빛을 정통으로 맞은 그의 얼굴은 그간의 피로감과 상실감 때문에 수척해진 기색을 지우고, 새파랗게 질린 채 번들거렸다. 어떻게 보면, 꼭 빛 때문만은 아닌 것 같았다. 자랑거리를 감춘 어린아이처럼 조금은 엉큼한 쾌활함이 엿보였다. 그렇다고 그의 침통한 분위기가 아주 물러간 건 아니지만, 그러한 억눌린 감정이 자기 내면으로 침잠하여 얼마 동안 성찰과 승인의 시간을 가진 듯했다. 수목장에 다녀오겠다며 수지의 유골이 담긴 쌀되 모양의 나무갑을 들고 나갔던 그였다.

메밀은 눈으로 칠의 남색 페도라를 찾았지만 바 위에도 스툴 위에도 없었다. 메밀은 칠칠맞지 못한 칠의 행동거지에 대해 아무런 내색도 하지 않고 바 위에 호미를 내려놓았다. 세모꼴 날 가장자리에 들러붙은 흙 부스러기가 떨어졌다. 메밀은 그것을 손날로 쓸어버리며 입을 열었다. "혼자군." 10개 남짓 되는 원탁은 하나같이 비었다. "자리가 났어."

"월대 돌 밑에?"

"응. 이 호미로 팠지."

"다행이다. 자리는 어때?"

"위패를 세워서 모실 수 있을 거야. 수지의 위패는 어디에 있나?"

칠은 윗옷 오른쪽 호주머니를 손으로 툭 쳤다. "여기에."

칠 왼편에 앉은 메밀은 목을 옆으로 조금 빼 그곳을 본 척하며 건성으로 고개를 끄덕였다.

"들키지는 않았겠지?"

"물론."

"수고했어."

"수목장에는 다녀온 건가?"

"수지의 유골을 영생목이라 부르는 키 큰 나무 주위에 묻었어. 사실 상당량의 유골을 나무 주위에 넓게 흩뿌려야 했어. 그래서 생판 모르는 유골들과 뒤섞이고 말았지. 그곳 관리인이 어깨에 힘을 주고 그러더군. 나무에 대해서. 전환의 시대 이전에 개량에 성공한 품종이라서 5천 년 이상 사는 나무라고. 5천 년이라니! 그 시간이 무슨 의미가 있다는 건지. 그걸로 족하다는 뜻인가? 대체 뭐가? 대체 무엇이? 이 세계의 어떤 면에서?" 잠시 말을 멈춘 칠이 분한 게 있는 듯 조금 목청을 높이며 말을 이었다. "그 자식은 수지의 유골이 어떤 빌어먹을 연놈들의 유골들과 뒤섞여 아주 잡탕이 되건 말건, 내가 죄책감에 몸 둘 바를 몰라 온몸을 떠는데도, 오직 나무에 집중하며 거들먹거렸지. 이 나무는 자신의 보살핌 속에 건강하게 자라 7천 년은 끄떡없을 거라고. 젠장, 좀 더 알아봐야 했는데. 내가 너무 성급했어. 그녀를 그런 식으로 …… ."

"너무 자책하지 마. 네가 할 바는 다했어."

"마치, 이런 표현은 역겹지만, 나무에 거름을 주는 듯 그런 똥 같은 기분이었어."

"지금 우리가 할 수 있는 것만 집중해. 그녀가 원했던 안식을. 다른 건 신경 쓰지 말고. 알겠나?"

"그래, 그녀가 원하는 …… . 그래도 그 관리인은 정말이지 …… ."

"관리인은 맡은 바 임무에 충실했네."

"지금 그 자식을 편드는 거야?"

"관리인이 집중하는 대상은 영생목이라 불리는 나무라서 하는 말이네. 그 나무가 별 탈 없이 5천 년 이상 생존해야 그는 인정을 받지만, 그때까지 관리인이 살아 있을 리 없지. 그렇다고 관리인이 그것을 모를 리 없어. 알아, 아주 잘 알지. 그러나 그는 거기에서 빠져나오지 못해. 정상적으로 셈하지 못하네. 단순히 맡은 바 임무에 충실하고, 그러한 태도를 후대까지 전하는 것을 통해, 자기를 영속적인 어떤 끈에 이어 붙여 그가 상상하는 그날을 미리 앞당겨 회상하지. 7천 년을 한자리에서 보냈음에도 건강을 잃지 않고 늠름한 자태를 뽐내는 영생목과 그 영생목을 가꿔온 자기를. 그는 뿌듯함에 취해 한껏 들뜨게 되고, 현재 임무에 한층 정성과 노력을 쏟아서 그러한 상상을 더욱 단단하게 만들려 하지."

"진정 멍청해."

"그러한 기대와 상상에 한계는 없지만, 결과적으로 한계에 맞닥트릴 수밖에 없는 게 엄연한 현실이긴 하네. 그게 현재고. 인간이 이래. 영원에 가까운 어떤 불가능한 수준을 책정하고, 거기에 자신을 맞추는 것이 합리적이라고 받아들이는 거지. 그래서 이 세계가 함정에 빠진 거고."

"지독하게도 오만했어."

"내 생각은 달라."

"다르다고, 어떻게?" 칠은 이해할 수 없다는 얼굴로 메밀을 쳐다봤다.

"단지 기대가 컸네. 우린, 아니 인간의 성취는 그 어떤 종보다 남달랐으니까. 그래, 남다른 게 문제였어. 그거야. 그거라고." 갑자기 술이 확 당긴 메밀은 여태껏 코빼기도 내비치지 않는 바텐더를 찾아 주위를 두리번거렸다. 눈에 들어오지 않은 원탁 구석에 반반한 얼굴을 묻은 채 곯아떨어진 건 아닐까 하고. 뭐 나중에 얘기하기로 하고 냉장쇼케이스에서 병맥주 몇 병 꺼내올까 해서 자리를 뜨려다가 메밀은 이내 포기했다. 냉장쇼케이스 문 손잡이를 쇠사슬로 칭칭 감은 것도 모자라 구릿빛 나는 투박한 자물쇠로 채운 상태였다. 좀스럽기는. 메밀은 어깨를 으쓱했다. "그래도 기대하는 마음을 저버릴 수 없어. 그마저 잃어버린다면, 아아, 내가 여기 이렇게 분명히 존재하는 한, 별수 없이 이래. 우린 이렇게 생겼다네."

"아무렴 네 말이 맞겠지. 근래에 들어 네 말이 잘 들어맞고 있으니까. 어쨌든 그녀의 집이 완성됐어. 그거면 된 거겠지. 그렇지?"

"응."

"정말 잘됐어."

"맞아."

"보여줄 게 있어." 칠이 윗옷 안주머니에서 하늘색 스카프로 꽁꽁 싸맨 어떤 물건을 꺼내 바에 올려놨다. 메밀은 그 스카프를 한눈에 알아봤다. 수지가 자신의 백발을 감추려고 머리에 두른 그 스카프였다. 칠이 스카프를 풀며 말했다. "봐. 도장인데. 수지 거지."

"이게 도장이라고? 독특하네. 이런 걸 다 사용했다니." 금장을 입힌 성인 주먹 크기의 사각 도장은 거북 모양의 손잡이가 달려서 매우 귀해 보였다. "이런 건 어떤 용도로 쓰이는 건가?" 예사롭지 않아 보였다.

"일상적으로 사용하는 게 아니야."

"그럴 것 같네. 이 도장은 어디서 났나?"

"팠어. 귀금속 가게에서."

"그런데 이걸 왜?"

"이건 일종의 의례용 금장 도장인데, 정전과 영녕전에 조선의 왕과 왕비의 위패만 모신 것이 아니라 어보라고 하는 이것과 비슷한 금장 도장이 하나씩 갖춰져 있다고 해. 물론 그중 일부분은 도난당했지만. 너도 기억할 거야. 수지가 종묘에 들어가기 전에 귀금속 상가 쇼윈도 안을 들여다보며 눈을 반짝이던 장면을."

"그녀가 봤던 게 이 도장이란 말인가?"

"응."

"이런."

"다들 위패 밑에 봉황이나 거북 모양의 손잡이가 달린 금장 도장을 묻어."

메밀은 칠에게서 금장 도장을 건네받았다. 존엄과 위세를 한 손에 쥔 듯 벅찬 감정이 치솟았다. 문득 이 의례용 도구는 우리가 기원하고 꿈꾸는 바에 걸맞게 다듬어진 조소 작품이라는 생각이 들었다. 이만하면 수지도 만족할 터였다. 메밀은 금장 도장을 뒤집어 바닥 인면을 들여다봤다. 거기에 '정이 깊어 마지막까지도 웃음을 터트린 여자'라는 명문이 돋을새김되어 있었다. 칠을 쳐다보며 메밀이 물었다. "네가 쓴 명문이겠지?"

"왜 마음에 안 들어?" 칠의 눈빛이 조금 흔들렸다.

"아니."

"뭐 다른 문구가 없을까?"

"좋은데 뭘."

칠은 작게 신음했다.

"왜 뭔가 부족한 것 같아?"

"어." 금장 도장을 스카프로 둘둘 감은 뒤 다시 윗옷 안주머니에 넣은 칠이 조금 침울한 목소리로 말했다. "내가 그녀의 정체성을 그 문구 속에 가두는 건 아닐까 하고. 잘 알지도 못하면서."

"아차, 너에게 말하지 못한 게 있어. 우리가 좇는 이름에 관한 건데, 수지가 말하기를 …… ."

"이름에 관해서라면 이미 알고 있어." 메밀의 말을 자르며 칠이 무뚝뚝하게 말했다. "너와 나, 이제 이름 2개만 남았지. 그 말을 전하고 싶었던 거지?"

"맞아. 어떻게 알았나?" 메밀은 황망히 눈을 깜박였다.

"들었어. 어쩌다 보니." 칠은 어깨를 으쓱했다. "그날 아침에. 너희가 식탁에 앉아 나누던 대화를."

"처음부터?"

"어."

"왜 말하지 않았나?"

칠은 입을 다물었다.

"그럼 이제 다시 여행을 시작해야겠지. 안 그런가?"

메밀은 아무 말 없는 칠이 어서 말하기를, 그래서 다른 뜻이 없다는 의사를 분명히 밝히기를 종용하지 않았다. 어느 순간이 되자 정적이 제풀에 지쳐 헉헉거리듯, 조도가 낮은 꼬마전구마저 없는 어둑한 곳에서 재깍재깍 초침 소리가 들려왔다. 이곳에 시계가 있었던가? 메밀은 바에 팔꿈치를 대고 손바닥에 턱을 괸 채 소리가 점점 또렷해지는 곳을 물끄러미 쳐다봤다. 정말 캄캄했다. 거기에 무엇이 있을까 싶기도 하고, 반면에 그렇지 않다는 의심을 활활 지피기도 한 채.

"수지의 마지막 이름, 다섯." 한참을 말이 없던 칠이 무겁게 다문 입을 천천히 열었다.

"첫 이름은 준이고." 메밀이 칠의 말을 받았다.

"왜 다섯이라고 지었을까?" 칠은 메밀을 빤히 쳐다보며 이어 말했다. "너도 짐작하고 있겠지."

"뭐가?"

"그녀의 이름이 다섯으로 끝날 수밖에 없었던."

"그거에 대해서는 듣지 못했네."

"알잖아."

"듣지 못했다니까." 메밀은 신경질적인 반응을 보였다.

"꼭 들어야 알 수 있어? 아니잖아, 안 그래?"

"으음."

"난 알아. 너도 알고 있다고 나는 믿어. 준의 7번째 이름, 칠. 그건 숫자였어. 거기서 칠은, 환생피로에 한층 가까워진 자가 가지는 불안과 초조를 뜻한다는 것을. 당시 그는, 이번이 한계일까, 아니면 마지막으로 한 번 더 환생의 기회가 주어질까, 하고 신경이 곤두선 나머지 아무것도 손에 잡히지 않았겠지. 날로 피폐해져 가는 그가 내 눈앞에 훤히 보여. 말을 더듬고, 아침마다 설사하고, 곧잘 체하고, 악력이 떨어져 물컵 하나 제대로 쥐지 못하고, 아무것도 아닌 것에 깜짝깜짝 놀란 나머지 오줌싸개처럼 바짓가랑이가 젖고만 그의 어찌할 바 몰라 하는 얼굴이. 그러나 그는 운이 좋은 남자였어. 8번째 환생에 성공했으니까. 그래서 내가 이 자리에 있는 거고. 이제 그는 진정한 한계에 맞닥트리게 되었지. 피할 곳은 없어. 기도해봐야 아무 소용없어. 해서 신경 쓸 필요도 없게 되었지. 이제 종착지는 알고 있는 바라서, 그러니까 마음의 준비를 해둔 상태이기 때문에 그는 이 상황을 담담히 받아들일 수 있었을 거야. 물론 내가 그가 아니라서, 얼마 살지 못하고 젊음이 뭔지 알지 못하는 허깨비이기도 해서, 마지막 생을 정말 담담히 받아들일지 어떨지는 장담하지 못한대도, 적어도 충격은 덜했을 거라고 봐. 하지만 수지는 달라. 수지가 마지막으로 지은 5번째 이름, 다섯. 칠과 마찬가지로 그것도 숫자였어. 거기에는 절망과 파멸, 운이 다했으며, 이렇게 끝나고 말았다는 억울한 심정이 담겨 있지. 다섯에서 멈췄어, 라는 괴로움이." 가만히 듣고만 있는 메밀을 힐끗 쳐다보며 칠이 이어 말했다. "모든 비밀은 풀렸어. 하지만 난 그대로야. 내 이름이 가리키듯 불안과 번민에 휩싸인 채 안도가 정점에 이른 상태를 몹시 갈망하지만, 준과 달리 결코 그러한 것을 손에 쥘 수 없는, 그래, 아무것도 아닌 허깨비일 뿐이지." 칠은 고개를 가로저으며 힘없이 덧붙였다. "어떻게 하면 좋을지 모르겠는데, 짜증과 설움으로 머릿속이 울렁이는데도, 마음은 너무도 침착해. 이상하지. 하지만 이상할 게 없어. 체념하고 있어서니까. 처음부터 이랬던 거야. 불안감과 초조함은 머리칼이나 손톱처럼 내 몸의 일부인 셈이지. 영원히 떨어질 수 없는."

"그래서 뭔가?" 메밀이 냉담하게 말했다.

"바텐더가 늦어."

"이봐."

"술이 있다면 훨씬 부드러울 텐데." 칠이 쓰게 웃었다.

이만 끝내겠다는 건 아니겠지, 라는 말이 튀어나오려던 것을 가까스로 삼키며 메밀은 자리를 박차고 일어났다. 메밀은 호미를 쥐고 짐짓 호기 있게 말했다. "가자!"

"바텐더가 아직 …… ."

"가자니까! 어서!"

"어디를 …… ." 칠의 눈빛이 미안함과 아쉬움으로 흐려졌다.

"어디긴, 수지를 집에 보내줘야지. 안 그래?"

"아, 그게 남아 있지. 내 정신 좀 봐. 그게 남아 있었어."

둘은 가게를 빠져나와 말없이 걸었다.

종묘의 정전. 월대 가장자리에서 메밀은 자기만 알고 있는 바닥 돌을 들어내고, 구덩이 입구를 막은 신문지를 걷어냈다. 메밀은 엉덩이가 바닥에 닿지 않게 쪼그린 채 새까만 구덩이 속에 손을 휘휘 젓고, 벽면을 손바닥으로 탁탁 두드리며 칠을 올려다봤다. 천 년은 끄떡없겠어, 라는 말까지는 아니더라도, 제대로 판 것 같다는 호응을 메밀은 내심 기대했다. 하지만 칠은 아무런 반응 없이 새까만 구덩이 속을 뚫어지게 쳐다볼 뿐이었다. 메밀은 페도라 앞쪽 챙을 살짝 내려 머쓱한 얼굴을 감추고 칠에게 자리를 양보했다. 칠은 거의 엎드리다시피 무릎을 꿇고 앉아 위패를 반듯하게 내려놓고, 그 옆에 하늘색 스카프로 싸맨 금장 도장을 놓았다. 칠은 묵도를 올리는 듯 고개를 숙인 그대로 미동도 하지 않았다.

메밀은 칠 옆에 서서 손을 가지런히 모은 채 기다렸다. 얼마 지나지 않아 북악산 능선 위로 시퍼런 서광이 비쳤다. 어둠이 물러가기 전에 마무리 지어야 했다. 메밀은 칠의 어깨에 손을 올려놓고 달래듯 가볍게 툭툭 두드렸다. 칠은 방금 잠에서 깬 사람처럼 붉게 충혈된 눈으로 메밀을 올려다봤다.

"가야 하네."

"다 됐어."

칠은 두 손을 모아 예를 표하고 자리에서 일어났다. 순간 무릎이 접히며 휘청 쓰러질 뻔한 것을 메밀이 붙잡아주었다. 칠은, 괜찮다며 메밀의 손을 치우고 정전 쪽으로 천천히 걸어갔다.

메밀은 신문지로 구덩이를 덮은 다음 바닥 돌을 양손으로 밀어 원상태로 돌려놓았다. 돌 둘레에 흙을 채워 넣고, 돌 위에 올라 한참을 밟았다. 높낮이가 맞지 않아 미세하게 덜컹거리던 바닥 돌이 어느새 판판해졌다. 이 밑에 위패가 있다는 사실을 누구 하나 짐작하지 못하리라. 이것으로 된 거다. 메밀은 페도라 앞쪽 챙을 살짝 들어 올려 이마를 훔쳤다. 칠이 막 남문을 지나는 것과 동시에 언뜻 허연 것이 남문 홍살문 창살을 휘익 통과해 월대 밑으로 빨려 들어갔다. 순간 묘한 청정함이 온몸으로 전해졌다. 품에 안긴 듯 포근하고, 막 잠들 때처럼 조금 나른했다. 기분이 좋았다. 남문을 통과한 칠이 신로를 터벅터벅 걸으며 차츰 어둠에 묻혀갔다. 이제 가야 했다. 집주인이 돌아왔으니까. 좋아할까, 좋아하겠지. 그러나 그녀는 다시 홀로 남겨졌다. 메밀은 칠을 뒤쫓았다.

어째서 한계일까? 무엇이 불만이었을까? 꼭 광속을 넘어야 했던가? 처음에는, 신데렐라적 전환이었다. 선택받았다는, 경계를 넘어서리라는 기쁨. 그 기쁨에 가려진 어떤 불안이 메밀의 가슴을 답답하게 했다.

의구심, 뻔뻔함, 갑갑함 따위가 불쾌한 울림을 던져 가슴이 두근거리는 이때, 불현듯 컴컴한 터널을 막 통과한 것 같은 눈부심이 어느 순간 환호로 바뀌며 갑자기 선명하게 그 모습을 드러냈다. 귀가 다 먹먹하다. 아. 온 세상을 뒤덮을 듯 급격히 팽창한 자부심. 비릿한 냄새가 싫지 않다. 조심조심 두 손으로 받아 안은, 방금 탯줄이 잘린 갓난아이. 어딘가 모르게 낯이 익다. 병상에 누워 이쪽을 바라보는 이목구비가 희미한 여자. 간호사가 그녀에게 말한다. 건강한 남자아이예요. 그녀의 지친 얼굴에 방긋 웃음꽃이 폈다. 까꿍, 까꿍. 만물을 채워도 모자랄 것 같은 말랑말랑한 세계가 말똥말똥 올려다보고 있다. 이제 속도감 있게 전개된다. 아이는 엉거주춤 두 발로 서고, 발코니 창살을 그 앙증맞은 손으로 붙잡은 채 밖을 관찰하고, 젓가락으로 김치를 집고, 화장실에 들어가면 꼭 문을 잠그고, 어디에 있든 얼마나 떨어져 있든 상관없이 아빠를 크게 외치며 달려온다. 부쩍 자란 아이는 툭하면 왼팔에 새겨진 6번째 이름 '메밀'을 소리 내 읽으며 검지로 자신을 가리킨다. 아이는 제 엄마를 쏙 빼닮아 헤벌쭉 웃는다. 문득 이러면 안 된다는 미안함과 동시에 지루하고 번거로워 미칠 것 같다. 어떻게든 없애보려고 마른세수를 해보지만, 이목구비가 희미한 여자가 거실 구석에 쪼그리고 앉아 자기 무릎에 얼굴을 묻은 채 흑흑 흐느끼는 모습이 눈에 거슬린다. 울컥 화가 난다. 이때 문 앞을 가로막고 선 아이. 벌겋게 달아오른 낯빛, 혼란스러워하는 눈빛, 아이의 가슴이 오르락내리락한다. 아이는 울음을 터트리며 엄마 품에 안긴다. 닫히려는 문을 잡아 앞으로 밀며 집에서 나왔다. 눈앞의 계단은 마치 지퍼가 열린 모양을 하고 있다.

마음이 어쩔 줄 몰라 하는데도 …… 반복한다. 그러다 갑자기 20세의 내가 눈을 감고 가만히 누워 있는 모습을 인큐베이터 투명 창을 통해 보게 된다.

"괜찮아, 괜찮아."

"으음."

"깨어나면, 다 좋아질 거야."

"흐음."

칠은 물에 빠진 사람처럼 허우적대는 메밀의 손을 붙잡아 제자리에 가만히 내려놓았다. "꿈이야, 넌 꿈을 꾼 거야."

"아아." 여기가 어디고, 나는 누군지 확인하려는 듯 메밀의 두 눈이 희번덕거렸다.

"여긴 수지의 집이고, 넌 침대에 누워 있어. 내 이름은 …… ."

메밀은 크게 한숨을 내쉬었다. "알아. 알고 있네."

"괜찮아?"

메밀은 신음을 뱉으며 손을 들어 얼굴을 감쌌다. 베개가 축축했다. 귀밑머리를 타고 목뒤로 흘러내린 눈물 자국이 손끝에 닿았다. 메밀은 고개를 모로 틀어 칠을 쳐다봤다. "또 이러네." 메밀은 피식 웃었다.

"저번에 말한 그거야? 전철 안에서 내게 말한."

"웅."

"어땠지?"

"음."

"준을 봤어?"

"아니."

"그럼, 뭘 봤지?"

"준을 짓누르는 상심과 방기의 파편들."

"그는 거기서 나쁜 놈이겠지?"

"모르겠어. 단지, 그의 감정선이 드러난 것뿐이니까."

"잠시지만 그가 되어, 그를 느꼈다는 거지?"

"비슷해."

칠은 메밀을 부러운 눈으로 쳐다봤다. "난 그런 게 없어. 아무것도 없지."

"우린 같아."

칠은 등을 돌린 채 침대 가장자리에 걸터앉았다. "넌 알고 싶겠지? 이따금 너를 헤집는 그 기억이 대체 뭔지."

"그를 만나고 싶네."

"만나면?"

"만날 수는 있을까?"

"모르지."

메밀은 반쯤 일어나 허리에 베개를 받쳐놓았다. 혼자라도 가야 한다고 생각했던 것일까? 해서 이름의 주인이 이 육체에 남겨놓은 기억의 파편들이 여느 날과 다르게 강렬했던 것일까? 어서 가라고 등을 떠밀듯. 솔직해야 했다. 허깨비의 생을 사는 자라면 더욱 그래야 했다. 짧지만, 두 번은 없이, 단호하게. 하지만 이 길이 최악이 아니기를 바라며. "널 두고 혼자 갈 수 없네!"

칠의 어깨가 약간 처졌다.

"분명히 하게. 이 여행은 아직 끝나지 않았네."

"너 모르게, 수지가 내게 속삭였어."

"이봐."

"귀금속 상가 쇼윈도에서 금장 도장을 보고 난 직후였지."

"말 돌리지 마."

"준을 마지막으로 본 건 을지로 6가에 있는 국가지정 제3 영생 재활 병원에 입원할 때라고. 다시 병실에 찾아갔을 때 그는 사라지고 없었대. 그땐 막막하기보다는 가까운 날 그가 다시 나타날 거라 믿었다고 했어. 130년을 함께 보냈으니까. 그러나 둘은 영영 만날 수 없게 되었지. 그녀는 그의 행적을 알지 못해. 다음 이름에서 보면 그가 종묘에 다녀간 것 같은데, 의미만 있고 흔적은 없어. 아니, 없다고 봐야지. 그의 위패를 찾으려 들면 못 찾아낼 것도 없지만, 그게 무슨 소용이 있겠어. 이름뿐인걸. 안 그래?"

메밀은 이맛살을 깊게 찌푸린 채 칠을 노려봤다.

"그래서 하는 말인데 …… ."

달

영생 재활 병원을 나오고 2개월쯤 지났을까. 한 소녀를 만났다. 긴 머리칼을 포니테일로 묶은 귀염성 있는 이목구비, 잡티 하나 없는 훤칠한 이마, 조금 헐렁한 긴팔 브이넥에 짧은 반바지를 입은 아이는 깡충깡충 뛰었다. 반갑게, 오늘도 만났다는. 오늘은 또 무슨 일을 저지를까? 햇볕 잘 드는 담벼락에 등을 기댄 채 쪼그려 앉은 내 앞에서. 좀처럼 잊을 수 없는 간호사가 했던 말. 아이가 내 옆구리를 콕콕 찌르며 말했다. 가요, 저 앞에 놀이터가 있어요. 그네를 타고, 미끄럼틀을 거꾸로 올라가요.

모래 위에 그림을 그렸다. 아이가 코앞까지 얼굴을 내밀며 물었다. 누구예요? 난 아닌데. 흠. 아이는 팔짱을 끼고 내가 그린 그림을 품평했다. 모르겠어, 그냥 떠올라서. 조금 어지러워 벤치에 누워 하늘을 쳐다봤다. 겹겹의 나뭇잎을 통과한 빛은 눈부시지 않고 알맞게 따듯했다. 손에 묻은 모래를 털며 아이가 말했다. 모래 묻은 손으로 내 뺨을 톡톡 두드리며. 가요, 저 앞에 강이 있어요.

아이를 따라 버려진 5층 건물에 올랐다. 옥상으로 통하는 문을 아이의 부탁대로 발로 뻥 차서 열었다. 저 멀리, 검푸른 구름에서 내려온 용오름 같은 우주 엘리베이터. 공동화라는 흡혈 곤충이 기승을 부리는 도심은 날로 황폐해졌고, 어디선가 끊임없이 피어오르는 정체불명의 탄내가 바람을 타고 날아다녔다. 아무것도 없잖아. 아이는 싫증이 난 듯했지만 금세 눈빛이 달아올랐다. 주인 없는 건물은 얼마든지 있어. 활력으로 똘똘 뭉친 아이를 상대하는 건 정말이지 벅찬 일이었다. 오늘은 이만하고 내일로 미루자는 말에 아이는 고개를 갸웃하며 심각하게 받아들였다. 나랑 놀기 싫어요?

아니, 그럴 리가.

언젠가부터 아이가 보이지 않았다. 휑한 거리를 비추는 샛노란 햇볕. 어느새 담벼락이 차갑게 식었다. 놀자. 아이가 까르르 웃으며 했던 대로, 미끄럼틀을 거꾸로 올라가듯, 아이가 나타났던 길을 거슬러 갔다. 그리고 매일같이 주변을 배회했다. 일주일쯤 지났을까, 한 남자가 나타나 억센 손으로 어깨를 밀치며 눈을 부라렸다. 꺼져. 썩 꺼져버려. 허깨비 따위가 어딜. 그만 엉덩방아를 찧고 말았다. 모래가 날렸다. 남자가 고함을 지르며 위협을 가하건 말건, 모퉁이 담벼락을 짚은 작고 하얀 손가락이 눈에 밟혀 옴짝달싹할 수 없었다. 하지만 이내 모습을 감췄다. 끙 하고 일어났다. 오늘 이후로 또 이곳을 얼쩡거렸다가는 내 손에 죽을 줄 알아. 알아들었어? 간호사가 했던 그 말. 그땐 이해하지 못했던 것 같은데. 이제 막 세상의 빛을 본 어리둥절한 시선이 그녀의 입으로 모였다.

최악은 피했어요.

갑자기 의심과 의문이 머리끝까지 차올랐다. 어지러웠다. 여기는 어디고, 난 어디로 가는 걸까? …… 최악은 어디에. 이곳에서 난, 나는 …… . 최악을 피해야 하는 걸까? 자리를 털고 일어나 왔던 길로 되돌아갔다. 아이와 마주칠까 두려워 거의 뛰다시피 걸었다. 그래서 최악을 피했을까?

아마 …… 피한 거겠지. 그렇겠지.

메밀은 그렇게 생각했다.

"그런데."

을지로 5가 네거리에서 방향을 틀어 막 훈련원 공원을 지나고 있을 때였다. 칠은 발걸음을 늦추고 양팔을 벌렸다. "봐."

메밀은 갑자기 무슨 뚱딴지같은 소리냐며 칠을 의아하게 쳐다봤다. 방금까지 칠은 지금까지의 여정을 진단한 다음 새 돌파구를 설명하는 중이었다. 칠이 제시한 새 돌파구는 이러했다. 준의 환생 및 입원과 퇴원에 대해 기록해 놓은 의무 기록만이 현재 우리가 그의 행적을 예상할 수 있는 유일한 경로인데, 그의 위임장을 갖지 못했고, 그의 가족도 아니며, 더구나 허깨비가 그의 의무 기록을 열람하기에는 장애가 많은 관계로 완전치 않은 돌파구라고 했다. 그렇지만 단념하기에는 아직 이르다고 말한 직후였다. 메밀이 말했다. "얘기하다 말고 뭐래?"

"그러니까, 봐."

"응?"

"구조물만 쇠락한 건 아닐 거라고."

메밀은 찬찬히 주위를 둘러봤다. 온전히 제 모습을 갖춘 현무암 정형 판석 하나 없이 울퉁불퉁한 땅바닥이 드러난 훈련원 공원은 잡초만 무성한 가운데 낡은 천막과 판자로 조잡하게 지은 노숙자 가건물이 줄줄이 늘어섰다. 6차선 도로는 이제 2차선만 남아 간신히 명맥을 유지했고, 도로변 상점들은 하나같이 흉물스럽게 버려졌다. 국가지정 제3 영생 재활 병원이라고 해서 다를 바 없었는데, 흰색 페인트칠이 거의 다 벗어졌고, 콘크리트가 깨지고 부서진 자리에는 녹슨 철근이 밖으로 노출돼 있었다. 그 뒤로 관리가 전혀 안 된 쇼핑몰 빌딩들이 기우뚱 기울어 있었다. 종묘에서 겨우 5, 6킬로미터 벗어났는데도 벌써 인적이 드물었다. 메밀은 뚱한 얼굴로 물었다. "그래서?"

"누구 하나 바로잡아 정리하지 않아. 그럴 필요가 없어서겠지."

"그래서?" 메밀은 같은 말을 반복했다.

"모르겠어?"

메밀은 못마땅한 듯 입을 비죽 내밀었다.

"전부 다 쇠락하고 말았어. 그게 다행일 때도 있지. 준의 의무 기록에 저 풍경들을 대입해서 우리를 곤경에 빠트린 문제를 풀어봐. 어때? 적절한 자격을 갖추지 못한 자가 함부로 의무 기록을 열람할 수 없도록 철저히 관리 감독하는 직업윤리가 이제는 사라지고 없을 거라는 생각이 들지 않아?" 손등으로 거뭇한 턱수염을 쓸어 올리며 한껏 여유를 부리던 칠은 순간 뭔가 떠올랐는지 재빠르게 말을 이었다. "아니, 어쩌면 오래전부터 의무 기록실은 문도 떨어져 나간 채 방치돼 있어서 우린 그의 의무 기록이 없어진 건 아닌지 염려해야 할지도 몰라. 그래, 그쪽이 훨씬 있을 법하지."

"너의 불평을 듣는 건 정말 지긋지긋해." 메밀이 퉁명하게 말했다.

"준의 의무 기록을 볼 수 없는데도?"

"다른 수가 있겠지."

"그들은 네가 허깨비라는 것을 한눈에 알아볼걸."

"쉬울 거라고는 생각하지 않네."

"정상적으로 돌아가는 관료적 체계에서의 넌, 빈손을 내밀고 어서 주라고 떼쓰는 어린아이와 같아. 그런데 넌 허깨비지."

메밀은 저항을 포기했다. 칠의 판단이 옳긴 하나, 그대로 실현되는 게 마땅한 것 같기도 하고 마땅하지 않은 것 같기도 하여 아리송했다. 왜냐하면, 그건 엉망이 되어버린 세계에서만 우리의 여정이 중단되지 않는다는 발상으로서, 최악을 바라지만 한편으로는 이로 인하여 이 여정이 여기서 끝날지 모르는 상황을 염두에 두지 않으면 안 되었다. 어쨌든 좋지 않았다. 어떻게든 이어나가야 했다. 계속 이름을 좇아야 했다. 준을 만나고 싶었다. 그러자면 칠의 냉소적인 판단이 어느 정도 들어맞아야 했다.

국가지정 제3 영생 재활 병원 현관에 들어섰다. 낡고 헐어서 믿음직스럽지 못한 바깥과 달리 병원 안은 쾌적하고 청결했다. 그렇다고 최신식 시설을 갖춘 건 아니었다. 전체적으로 손때가 타고, 색이 바래 군데군데 얼룩이 졌고, 갈라지고 깨져서 생긴 흠집 따위가 보였다. 정기적으로 시설물을 관리한다지만 새것으로 교체할 수 없어서였다. 이젠 기능적인 면과 미적인 표현이 더욱 향상된 제품이 나오지 않을뿐더러, 그런 걸 만드는 회사나 공장은 아주 오래전에 문을 닫고 없었다. 그렇지만 이곳은 정상적으로 돌아가고 있었다. 각 진료실 앞에 놓인 장의자에는 초조한 인상의 사람들이 띄엄띄엄 앉아 있었고, 잔뜩 겁을 집어먹은 꼬맹이도 보였다. 차트를 든 간호사가 어떤 이름을 불렀고, 이를 듣고 한 사람이 느릿느릿 자리에서 일어났다. 제대로다. 이 얼마나 자연스러운가! 메밀은 속으로 쾌재를 불렀다. 메밀은 그거 보라는 듯이 턱을 쳐들고 칠을 쳐다보며 승리감에 취한 것도 잠시, 이러다 준의 의무 기록에 접근하지 못하는 건 아닐까, 하고 냉가슴을 앓았다.

차라리 완벽히 쇠락했더라면.

그때였다. 앞서 가던 칠이 손을 들어 로비 한가운데에 자리한 안내데스크 쪽을 가리켰다. 한 여자가 깜짝 놀란 듯 휘둥그레진 눈으로 이쪽을 쳐다보며 자리에서 벌떡 일어났다. 여자는 칠을 반기는 듯 두어 번 손뼉을 쳤다.

누구였더라? 메밀은 고개를 갸웃 기울였다. 낯이 익긴 한데. 메밀은 다시 칠을 쳐다봤다. 칠은 환한 표정으로 고개를 끄덕였다. 메밀은 안내데스크 쪽으로 고개를 돌렸다. 누구? 아! 메밀은 불현듯 여자를 기억해냈다. 전철에서 봤던, 그래, 미진이라고 했었지. 6번의 환생을 끝으로 그만 환생피로에 걸렸다는. 갑자기 그녀의 울먹임이 귓가에 맴돌았다. 201년간 간호사로 일했다고 했으니. 이곳은 그녀의 일터이리라. 메밀은 칠을 따라 안내데스크 앞에 멈춰 섰다.

"어떻게 왔어요? 혹시 나 때문이에요?" 미진이 재기발랄한 목소리로 말했다.

"볼일이 있어서." 부드럽고 약간 들떠 있는 칠의 목소리에는 이렇게라도 다시 만나게 돼서 무척 반갑다는 기색이 역력했다. "좋아 보여."

"거짓말."

"진심인데."

"뭐 그렇다면야." 미진은 말끝을 살짝 올려 말하며 배시시 웃었다. "병원에는 무슨 볼일이죠?" 칠이 즉답을 하지 않고 미소를 머금자 미진은 재

빠르게 칠 옆에 선 메밀을 쳐다보며 뒤늦게나마 눈으로 아는 체했다. 메밀이 뭐라 말하려는 순간 미진은 뭔가 생각난 게 있는지 빠르게 말을 이었다. "참, 이름을 좇는다고 했죠? 다 찾았어요?"

"그거 때문에 왔어."

"아." 미진이 목소리를 낮춰 물었다. "병원 어디에 이름의 주인이 있나요?"

"아니." 칠은 피식 웃으며 말했다.

"그럼요?"

"한 사람의 의무 기록을 열람할 수 있을까 해서."

"의무 기록을요?"

"어."

"이름의 주인 거겠죠?"

"맞아. 이름은 김 준이고, 이곳 국가지정 제3 영생 재활 병원에 5일간 입원했어. 대략 백 년 전에." 칠은 기대로 물든 메밀의 얼굴을 슬쩍 흘겨보며 말을 이었다. "볼 수 있을까?"

미진은 지난번에 봤던 때와 다르게 검은색 슈트를 말쑥하게 입은 칠과 메밀을 번갈아 쳐다봤다. 메밀은 남색 페도라를 머리에 썼지만, 칠은 짧은 스포츠머리 그대로였다. 미진이 보기에 둘은 아무런 준비도 하지 않은 듯했다. 미진은 신중히 말을 골랐다. "심사를 거쳐야 해요. 그게 어떤 건지 알고 있죠?"

칠은 말없이 어깨를 으쓱했다.

"없어요?"

가만히 듣고 있던 메밀이 나섰다. "준의 위임장이라면 우리에게는 없어. 있을 리 없지. 그를 만났다면 그의 의무 기록이 필요할 리도 없으니까."

"안 되면 안 되는 거지." 칠이 아무렇지 않게 말했다.

"무슨 소리야? 꼭 봐야 하는데." 메밀이 발끈하고 나섰다.

칠은 그런 메밀을 흥미롭게 쳐다봤다.

미진은 양손으로 안내데스크를 짚으며 상체를 앞으로 조금 숙였다. 미진이 나직이 말했다. "내가 빼 올게요. 직원들은 의무 기록실 출입이 어느 정도 자유롭거든요."

"무리하지 않아도 돼."

"괜찮아요."

"뭐가 괜찮은데?" 칠은 뭐가 못마땅한지 눈살을 찌푸리며 말했다.

"전부 다요. 의무 기록실에 들어가서 김 준의 의무 기록을 몰래 빼 오는 것. 만에 하나 이 일을 들켜서 20여 년간 손발을 맞춰온 동료로부터 비난을 받는 것. 여자 탈의실로 내려가 간호복을 벗고 출근할 때 입었던 옷으로 갈아입고 집에 돌아가는 것. 오갈 데 없이 혼자 남겨지는 것. 한계를 곱씹으며 이제 늙고 병들어 마침내 죽음을 맞이할 그날을 멍하니 기다리는 것. 또 뭐가 있을까요? 내가 무엇을 두려워해야 할까요?" 미진은 싱겁게 웃으며 말을 이었다. "도와줄게요. 그러고 싶어요."

"다 끔찍한 것뿐이군."

"아직은 아니에요. 그 날이 오기 전까지는……."

"그래, 그렇게 해." 칠은 어쩔 수 없다는 얼굴을 했다.

"피, 이럴 거였으면서."

미진은 수완을 발휘해 동료 간호사에게 안내데스크를 부탁했다. 칠과 메밀은 로비 장의자에 앉았다. 점심때가 거의 다 됐는데도 그녀는 돌아오지 않았다.

"운이 좋았어. 잘된 거야." 메밀은 혼잣말하듯 중얼댔다. 의무 기록 사본을 몰래 가져오는 건 정상적인 체제를 조금 비튼 거라 할 수 있는데, 어쨌든 직업윤리가 완전히 사라진 건 아닌 셈이었다. 거 봐, 수가 있다니까! 하고 말하려다 미간을 살짝 찌푸린 채 고심에 잠긴 칠의 꾹 다문 입을 본 메밀은 쓰게 입을 다셨다. 메밀은 페도라를 살짝 든 다음 머리를 쓸어 올리고는 다시 페도라를 눌러썼다. "좋게 끝났으면 좋겠다."

칠이 쭉 뻗은 다리를 접고 팔짱을 꼈다. "좋게라 …… 어떻게 되든 상관없다는 한 여자의 체념이 우리에게 희망이 되어주었어."

"그렇기는 해. 맞아, 그래." 메밀은 부정하지 않았다. "그렇다고 삐딱하게 말할 것까지는 없잖아."

"네가 그렇게 받아들이는 거야. 난 사실을 말했어."

"네가 강조하고 싶은 곳만 강조하는 게 바로 삐딱하다는 거야!"

"이봐, 사실에 감정을 입힌 건 내가 아니라 바로 너야. 내가 무슨 말을 해도 넌 곧장 흡수하고는 자기를 찌르는 통증의 원인이라며 내게 떠넘겼을 거라고." 칠은 메밀을 똑바로 바라봤다. 메밀은 뭐라 항의하고 싶지만 그게 적당한 건지 의심하고 조금 겁먹은 얼굴로 어물어물 망설였다. 이에 칠이 덧붙였다. "우리의 여정은 여전히 위태롭지. 이는 엄연한 현실이야."

"계속 이러긴가? 이러면 한 발짝도 나아가지 못해!" 메밀의 얼굴이 벌겋게 상기되었다. "난 기대하네."

"그렇겠지." 칠이 퉁명하게 말했다.

"너는, 이름을 찾았다는 거야?"

"맞아, 난 한 발짝도 나아가지 못한 거로 결정된 상태지."

"빈정대지 마!"

"소리를 낮춰."

"내가 왜?"

"그만. 미진이 와."

미진이 칠 옆에 앉았다. 수확이 있는 듯 그녀는 느긋하고 의젓했다. 그녀의 손에는 바통 모양으로 둘둘 만 얇은 전자 종이가 들려 있었다. 거기에 어떤 정보가 담겨 있을지는 짐작하고도 남았다.

묘한 분위기를 감지한 미진은 칠과 메밀을 번갈아 바라보며 대뜸 물었다. "둘이 싸웠어요?"

둘은 아무 대꾸도 하지 않고 미진의 무릎 위에 판판하게 펼쳐진 가로 15센티미터 세로 20센티미터 크기의 얇은 전자 종이를 바라볼 뿐이었다. 다분히 의식적으로.

미진은 신기한 듯 눈을 반짝였다. "같은 성분의 육체를 가졌는데도 싸울 일이 있나 보죠? 그러고 보면, 대립과 부정만큼 개성적인 건 또 없나 봐요."

"그런 거 아니야." 칠이 말했다.

"그러건 말건 그게 무슨 상관인데?" 거의 동시에 메밀도 말했다.

미진이 입을 반쯤 가리며 호호 웃었다. "싸운 거 맞네."

"어서 보자고."

"어땠지?"

미진은 흐뭇한 미소를 지으며 전자 종이를 들어 올렸다. 그건 예상대로 김 준의 의무 기록 사본이었다. 미진이 말했다. "이곳에 5일간 입원했던 김 준은 22년이 지나 다시 찾아왔어요. 5번째 환생 시술을 받으러 온 거죠. 물론 성공적이었고요."

"다른 건 없어?" 메밀이 재촉했다.

"국가지정 영생 재활 병원들 간에 간헐적으로 이어졌다가 불시에 끊어지는 불규칙한 무선 데이터통신망을 통한 정보의 취합이 신뢰도에서는 아무 문제가 없다면, 김 준은 8번째 환생에 성공했다고 나와요."

"당연하지. 그러니 내가 있는 거고." 칠 역시 재촉했다. "그 외에는 또 없어?"

둘의 시선을 한 몸에 받는 우쭐한 기분을 조금 더 맛볼 요량으로 미진은 뜸을 들였고, 칠과 메밀의 눈빛은 매섭게 불타올랐다. 미진은 진정하라는 뜻으로 손바닥을 밑으로 해서 율동적으로 까닥였다. 이윽고 미진이 말했다. "준은 달에 있어요."

"달이라고?"

"달!"

"네. 달이요. 8번째 환생에 성공한 이들 대부분이 달에 간다고 해요. 들은 적 있죠? 더는 지구를 견딜 수 없어 떠난다고 하는데, 꼭 8번째 환생에 성공한 이들만 달에 가는 건 아니에요. 아무튼, 그는 지금 달에 있어요. 가장 최근의 의무 기록은 달에 있는 국가지정 영생 재활 병원에 내원한 기록이에요."

메밀은 낙담한 듯 고개를 밑으로 떨어트렸다. "이런, 달이라니 …… ."
과거 그곳은 인류의 대망을 실현할 군사^과학^탐사를 목적으로 건설된 전초기지 성격의 복합기지로 현재는 요양소로 이용되고 있었다. 그곳은 환생피로 진단을 받은 사람들만 갈 수 있었다. 즉 허깨비는 죽었다 깨도 갈 수 없는 곳이었다. 아직은 그랬다. 메밀은 고개를 가로저으며 연방 한숨을 내쉬었다. 기대를 놓아버린 건 아니지만, 현재로서는 …… .

"지구에 있을 수도 있어."

"길을 잃은 건 마찬가지네. 어디서 그를 찾겠나?"

맞는 말이다. 칠은 입을 다물었다.

미진은 실의에 잠긴 분위기에 아랑곳하지 않고 여유 있게 말했다. "또 내 힘이 필요한 거죠?"

칠과 메밀은 무슨 말인가 하고 눈을 말똥거렸다.

"따라와요." 미진이 자리에서 일어났다. "점심때가 다 가기 전에 해치워야 하니까요."

미진을 따라 도착한 곳은 병원 5층에 있는 환생센터였다. 긴 복도를 따라 양옆으로 흰색 페인트칠을 한 수십 개의 방이 쭉 늘어섰다. 불가해한 정적이 감돌았다. 또각또각 울리는 발소리마저 바닥이 흡수해버려서 마치 물 위를 걷는 듯했다. 어디선가 웅 하고 낮은 기계음이 들렸지만 분명치 않았다. 문 상단에는 '501'이라 새긴 플라스틱 패쪽이 붙었고, 앞으로 나아갈수록 숫자는 점점 커졌다. 패쪽 밑으로 사람 얼굴 크기의 둥근 창이 나 있는데, 그곳을 통해 방 안을 들여다볼 수 있었다. 방 안은 온통 연한 초록색으로 성인 크기의 유선형 인큐베이터 2개가 바닥에 나란히 놓였고, 크기가 다른 각종 선으로 서로 연결돼 있었다. 인큐베이터 안에 사람이 있긴 한 건지 문 너머에서는 알아볼 수 없지만, 심전도 화면에 규칙적인 박동이 그래프로 나타났고, 그 옆의 구식 디지털시계는 10 : 08에서 방금 10 : 07로 바뀌었다.

미진은 발길을 돌려 문 앞에 서서 방 안을 엿보는 칠과 메밀한테로 돌아왔다. 미진이 말했다. "이러고 있을 시간 없어요. 어서 가요."

"환생 시술 중인 거지?" 칠이 물었다. "맞지?"

메밀은 침을 삼키며 미진의 답변을 기다렸다.

"그래요. 28시간 정도 걸리는데, 이제 10시간 정도 남았네요. 환생에 성공할지는 아직 알 수 없어요." 미진은 잠시 칠과 메밀을 물끄러미 쳐다보며 마저 말을 이었다. "마찬가지로 허깨비의 탄생도 아직 알 수 없죠. 자, 어서 가요. 이러다 늦겠어요."

"잠시만. 그런데 우리의 육체는 어디에 있는 거지?"

"왼쪽이에요."

"아니, 이 육체가 어디서 오는 거냐고?" 칠은 엄지를 세워 자신의 가슴을 가리켰다.

미진은 잠시 망설이다 어쩔 수 없다는 듯이 털어놓았다. "지하 2층부터 5층까지가 비가역적 생체 모듈센터인데, 그곳에서 환생에 쓰일 육체를 양육하고 있어요. 환생 시술을 받고자 하는 환자의 골수에서 성체 줄기세포를 추출하고 배양하여 인간 복제에 성공하면 호르몬 요법을 통해 쑥쑥 20세의 건장한 육체로 성장시키죠. 완벽한 무균 상태를 유지한 채 전 과정이 자동화되어 있다는 얘기는 들었지만, 그 외에는 나도 알지 못해요. 그곳은 몇몇 직원만 출입할 수 있다는데 그들이 누군지 아는 사람도 극소수고요. 무슨 말인지 알겠죠?"

"허깨비는 어디에 있지?"

"맨 위층에요. 한 달에 한두 명만이 그 존재를 인정받아요."

"나머지는?"

미진은 미간을 살짝 찌푸렸다. "이제 가요. 어서요. 급하단 말이에요."

미진의 성화에도 아랑곳하지 않고 칠은 물고 늘어졌다. "커다란 구덩이를 파고 거기에 버리는 건가?"

미진은 복도 저편을 슬쩍 바라보며 한숨을 내쉬었다.

"정말 그런 거야?"

"병원 뒤에 화장터가 있어요."

"음." 칠은 자신도 모르게 신음을 토했다.

"심장이 멎었으니까요."

반면 메밀은 전혀 다른 쪽으로 골몰했고, 이루 말할 수 없는 충격을 받고 있었다. 풍문으로 주워섬긴 갈라파고스적 전환 이전의 시대가 얼마나 대단했는가에 관한 이야기를 한나에게 밤새워 들려줄 만큼 머리로는 대충 이해했음에도 가슴에는 크게 와 닿지 않았는데, 그건 마법과 용이 등장하는 동화 속의 흔한 세계관처럼 그러려니 하고 받아들였기 때문이었다. 그게 이야기를 풍성하게 만들기도 했다. 그런데 실제로 보니, 아아, 이렇게 간단했다니! 관같이 생긴 곳에 들어가 하루하고 조금 더 되는 시간을 보내는 것만으로도 새로운 육신을 받아내었다. 메밀은 이것을 어떻게 표현할 방법을 찾지 못했지만, 당시 그들이 절대적 한계를 어떻게 받아들였을지는 어느 정도 느껴졌다. 돌파할 목표였던 가능성이라는 부분이 아예 사라져버린 것이다! 메밀은 고개를 가로저으며 혼자만 알아들을 수 있게 소곤거렸다. 얼마나 더 이뤄내야 충분하다고 생각했던 것일까?

미진을 따라 복도 맨 끝 방 환생센터 행정실에 들어갔다. 방은 별다른 장식 없이 단출했다.

"내가 이곳 직원을 잘 아는데, 그녀는 점심때를 절대 놓치지 않아요. 다 먹고 살자는 게 아니냐며 그녀는 점심때와 퇴근 시간을 정확히 지키죠. 훌륭한 마음가짐이죠." 책상에 앉은 미진은 한동안 컴퓨터를 만졌다. 칠과 메밀은 벽에 등을 기대고 서서 미진이 하는 일을 묵묵히 지켜봤다. 일을 마쳤는지 미진이 고개를 들었다. 뜻한 바를 이뤄 만족한다는 얼굴이었다. "자, 언제가 좋을까요?"

"뭐가?" 칠이 입을 열었다.

"달에 가야죠. 안 그래요?"

"그게 가능해?"

"그럼요. 달에 가는 다음 우주 엘리베이터는 일주일 후에 있어요."

"다른 건 없나?" 메밀이 입을 열었다.

미진이 헤헤 빙그레 웃었다. "그럴 줄 알고 벌써 뽑고 있어요." 책상 밑 복합 프린터에서 너비가 좁고 기다란 노란색 전자 종이 2매가 출력됐다. 미진은 전자 종이를 칠과 메밀에게 각각 건넸다. "팔에 차요. 우주 엘리베이터 티켓이니까요."

"이게 티켓이라고?"

"네. 팔찌 티켓이죠. 왼손 팔목에 차세요."

칠과 메밀은 반신반의하는 얼굴로 왼손 팔목에 티켓을 둘렀다. 티켓은 팔에 착 감겨 힘을 주어도 떨어지지 않았다. 메밀이 고개를 들어 의미심장하게 물었다. "티켓을 차고 있는 동안은 우리가 환생피로에 걸렸다는 뜻이겠지?"

"그럼요. 잘 아시네요." 미진은 고개를 끄덕였다. "임시로 편성된 우주 엘리베이터가 오늘 저녁에 출발해요. 서둘러야 해요."

그곳에 간다니!

놓쳐서는 안 되는 저녁 6시발 우주 엘리베이터. 임시로 편성된 엘리베이터를 놓치면 일주일 후에나 가능했는데, 환생피로에 걸렸다는 거짓 티켓이 언제 발각될지 모른다는 미진의 염려와 당부가 아니더라도 바로 지금 해내야 했다. 허깨비라면 응당 그래야 했다.

"달에 간다, 곧 달에 간다."

흥얼흥얼 콧노래를 부르는 메밀은 말할 것도 없고 칠 역시 들떠 있었다. 칠은 흡족한 얼굴로 흐흐 웃었다. 남쪽 하늘, 한가로이 떠가는 뭉게구름 꿰뚫고 외기권까지 뻗어 있는 거대한 은빛 몸체. 과거 전파 탑이자 전망대로 쓰였던 남산타워 자리에 탄소나노튜브로 4천 킬로미터 높이까지 쌓아서 만든 우주 엘리베이터였다. 최상층에는 달에 건설한 요양소로 직행하는 우주왕복선 정거장이 있다고 했다. 칠은 기대로 들뜬 눈빛으로 우주 엘리베이터를 바라보다, 지난날 단순히 끝 간 데 없이 높다란 기둥으로 한정하고 그것이 있는지조차 모를 정도로 눈에 들어오지 않았던 저 엘리베이터가 불현듯 시야의 일정 부분을 차지하더니, 친근하게 다가와, 어떤 기대를 품게 하고, 어느 순간부터 자신과 밀접하고 은밀한 관계를 맺게 되었음을 알아차렸다. 이제 저 높다란 것은 위로의 사다리, 지긋지긋하고 꼴도 보기 싫은 것에 대한 진솔한 고백, 저항의 통로, 별세계로 가는 전철, 천부적 권리, 집으로 가는 정겨운 길이 되어 눈앞에 나타났다. 하아, 이 얼마나 풍성하고 아름다운가! 절로 탄성이 나왔다. 칠은 왼손 팔목에 찬 티켓을 물끄러미 내려다봤다. 이게 다 이것 때문이다. 법적인 첫 번째 주인이 환생피로에 걸렸다는 자격을 안겨줬다.

"티켓 시각이 잘못 입력된 건 아니겠지?"

메밀과 달리 칠은 다른 게 마음에 걸렸다. 아직 아무것도 해내지 못했다는 점이다. 팔찌 티켓만으로 통과할 수 있는지, 우주 엘리베이터는 정상적으로 운행하는지, 준은 정말 달에 있는지, 만에 하나 죽었다면……. 그러나 그러한 근심과 두려움은 힘차게 내딛는 발걸음에 치여 아무런 해도 입히지 못했다. 칠은 눈을 좁혔다. 우주 엘리베이터와는 직선거리로 3킬로미터 떨어져 있지만 바로 코앞에 있는 듯해서 높은 탄성이 손끝에 맴돌며 팽팽하고 튼튼한 감촉이 전해져 왔다. 간다, 가고 있다. "거의 다 왔어."

"얼마나 걸릴까?"

"빨라. 우리가 타본 것 중에서 가장 빨라."

"우주를 본다니! 저 아득한 곳에서 저 아득한 곳까지 펼쳐 있는."

둘은 미진의 설명대로 동대입구역에 들어섰다. 60년 전 기록적인 폭우가 내려 지반이 힘없이 내려앉은 나머지 지하 선로가 끊겨 더 이상 전철은 운행하지 않고 있으나, 우주 엘리베이터 입구의 기능은 그대로 유지되고 있었다. 종묘 주변만큼은 아니더라도 역사 안은 사람들로 붐볐는데, 어린아이는 보이지 않았다. 문틀 모양의 보안 검색대 앞에 긴 줄이 늘어선 게 보였다. 이들 모두가 달에 가는 승객인지 하나같이 왼손 팔목에 노란색 팔찌 티켓을 차고 있었다. 맞게 찾아온 듯싶었다. 칠과 메밀은 줄의 꽁무니에 붙었다.

줄은 차츰 줄어들어 어느새 칠의 차례가 왔다. 칠은 왼손을 쭉 뻗어 티켓 심사대에 놓인 원통 모양의 스캐너 속에 집어넣었다. 파란색 불이 들어오고, 건장한 체격의 보안 요원 지시에 따라 보안 검색대를 통과했다. 아무 이상이 없었다. 티켓은 제대로 작동했다. 칠은 속으로 가슴을 쓸어내리며 슬쩍 뒤를 돌아봤다. 메밀은 옴짝달싹하지 못한 채 긴장한 듯 입 주위 근육이 거북스럽게 우물거렸다. 가슴이 거칠게 오르락내리락하고 팔찌 티켓을 찬 왼손이 불안하게 떨렸다. 이를 이상하게 여긴 보안 요원이 앞으로 한 발 내디딘 다음 상체를 조금 숙여 남색 페도라에 반쯤 가린 메밀의 이목구비를 살폈다. 메밀은 의도와 달리 상대를 놀라게 하려는 듯 급하게 왼손을 쑥 내밀어 스캐너 속에 집어넣었다. 마땅히 파란색 불이 들어오고, 한 발 물러나 엉거주춤 굳어버린 보안 요원은 이제라도 체통을 차리려는지 메밀의 어깨에 손을 올려놓았다.

"맞습니다."

"아, 네." 메밀은 어리둥절한 눈으로 고개를 끄덕였다.

"괜찮으세요?"

"물론이죠."

"조금 어지러울 수 있는데."

"전 건강합니다. 거뜬해요."

"그렇군요. 좋은 여행 되십시오."

칠은 잠자코 기다렸다가 메밀과 함께 무빙워크에 올라탔다. 반원 형태의 터널 천장에 나 있는 수십 갈래의 선로 중 한 곳에 매달린 역삼각형 표시판이 스르륵 다가와 둘의 머리 위에 멈췄다. 녹색 불빛 안에 숫자 3이 적힌 표시판으로 티켓마다 정해진 탑승 위치를 가리켰다. 표시판은 이 둘보다 5미터 앞서 나아갔다. 환영하듯 휘황한 불빛으로 치장한 터널 입구를 통과하고 얼마 지나지 않아 칙칙한 적막감이 따분하게 이어졌다. 무빙워크의 느린 속도 때문인지 우주 엘리베이터로 가는 길은 멀게 느껴졌다. 수십 갈래로 나뉜 선로는 상하좌우로 승객들을 쉼 없이 실어 날랐는데, 메밀과 칠을 제외하면 승객들은 대개 혼자였다. 긴 시간에 치이고 한계에 깔리어 이제 혈혈단신이 된 그들은, 개개의 종말에 대해 어떠한 허세도 보이지 않고 입을 꾹 다문 채 묵묵히 받아들였다. 몇 번의 갈림길과 오르막길과 내리막길을 지나 문을 통과하자 거대한 공동 한가운데에 위치한 우주 엘리베이터가 그 위용을 드러냈다.

여섯 방향에서 위아래 층층이 나온 무빙워크가 까마득히 깊은 구렁을 가로질러 하늘을 날 듯 은빛 우주 엘리베이터로 향했다. 밑에서 음산한 된바람이 불어왔다. 메밀은 무빙워크 난간을 결사적으로 붙들었고, 칠은 절대 아래를 내려다보지 않으려고 허리를 꼿꼿이 세운 채 태연한 척 손등으로 턱수염을 쓸어 올렸다. 어느덧 은빛 몸체가 손에 닿을 듯 가까워졌다. 무빙워크가 둘을 우주 엘리베이터 내 원형 방으로 실어 날랐다. 먼저 칠이 내리고 메밀이 뒤따랐다. 무빙워크는 헛바퀴를 돌려 왔던 곳으로 돌아갔다.

원형 방은 대략 6평쯤 되었다. 지름 80센티미터 정도의 볼록렌즈가 방 한가운데에 박혀 있고, 회색 안락의자 6개가 미끈한 갈색 내벽에 빙 둘러 있는데, 그중 3개는 비어 있었다. 안락의자에 앉은 메밀과 칠은 먼저 와 자리를 잡은 사람들처럼 안전띠를 엑스 자로 맸다. 순간 허리와 엉덩이가 안락의자와 밀착되고 안전띠가 죄어와 손발을 옴짝달싹하지 못하게 되었는데도 갑갑하거나 불편하지 않았다. 탄성 좋은 재료로 만들었는지 푹신푹신하고 유연하기도 해서 의자와 하나가 된 몸을 좌우 앞뒤로 구부리는 데 아무 문제가 없었다. 눈앞의 볼록렌즈는 마치 감긴 눈 같았다. 그건 어느 순간 어떤 작동을 일으킬 것만 같았고, 해서 아무런 빛도 없지만 알 수 없는 위화감을 일으켰다. 승객 모두의 시선은 그쪽으로 모여 침묵했다.

메밀은 긴장된 마음을 털어내려는 듯 연방 헛기침을 했고, 칠은 숨을 크게 내쉬었다. 이때 볼록렌즈에서 시퍼런 빛이 나오며 흰색 슈트를 말쑥하게 차려입은 인상 좋은 남자가 쓱 나왔다. 남자가 손을 앞으로 조금 내밀자 손바닥 위에서 우주 엘리베이터 모형이 나타나 빙글빙글 돌았다. 남자는, 중심 기둥 주위로 6개의 원형 방을 한 단으로 하여 총 다섯 단을 쌓아 최대 180명까지 실어 나를 수 있는 우주 엘리베이터의 구조를 설명한 다음 운행 중 주의사항 따위를 조곤조곤 설명했다.

"이제 출발합니다." 홀로그램 속 남자가 두 손을 마주 잡고 사무적으로 말했다. 몸이 살짝 들린 것 같다는 기분이 들었는데, 그 감각이 맞는지 곰곰이 되새기며 앞으로 닥칠 어떤 충격을 대비하고 있는데, 남자가 미소를 지으며 말했다. "잘 버텼습니다. 앞으로 55분 후면 최상층에 도착합니다." 이에 메밀은 어깨를 으쓱하며 주위를 둘러봤다. 좀 전 그 느낌이 그거였느냐는 눈빛으로. 그런데 아까부터 껄끄러운 점이 하나 있었다. 바로 분위기였다. 달에 가는 길인데도, 아무런 장막 없이 탁 트인 미지의 우주가 우리 눈 속으로 쏙 들어올 게 분명한데도, 암담한 어둠 속으로 끌려가듯 쥐 죽은 듯 조용해서였다. 환생피로에 짓눌려서일까? 아니면 지구에 미련이 남아서일까? 낯선 보금자리에 대한 두려움 때문일까? 홀로그램 속 남자의 설명을 주의 깊게 새겨들으려는 것도 아닌 것 같은데. 그저 무감했다. 메밀은 고개를 옆으로 돌려 칠은 어떤지 살폈다. 칠은 거뜬히 해냈다는 듯이 콧김을 내뿜으며 고개를 끄덕였다. 칠은 남자의 말에 진심으로 호응하고 있었다.

홀로그램 속 남자는 5분 간격으로 입을 열었고, 어느덧 최상층에 도착하기까지 앞으로 1분 남았다고 남자가 알려왔다.

낯선 보금자리에 대한 흥분과 별다른 불편이 없음에도 몸을 죄는 답답한 안전띠를 마침내 풀 수 있다는 생각 때문인지, 방 안의 공기가 약간 술렁였다.

"목적지에 도착했습니다. 문이 열리면 무빙워크가 여러분을 정거장까지 안전하고 편안하게 모셔다드릴 겁니다. 그럼 영희의 안내를 따라 즐거운 여행 되십시오."

남자가 정중히 인사를 올리자마자 홀로그램의 시퍼런 빛은 남자와 함께 사라졌다. 엘리베이터는 출발했을 때와 달리 약간의 진동과 함께 드르르 끄는 소리가 들리더니 이내 멈췄다. 문이 열렸다. 기대해 마지않았던 신비로운 우주가 어디에도 보이지 않자 메밀은 조금 실망했다. 좁은 동굴에 갇힌 듯 갑갑했다. 통로를 따라 나아가자 위쪽으로 경사진 무빙워크가 열심히 헛바퀴를 돌리고 있었다.

위로 올라가다 이내 평평한 곳으로 쭉 나아갔다. 그리고 어느새 우주왕복선에 탑승해 있는 자신을 발견한 메밀은 칠에게 말을 붙였다. "현명한 걸까, 아니면 전혀 배려가 없는 걸까?"

"뭐가?"

"우주를 볼 수 없잖아. 혹시 우리가 맨틀을 뚫고 지하 깊숙한 곳으로 왔는지 누가 알겠나? 안 그런가?"

"티켓은 확실해. 어? 봐, 영희가 나왔어. 철수의 여자 친구야."

복도를 사이에 두고 엘리베이터와 같은 종류의 안락의자가 열을 지어 줄줄이 놓인 맨 앞에 홀로그램이 비쳤다. 아마도 영희일 법한 여자의 손바닥 위에는 우주왕복선 모형이 빙글빙글 돌고 있었다. 온통 거기에 집중해 있는 칠을 보며 메밀은 고개를 절레절레 흔들었다. 아까 그 남자가 철수라는 거겠지.

"뭐해? 안전띠 매야지. 어서."

"그래, 알았어. 영희가 춤이라도 추는 줄 알았는데 아니었네. 달에 도착하면 볼 수 있겠지. 우윳빛 은하와 붉은색이 감도는 별과 모험심을 자극하는 암흑의 바다를. 그렇겠지?"

"출발한대."

"나도 들었네. 그런데 왜 밖을 볼 수 없는 거지?" 메밀은 짜증을 냈다. "왜 창이 하나도 없는 거냐고? 우리를 어디로 데려가는 거냐고?"

"준에게로."

"그래, 이제 좀 안심이 되네."

2시간 걸려, 요양소 최상층에 자리한 우주왕복선 정거장에 도착했다. 돔 형태의 요양소는 폭풍의 대양 남쪽 인식의 바다에 자리하고 있었다. 요양소 남쪽으로 구름의 바다와 불리알두스 분화구가 있고, 북쪽에 립페우스 산맥, 동쪽에 프라마우로 분화구가 있었다. 반경 100킬로미터 안에 20여 나라의 요양소가 듬성듬성 자리하고 있으나, 왕래는 거의 없다시피 했다. 방금 달에 도착한 승객들은 느릿느릿 좁고 칙칙한 통로를 지나 티켓 심사대를 통과한 다음 엘리베이터를 타고 1층에 내렸다. 이들은 하나같이 큰 일을 치른 듯 초췌한 모습으로 한 발 떼는 것도 힘들어했다. 초고속으로 지구를 떠나왔던 터라 기력이 급격히 떨어진 상태였다. 해서 메밀은 여태껏 우주의 민낯을 조금도 엿보지 못했다는 불만은커녕 여독에 지쳐 정신이 하나도 없었다.

'달에 오신 것을 환영합니다. 이곳에는 여러분이 새 삶을 누리는 데 필요한 모든 시설을 갖추고 있습니다. 그렇다고 마음대로 행동해서는 안 됩니다. 이에 대한 규칙 및 제반 사항을 설명하기에 앞서 여러분의 티켓에 접속하겠습니다. 모두 티켓에 주목해주십시오.'

안내 방송에 따라 모두는 거의 동시에 팔꿈치를 안으로 당겨 팔찌 티켓을 내려다봤다. 티켓을 발급할 때 자동으로 배정받은 방의 위치를 찾아주도록 안내하는 길 안내 화살표가 티켓 상단에 나타났다. 메밀과 칠의 티켓도 마찬가지였다. 둘은 티켓에 표시된 화살표의 안내를 받으며 지친 발걸음을 옮겼다. 둘에게 배정된 방은 벽 하나를 사이에 두고 접해 있었다.

미진의 세심한 배려에 감사하는 마음을 가지기에는 너무도 피로했다. 둘은 침대를 보자마자 몸을 던져 이내 죽은 듯 곯아떨어졌다.

그로부터 나흘이 지났다. 만 명이 조금 안 되는 사람들이 머무는 요양소는 총 12층으로 이뤄졌는데, 층마다 크든 작든 간에 광장이 있었다. 그중 가장 넓고 인파로 붐비는 광장은 2층이어서 칠과 메밀은 매일같이 그곳을 순시했다. 아직까지 소득은 없었다. 이제 나흘이 지났을 뿐이지만, 가짜 티켓이 발각되어 당장에라도 지구로 추방될 수 있다고 생각하니 마음이 급해졌다. 그렇다고 다른 뾰족한 수가 있는 것도 아니어서, 줄곧 돌아다니는 수밖에 없었다.

메밀은 광장 전면에 자리한, 대형 창을 중심으로 방사형으로 뻗어 나간 계단식 관람석 맨 끄트머리에 앉았다. 메밀은 정면을 바라봤다. 대기가 꿈틀대는 청색 지구가 눈앞에 선연히 펼쳐 있었다. 이 얼마나 생동하는 아름다움인가! 오직 이곳에서만 볼 수 있는 풍경이었다. 암흑에 떠 있는 지구, 의지로 삼을 것 하나 없다는 게 믿어지지 않아서, 손발을 실로 매달아 조작하는 인형극을 머릿속에 그렸고, 뒤이어 초월적 존재 혹은 그러한 힘의 작용에 대해 무한한 감명을 받았다. 무한한 심연 저 안에서 반짝이는 무수한 별빛. 고요한 암흑. 더 가까이 다가가 맨눈으로 보고 싶었다. 그러나 그럴 수 없었다. 어제 들었던 고참과 신참의 대화는 바로 그 점을 분명히 설명해주었다.

계단식 관람석 맨 앞자리에 앉아 지구를 감상하고 있을 때였다. 준을 찾을 길 없어 답답했지만, 그래도 광활한 우주를 볼 수 있어 즐거웠다. 자리에서 일어나 앞으로 한 걸음 또 한 걸음 내디딜 때마다 즐거움은 커갔다.

그러나 더는 나아가지 못하고 멈춰야 했다. 대형 창으로부터 10미터 앞에는 붉은 띠를 쳐서 접근을 막는 통제선이 있기 때문이었다. 메밀은 그 선을 넘을지 말지 고민했다. 그때 뒤에서 말소리가 들렸다. 이곳에서 재회한 옛 지기 둘이서 이런저런 이야기를 나누다 통제선으로 화재를 옮긴 것이다.

"이제야 우주를 보는군. 가까이서 보고 싶으이."

"안 될 말이야. 죽거나, 스스로 그런 상태에 빠지면 모를까."

"죽거나, 그런 상태라니?"

"저기 보이는 게 뭔 것 같나? 둥둥 떠다니는 저거 말이야."

"설마 저게 관인 게야? 허허, 소문이 맞았구먼. 정말 있었어!"

"관이 맞긴 하지만, 본래 관의 용도로 사용하지는 않네. 여기서는 보이지 않겠지만, 관 뚜껑에 넓고 투명한 유리창을 달았네. 반나절 치 산소를 직접 주입한 관에 들어가 스스로 적요 속으로 뛰쳐나간 경우지."

"그러면 어떻게 되는 건가?"

"저 머나먼 우주로 나아가려는 원대한 포부와 달리 지구의 중력에 의해 대기권으로 떨어지면 마찰열로 불타 사라져버린다네. 아니, 그 전에 산소가 바닥나 죽겠지만."

"단단히 미쳤군."

"아까 가까이서 보고 싶다고 했지?"

"그래, 그런 말은 했으이."

"지구에서 몇 번 환생했든 이곳 달에 온 이상 마지막 육신만 남은 셈인데, 아무리 생소한 생활도 죽 지내다 보면 편안해지기 마련인데, 저 우주 때문일까? 죽기 전에 반드시 해보고 싶은 게 있다는 사람이 생기는데, 그

중 극소수는 직접 실행에 옮긴다지. 그래서 관에 들어가 코앞에 있는 우주의 서늘한 숨결을 직접 체험하는 거고."

"저 창이 튼튼했다면 그런 미친 짓은 강행하지 않아도 되지 않으이. 그래서 통제선이 있는 거고."

"저 창은 매우 단단하다고 하네. 직접 만져보지 못했지만 그렇다더군. 인간이 달에 만든 구조물 중에 가장 높은 강도의 물질을 사용하여 이론상 완전무결에 가깝게 만들어졌다지. 어지간한 폭발로는 작은 흠조차 나지 않는다고 들었어. 그런데 저 조악하기 그지없는 붉은 띠가 우리의 접근을 불허하고 있네. 왜인지 아나? 어째서 우리가 저 띠를 넘지 못하는지 짐작하나? 우리 안의 의도와 욕망을 분석하고, 온갖 방정식에 대입해 계산을 마치고, 통계적으로 낱낱이 해체했음에도, 어떻게 된 게 우리는 서로를 의심하지. 그리고 그 의심에 관한 염려를 우리는 도저히 끊을 수 없지. 그리고 이는 설명할 수 없네. 하지만 폭탄은 달라. 그건 입력해놓은 수치에 맞는 위력을 드러낼 뿐이거든. 한마디로 말해서 빤하다는 거지."

"그래서 어느 쪽이 낫다는 거야? 빤한 쪽, 그렇지 않은 쪽."

"알게 뭔가. 저 통제선만 넘지 않으면 되는데."

"그래도 저 조악한 선은 아무래도 ……."

"곧 익숙해질 거네. 이만큼 떨어진 거리가 우주를 보는 가장 적절한 각도이기도 하고. 한눈에 보이지 않나. 그렇지? 이보다 효율적인 건 없네. 우리 모두에게, 저 통제선은 절대적 한계이니 말일세."

메밀은 고개를 들어 창 위쪽을 쳐다봤다. 갈색 관이 둥둥 떠간다. 삼사일은 됐을까. 유람하는 듯한 느긋하고 대담한 기백이 이곳까지 전해졌다.

그러나 현실은 암담했고, 관의 주인은 살아있을 리 만무하니, 주인의 의도가 어떻든 간에 머지않아 한계에 부닥쳐 화염에 휩싸여 사라지리라. 이때 칠이 벌겋게 달아오른 얼굴로 허겁지겁 달려와 메밀 옆에 멈춰 섰다. 칠은 허리를 숙인 채 숨을 헐떡였다. 힘들어하는 낯빛 속에는 이제껏 보지 못한 음흉한 즐거움이 있었다.

메밀은 미간을 찌푸렸다. "왜 그래?"

칠은 메밀의 어깨에 손을 짚은 채 숨을 몰아쉬었다. 칠의 눈빛이 희한하게 번득였다. 거기에는 음모의 냄새가 났다.

"그를 본 거야?" 메밀은 내심 긴장했다.

칠은 메밀을 힐끗 쳐다보며 고개를 가로저었다.

"난 또."

칠은 상체를 세웠다. 칠은 아직도 벌렁거리는 가슴을 손으로 지그시 눌렀다. "이곳에 있어. 내가 봤어."

"봤다니, 뭘?"

"최 경위 그자가 이곳에 있어. 진짜일 거야. 이곳에 오기 위해서는 어떤 자격이 있어야 하는지 너도 잘 알잖아." 칠의 얼굴이 다시 벌겋게 달아오르며 숨소리도 거칠어졌다. "본때를 보여줘야지 않겠어!"

"물론이지." 메밀은 자리에서 일어났다. 소득이 없지는 않았다.

둘은 1층으로 내려와 청소부 탈의실로 들어갔다. 칠과 달리 메밀은 녹색 유니폼으로 갈아입지 않고 주저했다. 검은색 슈트며 페도라를 벗고 싶지 않아서였다. 아무것도 의식하지 못한 채 옷을 뚝딱 바꿔 입은 칠을 메밀은 섭섭하게 생각하며 팔짱을 꼈지만, 상대에게 혹시 모를 경계심을 불러

일으킬지 모른다는 칠의 말에 어쩔 수 없이 유니폼으로 갈아입고 머리에 녹색 캡을 눌러썼다.

"이래야 제대로지." 칠은 곧 있을 복수를 생각하며 실실 웃었다.

메밀은 거울 속에서 자신과 칠을 발견하고는 뭐 나쁘지 않다고 마음을 고쳐먹었다. 달라진 건 없었다.

요양소에서 3년을 보내면 누구나 일자리를 부여받았다. 소장, 일반 관리직, 보안 요원, 전기공, 청소부, 간호사, 조리사 등 직종에 상관없이 모두 환생피로에 걸린 사람들이었다. 처음에는 임시로 일을 맡지만, 자신의 차례가 오면 정규직이 되어 도저히 업무를 수행할 수 없게 되는 그날까지 직분에 최선을 다해야 했다. 그게 싫다면 지구로 돌아가야 했고, 다시는 달에 올 수 없다는 게 이곳의 규칙이었다. 메밀은 탈의실로 다시 돌아와 한 번도 사용하지 않은 빈 청소 카트를 끌고 칠을 뒤쫓았다.

목표물이 머무는 방은 7층에 있었다. 특이점 하나 없이 단조로워서 마치 미로 같은 복도를 이쪽으로 돌았다가 저쪽으로 쭉 나아가며 잘도 찾아가던 칠이 어느 방문 앞에 우뚝 멈춰 섰다. 뒤따라온 메밀은 소리 없이 입 모양만으로 여기가 맞느냐고 물었고, 칠은 그렇다는 뜻으로 고개를 끄덕였다. 실없는 웃음이 입가에 번졌다. 방의 구조는 어디든 똑같았다. 8평 크기에 절제되고 단순한 구조였다. 더러는 닭장 같다며 불평했는데, 그래도 닭장은 더러운 창살을 통과하는 바람과 빛이라도 있었다. 해서 다른 비교가 있어야 했다. 답답하고, 단절되고, 의욕이 꺾인 어떤.

그런 게 하나 있긴 하다. 절대적 한계.

청소 카트를 넘겨받은 칠은 벽에 바짝 붙은 메밀을 향해 고개를 끄덕이고는 재차 캡을 눌러썼다. 칠은 크게 심호흡한 다음 초인종을 눌렀다. 응답이 없어 세 번을 길게 눌렀다.

"무슨 일이요?" 조금 쉰 듯하지만, 여전히 카랑카랑한 목소리였다.

"방 청소 중입니다."

"지금 말이요? 그런 말 없었는데."

"일정이 바뀌었습니다. 잠시면 됩니다." 응답이 없어 칠이 재차 재촉했다. "이 방만 남았습니다."

"그래요?"

"네. 마지막이에요." 칠은 급하다는 듯이 청소 카트로 방문을 툭툭 두드렸다.

"그러죠."

찰칵 소리가 나며 문이 스르륵 천천히 열렸다. 메밀이 손으로 입을 가린 채 쾌재를 부르는 그때 청소 카트를 옆으로 밀어낸 칠이 문을 확 열어젖히며 득달같이 쳐들어갔다. 안에서 우당탕 쓰러지는 소리와 함께 다급하게 어어 하는 소리가 들렸다. 메밀은 서둘러 문을 닫고 몸을 돌려 안을 살폈다. 옆머리가 소파에 파묻히고 전신이 한쪽으로 쏠려 옴짝달싹하지 못하는 나이 든 남자가 강압에 우그러진 깡통처럼 거기에 있었다. 남자는 억울하고 겁먹은 표정으로 두 눈을 멀뚱거렸다.

칠은 남자의 옆머리를 짓누르던 손을 잽싸게 바꾸며 고개를 돌려 메밀을 향해 씩 웃었다. "맞지?"

가까이서 보니, 팍 삭은 주름투성이 얼굴에 비쩍 말라 볼품없는 체격으로 꽤 나이가 들어 보였다. 그렇다고 최 경위가 아닌 건 아니었다. 최 경위 얼굴을 몰라볼 리 없었다. 마르긴 했지만 둥글넓적한 면상에 쌍꺼풀 없이 작고 부리부리한 눈은 여전했다. 남자의 입에서 신음이 새어나왔다. 이를 못마땅하게 여긴 칠이 몸을 살짝 띄워 몸에 무게를 실은 상태로 남자의 옆머리를 소파 깊숙이 묻어버렸다. "이럴 줄 몰랐겠지. 어때? 직접 당해보니."

이때 메밀은 바르르 떠는 남자의 발을 꾹 밟고서 조금씩 힘을 가했고, 어느 순간부터는 발꿈치를 들어 남자의 발등을 연이어 찍어 눌렀다. 남자는 메밀의 발꿈치를 피하고자 격렬하게 발버둥을 쳤다. 순간 희열에 들뜬 가학적인 면에 메밀 스스로도 놀라서 얼른 발을 뗐다. 남자의 쭈글쭈글한 이마가 땀으로 범벅이 됐다. 메밀은 숨죽여 말했다. "소리 내지 마. 꼼짝하지도 마."

남자는 움직일 수 있는 최대한의 범위에서 머리를 끄덕였다.

"말을 하게 해줘."

칠은 험악한 표정을 지어 남자를 노려본 다음 내리누르던 왼팔의 힘을 조금 뺐다. 그래도 여전히 남자의 옆얼굴은 소파에 파묻혀 있었는데, 어눌하게나마 말을 전할 수는 있었다. "어디 또 너와 똑같이 생긴 종자들을 한번 불러봐. 이곳이 달이라서 안 되나 보지?" 칠은 히히 웃으며 우쭐댔다. "그때 당한 일을 한시라도 잊을 줄 알아? 그 치욕을!"

"무, 무슨 소리야?"

"널 도와줄 사람은 없어."

"자네가 내게 왜? 어, 아니, 그러고 보니, 당신들 누구야?"

"무슨 꿍꿍이야!" 칠은 코웃음 쳤다. "네가 누구고 우리가 왜 여기 왔는지 입씨름이라도 하자는 거야? 처음으로 돌아가서, 이제 서로 이름을 밝히면 아 오랜만이야 라고 반가워하려나?" 칠이 비아냥댔다.

"무슨 이름?"

"꼴사납게 왜 이래!" 칠이 사납게 윽박질렀다. "최 경위 이러기야?"

"뭐, 경위? 누가 그런, 그걸 어떻게 …… 당신들 지구에서 온 건가? 가만, 혹시 너희 둘, 허깨비인 거야? 그렇군, 허깨비였어. 내게 왜?"

말없이 쭉 지켜보던 메밀은 뭔가 이상하다고 생각했다. 이자는 어딘가 모르게 어수룩했다. 처음에는 알아본 듯싶더니 어느 순간 눈빛을 바꿔 어리벙벙했다. 연기치고는 형편없었다. 메밀은 한 발짝 다가가 신중하게 입을 열었다. "너도 별수 없어. 그래서 이곳에 온 거겠지. 안 그래?"

"그런 너희는?"

"널 잡으러 왔지!" 칠이 으름장을 놓았다.

"허깨비가?"

"깜짝 놀랐지?"

"대체 뭐가? …… 어떻게 여기를. 본원이 보내준 건가? 그런데 어떻게 둘씩이나 이곳에 올 수 있었지? 티켓은 하나뿐일 텐데." 남자는 잠시 말을 멈추고 눈알을 굴려 칠과 메밀을 번갈아 쳐다본 다음 덧붙여 말했다. "혹시 뭔가 오해가 있는 것 같은데, 이보게, 나도 허깨비야. 바로 너희와 같아. 최 경위의 첫 허깨비."

"어?"

"뭐?"

"너희가 최 경위를 어떻게 알지?"

칠과 메밀은 동시에 마주 보았다.

"몰랐나 본데. 내가 왜 이런 꼴을 당해야 하는지 이제 누가 설명해줘야 하지 않겠어?"

전율에 휩싸인 정적도 잠시, 칠은 모멸을 받았다고 생각했는지 격분에 찬 목소리로 소리쳤다. "널 흠씬 두들겨 패준 다음에 해주지!"

"진정해, 진정하라고." 남자는 다급하게 손을 내저어 칠의 다리를 탁탁 두드렸다.

메밀은 고심했다. 마르긴 해도 쵀 경위가 맞는데, 이자가 쵀 경위와 한 패가 아니라면 어떡한다? 아니, 겨우 말뿐이지 않은가. 부정하고 모르쇠로 일관하는. 이자는 달에 있다. 한계에 닿은 이들만 올 수 있는 달에. 이보다 확실한 건 없지 않은가. 그런데 이 이질감은 …… 불편하고 찝찝한 기분을 떨쳐내지 못한 메밀은 선뜻 어떤 태도도 취하지 못한 채 팔짱을 꼈다. 그리고 자신도 모르게 한 발짝 뒤로 물러섰다.

한편 칠 역시 당혹감을 감추지 못했다. 다시 빽 하고 소리쳐 사납게 몰아붙여야 할까? 방금 그게 무슨 뜻이지, 그냥 하는 말인가? 무시해버릴까? 아니, 부당한 짓을 저지르고 있다는 마뜩잖은 마음을 바로잡지 않으면, 상대를 아무리 깨부수고 패고 넘어트려도 설욕했다는 개운한 기분이 들 것 같지 않았다. 울고 애원해도 모자랄 판에, 제기랄. 칠은 공감과 적절한 처분 따위를 바라는 심정으로 고개를 들어 메밀을 찾았다. 그런데 한 발 물러선 방관적인 태도라니. 칠은 눈을 부라렸다. "쳇."

"난 그저 …… " 메밀은 입을 다물어버렸다. 그때 벽에 등이 닿았고, 잠시 몸을 의지하는 사이에 팽팽한 긴장감이 툭 끊어지며 맥이 탁 풀려버렸다. 숨을 크게 몰아쉰 메밀은 어깨를 으쓱했다. "잘못하는 쪽이 아니었으면 하네."

칠은 고개를 가로저었지만, 순순히 남자의 옆얼굴에서 손을 뗐다. 칠은 메밀과 마찬가지로 소파에 털썩 주저앉아 팔짱을 꼈다. 어차피 도망갈 곳도 없으니.

최 경위의 첫 허깨비라 자칭한 남자는 끙 소리를 내며 느릿느릿 일어나 엉거주춤 섰다. 남자가 입을 열었다. "왜 나를 겁박하는지 전혀 짐작 못 하는 건 아니야. 마지막으로 본 최 경위의 불안이 여태껏 불온한 환상에 힘입어 살아남았다면, 지구에서 무슨 일이 있었던 거겠지."

메밀이 입을 열었다. "우린 너에게 빚을 받으러 왔어."

"빚이라니? 그가 죽은 거야? 그래서 내게?"

"죽었을 것 같아?"

"너희는 몰라. 그가 어떤 상태에 처해 있는지."

"무슨 내막인지 모르겠지만, 그래도 그러면 안 되는 거였어." 메밀은 최 경위 동일체들에게 쫓기고 집단 구타를 당한 일을 씁쓸하게 회상하며 그간의 사정을 털어놓았다. 동일체 전부는 허깨비 왕의 이름을 알아내려고 혈안이 돼 있는데, 누가 진짜 최 경위인지 자신들로서는 도저히 알 수 없었다며 이야기를 마쳤다.

"그늘이지."

"알고 있었어?" 메밀이 깜짝 놀라 물었다.

"나 역시 허깨비인데. 모를 리 없지."

"동일체 숫자가 73명이나 된다고 했어. 사실 여부를 떠나서, 어떻게 그럴 수 있지?" 칠이 불쑥 끼어들었다. 이 상황이 못마땅한 듯 칠의 말투는 퉁명했다.

"그렇게 많다니 …… 어떻게 그렇게까지. 그는 빠르게 죽어가고 있어. 그날이 멀지 않아."

"무슨 뜻인지?"

"그건 ……."

"말해, 어서." 칠이 다그쳤다.

"어디서부터 꺼내야 할까? 그러니까, 51년 전 그는 첫 환생에 성공하고 얼마 지나지 않아 환생피로에 걸렸다는 판정을 받았어. 정말 운 나쁜 경우였지. 그의 꿈 많던 포부는 모두 수포로 돌아갔어. 짐작하겠지만, 그는 희망의 크기만큼 절망에 빠졌고, 절규하다 이내 급격히 무기력해졌지. 그때 그는 완벽히 무너졌어. 허깨비의 위로는 그에게 아무런 영향도 미치지 못해. 무슨 뜻인지 너희는 이해하겠지? 어느 날 문득, 될 대로 되라는 심정으로, 그는 자신의 경찰 직위를 통해 입수한 다른 사람의 생체 정보를 자신에게 맞게 조작한 다음 국가지정 영생 재활 병원에서 환생 시술을 받았지. 죽기밖에 더 하겠느냐는 고약한 심보였어. 그런데 믿을 수 없게도 환생에 성공했지. 그는 다시 젊은 육체를 소유하게 되었어. 더욱이 환생하고 남겨진 육체에서 허깨비가 또다시 태어났지. 나는 2번째 허깨비를 집으로 데려와 알뜰히 보살폈어. 그는 매일매일 들떠서 어떤 사건을 맡아도 결코 지치는 법이 없었지. 그러던 어느 날, 그러니까 환생에 성공한 지 3년쯤 됐을 때, 이변이 일어났어. 환생한 육체가 알 수 없는 이유로 점점 쇠약해지더니 서너 달 만에 눈에 띌 정도로 급격히 노화하여 피부는 탄력을 잃고, 눈썹 옆으로 검버섯이 돋았고, 이마에는 잔주름이 자글자글했지. 밤샘 근무로 신체 리듬이 흐트러져서 그런 거라며 그는 휴가를 내고 푹 쉬었어. 하지만 증세는 더욱 나빠져서 아침이면 혼자 일어나지도 못했지. 끝난 듯 보였어. 나와 둘째는 마음의 준비를 했지. 그리고 몇 달이 지났어. 아마 오륙 개월쯤. 그는 환생 시술이 예정된 다른 사람의 생체 정보를 조작해 또다시 환생 시술을 받았고, 이번에도 성공했지. 하지만 누구도 정해진 한계에서 벗어날 수 없어. 환생해서 얻은 싱싱한 육체가 어느 순간 빠르게 노화가 일어나는 디데이는 점점 앞당겨졌거든. 이로 인해 허깨비의 숫자도 점점 늘어나서 잠자리 위치나 아침에 화장실 사용을 두고 다투었기 때문에 매일 전쟁을 벌여야 했지. 양보는 미덕이 아니라 단순히 순번이 밀려난다는 것을 보여줬지. 하는 수 없이 난, 첫 허깨비로서 그들을 엄격하게 통제해 무너진 질서를 회복해야 했어. 한편 그는 소모적인 환생을 통한 혼란에서 벗어나고자 또다시 혼란을 택할 수밖에 없었어. 이번에는 다를 거라는 기대를 품고서. 하지만 방금 환생에 성공해서 싱싱한 육체를 손에 넣었다지만, 불안과 두려움은 날로 커갔지. 우리 허깨비는 그에게 아무런 위로도 주지 못했어. 그는 우리를 우습게 여겼거든. 무슨 뜻인지 너희는 알겠지? 똑같은 얼굴을 한 사람들이 한집에 살고, 매일 새로운 불통으로 시끌벅적한데도, 나 이외에는 아무도 그에게 다가가지 않았던 탓에 그는 늘 혼자였어. 가여운 사람. 15번째 환생 시술을 받고자 집에서 나갔던 그가 잠시 후 다시 돌아와 내게 자신의 팔찌 티켓을 건넸어. 달에 가버려. 난 그 길로 우주 엘리베이터를 타고 이곳에 오게 됐지. 그리고 그의 소식을 들을 길 없었어."

"최 경위는 왜 왕의 이름을 알려고 하는데? 네가 안다면 그도 알 거 아니야.” 칠이 물었다.

“환상이야.”

“환상이라니?”

“아무리 발버둥을 쳐도 현 상황에서 벗어날 수 없을 때, 위대함을 꿈꾸는 나약한 심사가 향하는 그곳. 그는 자신의 기묘하고 절망적인 상황을 새롭게 조합해 자신에게 이로운 방향으로 해석하기에 이르렀어. 갈라파고스적 전환 이후로 마지막 승자라 불리는 허깨비 왕의 이미지를 끌어와 자신에게 운명적인 사명이 있다고 받아들인 거지. 그 이상을 실현하려면, 우선은 경쟁자의 이름을 알아내야 했고. 어떻게 불리는지 알고 시작하는 게 옳은 거잖아. 그래서야. 내가 그의 곁을 떠나기 며칠이었을 거야. 이게 다 무슨 뜻이 있는 거야, 라고 돌연 긍정적으로 받아들인 그는, 자신의 절망적인 상황을 계시나 특별한 상징으로 승인한 셈이었지. 돌아버린 거였어. 난 그런 그가 걱정되었지만, 한편으로는 그를 떠나 홀로 있고 싶었어. 오롯이 혼자서 생을 꾸려가고 싶었어. 그곳이 달이라면 더할 나위 없이 훌륭했고. 이곳에서는 누구도 나를 허깨비로 여기지 않아. 아니, 짐작도 못하는 거겠지만.”

“지금이 좋은가 보군.”

“응. 마지막 생을 받아들이는 외로운 한 남자일 뿐이라서, 괜찮아.”

“왕의 이름치고는 솔직히 멋대가리 없지.”

“그래, 바로 그거야. 그래서 최 경위는 믿지 않은 거고. 다른 뭔가 있는 거라며 이름에 더욱 집착할 수밖에 없었던 거지.” 최 경위의 첫 허깨비가 칠과 메밀한테 정중히 허리를 굽혔다. “미안해. 내가 대신 사과할게. 받아주겠어?"

칠은 신음했고, 메밀은 쓴웃음을 지었다. 겨우 이런 이유로 일식이 죽다니. 이자에게 그 죄를 물어야 할까? 얼마나 두들겨 패버려야 하는 걸까? 단숨에 목숨을 끊어놓는다면 후련할까? 그런데 그 길이 최악이라면…….
이자가 일식을 알긴 할까? 모르겠지.

"그런데 당신 말이야. 아까 우리를 아는 눈치던데." 칠이 눈을 좁히며 물었다.

"아차, 그 얘기를 깜박 잊고 있었네. 난 널 알아. 그리고 너도. 아니, 내 말은 그 얼굴을 안다는 말이지."

"안다고?"

"어떻게?"

"그래."

"어디서 봤는데? 그 말은 지구가 아니라 여기 달에서겠지, 그렇지? 맞아?"

"그제 아침에도 봤는걸. 지금 이 시간이면 7층 광장에 그가 있을 거야. 그는 작은 화단 앞 장의자에 앉아 차를 마셔. 그래서 사람들은 그를 차 마시는 남자라고 부르지."

"차 마시는 남자?"

"응."

칠과 메밀의 휘둥그레진 시선이 허공에서 부딪힌 것도 잠시, 일별하며 동시에 문 쪽으로 몸을 던졌다.

다 이것 때문이다! 너무나 부끄러운 이 마음은. 메밀은 친구의 원통함을 풀어주려는 어떠한 태도도 취하지 못했다. 그때 그와의 동행을 피한 것처럼. 아아, 이것 역시 또 다른 최악이지 않을까? 빌어먹을. 메밀은 친구를 위해 아무것도 하지 못했다는 죄책감을 극복하고자, 아니 그건 최초의 걸림돌 같은 거라 여기며, 특정한 방향을 부여했다. 다 이것 때문이다! 그래, 그것만 해결한다면 …… 그러면 그때는, 그땐 분명히 …… . 메밀은 정신없이 뛰었다. 아마, 이건 분명히, 태생적으로 …… .

차 마시는 남자

달렸다. 칠은 온 생을 통틀어 이토록 가슴 터지게 달려본 적이 없었다. 머리가 핑 돌며 허파의 바닥이 느껴지고, 상체와 하체에서 느껴지는 이물감이 다름이 아니라 일정하게 덜렁거리는 손발일 정도로 기력이 달렸지만, 칠은 헤벌쭉 벌린 입을 통해 공기를 마구 삼키며 있는 힘껏 피치를 올렸다. 그런데 어떻게 된 게 메밀과는 점점 거리가 벌어졌다. 메밀은 그야말로 쏜살같이 튕겨져 나갔다. 아주 잠깐 옆에서 같이 달렸던 메밀은, 목에 핏대를 세우고 소리를 빽 지르듯, 주먹을 말아 쥐며 투지를 불태우듯, 이를 악물고 비애를 견뎌내듯, 벌겋게 상기된 채 숨도 내쉬지 않고 전력을 쏟아붓고 있었다. 간격은 더 벌어졌다. 칠은 힘에 부쳐 잠시라도 멈췄으면 싶었다. 더는 달릴 수 없다고 속으로 호소하고 부정하기를 수십 차례, 온 힘을 짜내 메밀을 불렀건만 메밀의 거침없는 뜀박질에 아무런 위해도 가하지 못했다. 메밀은 폭주했다.

칠은 뛰는 속도를 조금씩 늦추다 도저히 안 되겠다 싶어 그만 멈춰 섰다. 벽에 손을 짚고 서서 구부정히 바닥을 내려다보며 헐떡이는 숨을 가라앉혔다. 메밀은 보이지 않았다. 어디서 그런 괴력이 나오는지 모르는 건 아니다. 복도 끝, 휘황한 불빛 때문에 어른거리는 저 장막을 통과하면 이름을 좇는 여정에 결연히 마침표를 찍을 대상과 만나게 된다. 염원이 이루어지는 것이다. 이보다 호쾌하고 격렬한 반응을 불러일으키는 자극은 아마 평생 없으리라. 그러나 칠은 제자리다. 호흡과 맥박이 잠잠하게 가라앉았는데도.

칠은 약간 흐리멍덩한 시선으로 정면을 바라봤다. 이곳만 지나면, 한계와 맞닥트리는데, 어떨까? 칠은 불안과 초조를 느꼈고, 곧 숫자 7을 의식했다. 숫자 7을 이해하는 것으로 거의 다 풀린 셈은 아니라는 것쯤은 잘 알고 있었다. 나는 내가 누군지 여전히 모르니까. 저 앞에 이름의 주인이 있다. 이곳에서는 차 마시는 남자로 불리는. 그의 입을 통해 이름의 내력을 전해 듣는다면, 이를 통해 전체를 조망하게 된다면, 다 안다고 자부해도 되는 거겠지. 그렇겠지. 그런데 정말 그럴까? 아아, 헛것을 좇았던가? 그러니까, 거기에 있는 누군가는 …… 누구지? 돌이켜 생각해보면, 이름을 좇는 여정에 첫발을 내디딜 적에는 이런 순간이 오리라고 짐작하지 못했다. 이 여정은, 인내심을 갖고 생각을 이어보건대, 어쩌면 상실감을 벗어나고자 멀뚱히 나선 길이 아니었을까. 아니, 처음이 어찌 됐든 앞으로 닥칠 상황을 끌어당겨 생각해보건대, 준을 만나면 서로 신기해하다 이윽고 이름을 내력을 전해 들을 텐데, 간간이 웃고 농을 주고받는 화기애애한 분위기는 어느덧 마무리돼 가고, 결국 아무런 소득 없이 이 여정을 끝마치리라는 염려가 마음에 걸린 건지도 모른다. 아무런 신비감도 우월감도 느껴지지 않았던 허깨비 왕의 이름처럼.

젠장!

칠은 팔을 앞으로 뻗는 동시에 발꿈치를 들고 몸을 쭉 폈다. 칠은 방금까지 움츠려 있던 자신을 수치스럽게 여겼다. 문 앞까지 와서 망설이는 건 이곳에 당도하기 위해 보낸 시간과 열의를 욕되게 하는 짓이다. 칠은 재시동을 거는 듯 가볍게 몸을 떤 다음 부드럽게 숨을 내쉬었다. 손등으로 턱수염을 쓸어 올리며 저 앞에 깔린 빛의 장막을 깔보듯 훑어보았다. 이제 칠은 아무렇지 않게 한 걸음 내디뎠고, 느긋하고 절도 있는 걸음걸이로 어느덧 복도에서 나와 광장 초입에 들어섰다. 칠은 주위를 두리번거렸다.

여러 복도에서 광장으로 나오는 길목들이 양옆으로 열주처럼 쭉 늘어섰다. 돔 형태의 건물은 위로 올라갈수록 그 크기가 점점 작아질 수밖에 없는 구조여서 전체적으로 하늘색을 띤 7층은, 2층 광장과 비교해 반의반도 안 되는 크기였다. 광장 한가운데는 빨간색 원을 중심으로 길이가 제각각인 에스 자 형태의 검은색 선들이 방사형으로 뻗어 나간, 태양을 도식화한 문양이 새겨졌고, 그 문양 주위로 큰 원을 그리며 작은 화단을 이루고 있었다. 베고니아, 팬지, 국화, 데이지, 작은 편백나무, 둥글게 다듬은 반송 따위를 심은, 가로 1미터에 높이가 성인 무릎 정도 되는 밤색 사각 화분이 띄엄띄엄 놓였고, 그 앞에는 같은 색 장의자가 역시나 띄엄띄엄 놓여 있었다. 지금은 제때가 아닌지 사람이 별로 없었고, 메밀 옆에 앉은 남자의 이제껏 본 적 없는 젊고 싱싱한 얼굴을, 너무도 낯익은 그 얼굴을 칠은 단번에 알아볼 수 있었다.

김 준이다.

칠은 그리로 걸어가 자연스럽게 메밀 옆에 앉았다. 놀란 눈빛에 환호하듯 입을 살짝 벌린 준과 눈인사를 나눈 칠의 눈언저리가 씰룩거렸다. 칠은 속으로 떨고 있었지만, 애써 태연한 척 미소를 지어 화답했다. 마치 그

동안 잘 있었어, 라고 말하듯이.

"너구나." 그렇게 말하며 준은 다시 메밀에게로 시선을 돌렸다.

메밀이 이제껏 알아낸 이름에 대해 평을 하고, 준은 그 내용을 검사하듯 묵묵히 듣고 있었다. 벌써 5번째 이름 종묘에 접어들었는데, 그러거나 말거나 칠은 가까이서 준을 살폈다. 수줍음과 호기심이 오묘하게 어우러진 앳된 얼굴에는 팔팔한 열기가 감돌았다. 이마를 덮은 부스스한 머리칼에서는 싱그러운 풀 냄새가 풍겼고, 울대뼈를 감싼 피부는 주름 하나 없이 팽팽했다. 완벽한 청춘, 모든 육체의 과거였다. 저 시절을 시샘할 만도 했지만 칠은 그러한 마음을 품지 않았다. 있다면, 그건 어디까지나 이 육체에도 저런 때가 있었구나 하는 정도의 관심이 전부였다. 갑자기 준의 얼굴이 어두워지더니 어떤 의식을 치르듯 고개를 푹 숙였다. 메밀이 수지의 죽음을 전한 것이다. 메밀은 정전 앞 월대 돌 밑에 수지의 위패를 모셨다고 전했고, 준은 한숨을 나직이 내쉬며 담담하게 받아들였다. 누구나 정해진 한계에 닿게 된다는 듯이.

이때 메밀은 자신의 이름을 건너뛰고 7번째 이름을 평하려다 콧김이 느껴질 정도로 가까이 다가온 칠을 의식하고는 잠시 멈칫했지만, 거의 끝에 다다랐다는 의욕에 휩쓸려서는 더욱 열성적으로 이름을 풀이했다. 마지막으로 한 번 더 환생을 기대하는 자가 가지는 불안감과 초조함에 대해. 이에 준은 이렇게 감탄했다. 같은 성분의 육체라서 그런가, 하고.

칠이 물었다. 다시 한 번 확인해두고 싶었다. "백이십이 정말 병실에서 보낸 시간을 의미하는 거야?" 준은 맞는다는 뜻으로 어깨를 으쓱했다. "거기서 뭘 느낀 거지? 수지가 말하기를 넌 변했다고 했어!"

"그런 얼굴 하지 마."

"뭐?"

"지금의 넌, 내가 대단한 거라도 내놓아야 직성이 풀린다는 얼굴을 하고 있다고."

"그래……. 넌 허깨비가 아니라서 내 심정을 이해하지 못할 거야."

"절실하다는 건가?"

"이해하고 싶은 쪽이야. 너를, 그리고 이름이 겪어온 시절 전부를."

"아, 이제부터는 나도 진지해져야겠는걸." 준은 자신의 심신에 어떤 청결함을 부여하듯 깊고 천천히 숨을 내쉬었다. 준이 이어 말했다. "난생처음이었어. 나도 언젠가는 죽겠구나, 라는 생각이 든 건. 병실에서 보낸 120시간 내내 그 생각에 몰두해 있었어. 수지가 우리의 일을 털어놓았다고 했지? 그럼 잘 알겠네. 어쩌면 상실감이 방아쇠가 된 건지도 몰라. 어떻게 아무렇지 않을 수 있겠어. 한때의 열락을, 기대를. 안 그래?"

"그래서 종묘에 간 거고."

"거의 14년 동안 종묘 주위를 배회했어. 내 위패가 차지할 공간이 나올 때까지."

"지금도 그 자리에 있을까?"

"그 뒤로 어림잡아 백 년이 지났어. 주인이 바뀌었을 거야. 그것도 여러 번. 그런 얼굴 하지 마. 그렇게 이어지는 거라고."

"음."

둘의 대화를 곰곰이 듣고 있던 메밀은 잠시 말을 멈춘 틈을 타서 헛기침하며 주위를 환기했다. 대꾸할 말을 잃은 둘의 시선은 자연스럽게 메밀에게 쏠렸다. 메밀은 6번째 이름 메밀에 관해 묻기 전에 먼저 이따금 현기증을 일으키는 꿈 혹은 환각에 대해 준에게 전했다. 그리고 물었다. "이 기억의 조각들은 버려진 건가, 아니면 너무도 강렬해서 내 머릿속에 일부분이 새겨진 건가? 그리고 이것은 내 이름 메밀과 어떤 관련이 있는 거겠지?"

준은 곰곰이 생각한 다음 입을 열었다. "메밀은, 내 기억이 정확하다면, 이제는 어느 것 하나 궁금하지 않다는 것에 대한 반작용이 일어난 때에 지은 이름일 거야. 아직 반작용이 일어나지 않았던 시절의 난 아무런 의욕 없이 집 안에 틀어박혀 허송세월하고 있었어. 위패도 모시고 했으니 이제 다 이룬 셈이라고 생각했어. 가끔 밖에 나오긴 했지만, 막상 갈 때도 없을뿐더러, 쇠락한 세상은 무심하게 방치된 상태 그대로라서 난 싫증을 느끼고 도로 집에 돌아가 피로한 육신을 달래야 했지. 이런 내 생활은 얌전한 축에 들었어. 누구는 술에 절어 정신을 놓은 채 지내거나, 이도 저도 다 귀찮다며 길에 노숙하며 지내거나, 개중에는 안녕 손을 흔들며 스스로 목숨을 끊거나, 인적 없는 깊은 산속에 은거하는 이도 꽤 되었지. 그러던 어느 날이었어. 문득 어떤 생각이 나를 사로잡았지. 내가 아직 남자로서 기능하는 걸까? 오랜만에 느껴보는 격렬한 충동이었어. 할 일이 생긴 셈이었지. 난 먹잇감을 찾는 굶주린 짐승처럼 여자를 찾기 시작했어. 그것도 단 한 번도 환생하지 않은 여자로. 그래야 수정 가능성이 높아지거든. 물론 내 쪽에 조금 문제가 있긴 하지만, 건실한 상대라면 내 쪽의 장애는 어느 정도 체감되리라 생각했지. 그러다 우연히 한 여자를 알게 되었어. 다행히도 내가 찾던 상대였지. 그때 난, 이제 와서 고백하건대, 흐흐 속으로 그렇게 음흉하게 웃고 있었지. 아, 여기서 그녀의 이름은 밝히지 않을게. 잊은 건 아니야. 중요한 건 그게 아니니까. 그냥, 너희가 이 점을 불합리하다고 여기지는 않을까 해서. 아무튼, 나의 오랜 구애 끝에 우린 동거에 들어갔고, 4년쯤 지났을까, 나의 갈망과 충동에 대한 답으로 그녀의 배가 불룩해졌지. 임신에 성공한 거였어. 하지만 환호하기에는 아직 일렀어. 내 반쪽 유전자를 가진 생명체를 두 눈으로 확인하기 전까지는 내가 남자로서 제대로 기능했는지를 확신할 수 없었지. 만에 하나 내 아이가 아닐 수도 있었으니까. 그런 눈으로 보지 마. 남자는 다 그래. 해산이 임박해서 병원을 찾았고, 나흘간 이어진 산통 끝에 마침내 건강한 남자아이가 태어났지. 완벽히 내 아이였어. 하하, 정말 기분 최고였지! 통쾌한 승리감에 취한 나는 어느 때보다 고조돼 있었어. 수놈으로서의 내 기능은 아직 꺼지지 않았으니까. 그러나 다음 날이 되자 그동안 나를 사로잡았던 충동이 빠르게 식어가는 게 느껴졌지. 돌아가고 싶었어. 원래의 호젓한 생활로 돌아갔으면 했어. 하지만 아이 엄마는 나를 놓아주지 않았지. 아이의 2번째 생일, 우린 근처 바닷가로 나갔어. 아이 엄마는 아이의 이름을 아빠인 내가 직접 지어주기를 바랐지. 정말 귀찮게 구는 여자였어. 그때 물보라 하얗게 부서지는 장관을 보며 나는 애의 이름을 포말로 지었고, 칭얼대지 않으면 반드시 뚱해 있는 아이 엄마를 달래주려는 마음에 내 6번째 이름을 메밀로 정하겠다고 약속했어. 이는 물보라를 뜻하는 메밀꽃에서 따온 말이지. 한 달쯤 지나, 아이 엄마가 보는 앞에서 팔에 메밀을 새겨 넣는데 갑자기 그만두고 싶은 마음이 강하게 파고들었지. 귀찮고 피로했어. 이게 다 무슨 의미가 있는가 싶었지만, 마저 끝내기로 마음을 다잡았지. 그날 밤, 난 온몸으로 느꼈어. 내일이면 반작용이 다 사라져버리고 말 거라는 것을. 난 완전히 식어버렸어. 이게 메밀의 유래야. 그리고 이따금 나타난다는 그 기억 말인데, 음, 그게 어떤 내용인지 너도 충분히 짐작할 거야. 그렇잖아. 하지만 그게 왜 전부도 아닌 작은 조각들로 나뉘어 그 육체에 남은 건지는 나도 뭐라 설명할 수 없어. 아마 환생 시술 중에 약간의 실수가 있었나 보지."

깜짝 놀란 빛이 사라진 메밀의 얼굴이 그리움에 복받쳐 약간 붉어진 것도 잠시, 이내 안심이라는 듯 느긋해졌다.

"이것으로 궁금증은 다 풀린 건가?"

메밀은 고개를 끄덕이며 눈앞에 있는 준을 물끄러미 바라봤다. 준은 자신이 지은 이름이 누군가에게 의미심장하게 작용한다는 것에 대해 으스대지 않은 채 노회한 신사처럼 예의가 발랐다. 200년 넘는 시간이 한 남자를 잘 다듬은 것 같았다. 그게 기나긴 시간을 보내고 별수 없이 한계에 맞닥트렸다는 허무감에서 비롯된 건지, 아니면 불안감에 휩싸였던 잔인한 한때를 보낸 이후 어떤 정결함을 그리워하여 스스로 그곳에 닿았는지는 알 수 없었지만. 메밀이 물었다. "아이 엄마는 어떻게 됐지?"

"글쎄. 헤어진 이후로는 어떤 소식도 듣지 못했어. 뭐 딱히 궁금하지도 않았고. 그런데 아이 엄마는 왜?"

메밀은 입을 다물었다.

"네가 무슨 생각하는지 알아. 내가 나빴다는 거겠지. 그래 맞아. 인정해. 하지만 사랑하지 않았던 사람이었어. 충동에 휩싸여 적극성을 보였을 때도 그랬고, 충동이 사라졌을 때는 말할 것도 없고."

"그럼 수지는?"

"그녀는 이제 없잖아. 안 그래?"

"간단하네."

"그렇지 뭐."

"지금 이름은 뭐지?"

"모두 준이라 불러. 내 팔에 새긴 이름은 그 시절의 나를 전체든 일부분이든 정리하기 위해서지 그 이름들로 불린 적은 한 번도 없었어."

"네 팔에 새긴 8번째 이름을 우리에게 보여주고 싶지 않은 건 아니지?"

"그걸 숨길 이유가 내게 있을 리 없어. 우리 사이에, 안 그래? 8번째 이름은 없어. 만들지 않았어."

"생각해둔 건 있고?"

"이 시절을 추억해둘 다음 시절은 내겐 찾아오지 않아."

"그렇군."

"그런 거야. 참, 특제 유자차 마실래?"

메밀은 고개를 끄덕였다. 잠자코 듣고만 있던 칠은 준의 눈빛을 받고 나서야 뒤늦게 고개를 끄덕였다.

준은 옆에 놓인 수제 등나무 바구니로 시선을 내렸다. 준은 뚜껑을 들어 한쪽에 놓았다. 바구니 안에는 주둥이가 달린 원통 형태의 길쭉한 통과 손때가 탄 은색 셰이커, 조금 볼록한 뚜껑의 매끄러운 면 한가운데에 작은 구멍이 뚫린 작은 유리통, 스테인리스 보온병과 반달 모양으로 얇게 자른 유자를 꿀에 재어놓은 사각 유리병, 흰색 머그잔들이 층층이 포개 있었다. 꽤 번거로운 과정을 거칠 듯해서 절로 인상이 찌푸려졌다. 메밀과 칠의 우려를 알았는지 준은 살짝 미소를 지었다.

셰이커에 보온병 물을 조금 따르고 찻숟가락보다 조금 큰 숟가락으로 유리병에서 유자를 퍼서 담은 다음, 뚜껑을 닫고 셰이커를 위아래로 경쾌하게 흔들고는 다시 뚜껑을 열었다. 시큼한 천연의 향이 시원스레 퍼졌다. 이걸로 끝나지 않았는지 준은 날렵한 손길로 셰이커를 길쭉한 통 상단에 있는 주둥이에 갖다 대 사각 얼음을 담고 남은 손으로 뚜껑이 볼록한 작은 유리통을 거꾸로 들어 위아래로 흔들었다. 작은 구멍을 통해 가루우유가 나왔다. 이곳에서는 신선한 생우유를 마실 수 없을 테니까. 다시 셰이커를 흔들었고, 드디어 완성됐는지 내용물을 머그잔에 따랐다. 노란 액즙 위에 얹힌 흰 거품 사이로 투명한 사각 얼음이 삐뚜름히 둥둥 떠 있다. 준은 같은 과정을 두 번 더 반복했다. 향은 더욱 짙어졌다.

달고 시큼하며 담백한 맛이었다.

"너희도 알겠지만, 내가 개발한 거야. 평생을 마셔왔는데 전혀 질리지 않아. 너희도 그렇지?"

"어, 난 처음 먹어보는데."

"나도."

"거짓말 마!"

칠과 메밀은 약속이라도 한 듯 영문을 모르겠다는 얼굴로 준을 바라봤다.

"그럴 리가 없는데. 정말 아무것도 느껴지지 않는다는 거야? 정말로? 이상하네. 내가 그 몸을 썼기 때문에 분명 몸에 뱄을 텐데. 그렇잖아! 안 그래?"

미간을 찌푸리고 입을 굳게 다문 채 뭐가 뭔지 하나도 모르겠고 막막하다는 준의 얼굴을 본 순간 메밀은 깨달은 바가 있었다. 그래, 이걸로 결정이 난 셈이라는 강렬한 직감이었다. 메밀은 눈 깜짝할 사이에 지나온 여정을 되짚어보며 지금 이 순간과 맞닥트렸다. 우린 무언가를 기대했었다! 그건 아마도 …… 총체적 세계 같은 게 아니었을까. 즉, 우린 뭔가를 상실했고, 본래의 모습으로 돌아가야 한다는 내면의 충동이 암시하는 바에 이끌려 이곳까지 온 것이다. 그게 어떤 건지도 알지 못한 채 홀린 듯 완성을 갈구해왔다. 같은 성분의 육체를 가진 칠과 여러 부분에서 다른 점이 있어도 크게 문제 삼지 않았다. 오히려 대단하다고 여겼다. 그건 더 큰 무언가가 있다는, 그 안에서 우린 서로 같다는, 그러니까 전체에서 보면 별반 다르지 않다고 생각해왔었다. 그런데 …… . 메밀은 머그잔 속 특제 유자차를 물끄러미 내려다보며 재삼 숙고했다. 입맛을 당기는 좋은 맛과 향. 그러나 이런 맛과 향이 그리웠던 적은 단 한 번도 없었다. 동그란 모양이나 노란색에서 유자를 떠올린 적도 없었다. 메밀은 슬쩍 칠을 돌아봤다. 칠도 같은 것을 생각하는지 유자차 한 모금 입에 물고는 고개를 갸웃하며 어떤 기억을 찾는 듯했지만 별 소득이 없던지 단숨에 마셔 없애버렸다. 이에 메밀은 피식 웃어버렸다.

"이렇게 셋이 자주 한자리에 모여 특제 유자차를 마시면 좋겠는데." 준은 슬쩍 속내를 내비쳤다.

"그것도 좋겠다."

"한자리에 앉은 우리 셋의 얼굴이 헛것 같으면서도 실재하고, 그 실재하는 면이 아무리 봐도 헛것 같다는 사실에 다들 탄복하겠지."

"우린 명물이 될 거야. 내가 살아봐서 알아. 여기도 지구와 다르지 않게 좀 따분하거든."

"넌 지금도 명물이야."

"맞아, 차 마시는 남자."

"들은 적 있어. 정말 따분한 얘깃거리지."

잠시 침묵이 흘렀다.

"달걀 볶음밥 기억나? 팬에 달걀을 넓게 두르고 그 위에 밥과 간장과 마늘 따위를 넣고 볶았던." 칠이 말했다. 어떤 공통점을 찾으려는 듯.

"물론. 맛은 별로였지만 빨리 완성되긴 했지. 신경질이 날 정도로 배고프지 않으면 절대 입에 대지 않았는데도, 엄청나게 먹었던 것 같아. 그 때문인지 지금도 달걀이 들어간 음식은 싫어."

"그래?" 칠은 공감을 바라듯 믿을 수 없다는 얼굴로 메밀을 쳐다봤다.

"그때 난 숙취 때문에 맛을 느끼지 못했어."

"넌 괜찮았나 보지?"

칠은 대답 대신 입을 조금 벌려 입맛을 다셨다.

잠시 침묵이 흘렀다.

"계속 7층에 머물렀던 거야? 별과 지구와 미지의 우주가 보이는 2층 광장을 중심으로 널 찾아 헤맸거든." 대뜸 메밀이 말했다.

"글쎄." 준은 고개를 갸웃했다. "거기에는 아무것도 없지 않아? 지구에 있을 때도 사진으로 보아온 지구의 낯익은 면상을 제외하면, 암흑뿐인걸. 거의 죽은 거나 다름없지." 준은 몸을 돌려 녹색 이파리 하나를 검지와 집게 사이에 끼웠다. "이곳에는 이게 있잖아. 자연이."

"흐음."

칠은 별 관심 없다는 듯 묵묵히 듣기만 했다.

"그런데 너희 둘." 준은 칠과 메밀을 번갈아 쳐다보며 말했다. "허깨비는 원래 이래? 그러니까, 우리가 같은 성분의 육체를 소유하고 있다는 게 시각적인 면 말고는 별다른 의미가 없는 것 같아서 하는 말이야."

"그렇게 생각해?" 칠이 조금 뜸을 들이며 물었다.

"또 그런 얼굴을 하고 있어." 준은 미간을 찌푸리며 살짝 짜증을 냈다. "마치 날 겨누고 있는 것 같다고. 그러면 부담돼서 아무 말도 하지 못해."

"방금 네 말은, 육체적 종속이 정신적 종속으로까지 이어지지 않는 것에 대한 불만이겠지." 메밀이 말했다.

"불만이라니, 전혀 그렇지 않아. 단지, 조금 의아하다는 거야."

"그게 잘못된 거야?" 칠이 슬쩍 물었다.

"적어도 …… ." 적절한 단어를 찾으려는지 잠시 입을 다문 준이 뭔가 재미난 뜻을 찾았고 거기에 만족했는지 명랑하게 말했다. "따분하지 않아서 좋긴 해."

"아." 메밀은 실망한 듯 고개를 저었다. 그러나 높은 음역을 준비하듯 목을 길게 빼고는 부드럽고 청정한 목소리로 말했다. "널 만났어. 훗날 굉장한 일이었다고 생각할 거야."

"뭐?" 준은 갑자기 무슨 뚱딴지같은 소리냐는 투로 입술을 비죽 내밀며 메밀을 쳐다봤다.

"그렇군. 널 만났어. 그래, 널 만나서 다행이다."

칠과 메밀은 서로 마주 보았다. 서로의 눈에서 동조와 갈등과 불합리와 그것들을 아우르는 어떤 주도적인 심경을 확인한 순간 눈언저리가 동시에 바르르 떨었다. 둘은 아주 조금 전율했고 맥이 풀린 듯 곧 진정했다.

여정을 이만 마칠 때가 온 것이다.

"이젠 가봐야겠어." 메밀은 단도직입적으로 말했다. 그리고 잠시 숨을 쉬지 못했다.

준은 쓴웃음을 지으며 어쩔 줄 몰라 하다가 뭔가를 털어내듯 어깨를 우쭐댔다. 준이 말했다. "한 잔 더 마실래?"

"음."

"미안한데…… ."

메밀의 말을 자르며 준이 말했다. "그러지 말고, 한 잔 더 마시고 가. 재료는 충분하니까." 준은 셰이커를 손에 쥐며 말을 이었다. "기나긴 시간을 보내왔지만, 작별의 시간만큼은 언제나 그렇듯 난감하고 어려워. 서투른 손놀림이 그 증거지. 도무지 진정되지 않는다니까." 준은 손에서 셰이커를 세 번이나 놓쳤고, 꿀에 잰 유자를 바닥에 흘리기도 했다. 무릎 위에 뽀얗게 내려앉은 가루우유를 손으로 털어내며 준이 말했다. "다시는 보지 못하는 거겠지."

"아무래도." 메밀은 어깨를 으쓱했다.

"너희 둘은 그 말을 꺼내지 않았지만, 아니 꺼내기 전에 그 문제가 어떤 식으로 해소된 것 같은데, 날 만나서 뭘 이루려고 했던 거지? 원망하러, 아니면 나라는 인간이 궁금해서?"

"이름을 좇아 여기까지 왔어."

"다 좇은 거겠지."

"덕분에."

"이젠 어떻게 되는 거지?" 셰이커의 내용물을 3번째 머그잔에 따르며 준이 물었다.

"솔직히 말하면, 하나도 모르겠어." 칠이 쓰게 웃으며 무뚝뚝하게 말했다.

"그런데 이만 가봐야겠다." 준은 고개를 쳐들고 칠과 메밀을 번갈아 바라봤다.

"어." 칠이 고개를 끄덕였다.

다시 시큼한 천연의 향이 짙어지기 시작했다.

둘은 한참을 뚜벅뚜벅 기진맥진 넋이 나간 채 계단을 내려갔다. 이제 어떻게 하겠다는 의욕이나 마침내 다 찾았다는 성취감이 둘에게서는 전혀 느껴지지 않았다. 최초의 포부는 어디로 사라졌던가? 헛것은 헛것으로, 둘은 그러한 자책으로 괴로워했고, 또 다른 도약을 꿈꾸기에는, 이미 결정되어 더는 어쩔 수 없는 거대한 벽에 부닥친 나머지 망연자실했다. 거기에서 숙명이 느껴졌다.

메밀은 거기에 더해 일식의 죽음에 아무런 앙갚음도 하지 못했다는 죄책감에 빠져 괴로워했다. 일식이 품었던 기대나 갈증은 아무것도 아닌 헛것이 되어버렸다. 이젠 우리가 그랬다. 정말 최악이 아닐 수 없었다. 지금이라도 그 방으로 돌아가 최 경위의 얼굴을 한 그의 멱살을 붙잡고 이리저리 흔들어대며 죗값을 물어야 하는 걸까? 거기서 시작해야 하는 걸까? 메밀은 고개를 가로저으며 숨쉬기 답답하다는 듯 고개를 쳐들었다. 아. 순간 메밀의 동공이 커졌다.

어느새 2층에 내려와 있었고, 광장 전면에 위치한 대형 창에는 마치 뭔가를 경계하듯 수면 위로 반쯤 내민 물범의 머리 같은 지구가 있었다. 남반구는 밤이었다. 칠은 메밀을 쫓아 계단식 관람석 사이에 나 있는 좁은 통로를 따라 앞으로 나아갔다. 메밀이 대형 창 앞에 쳐 있는 통제선 바로 앞에서 멈춰 서자 칠도 멈춰 섰다. 칠은 대형 창 너머에 펼쳐진, 까맣지만 자세히 들여다보면 수천억에 달하는 작은 별빛들이 반짝이는 우주에서 눈을 떼지 못하는 메밀을 물끄러미 쳐다보았다. 허무한 심정을 달래려는 걸까? 하지만 메밀의 눈빛은 뭔가 달랐다. 갑자기 흥분으로 들떠서 아까처럼 폭주할 듯 어떤 아슬아슬함이 담겨 있었다. 이런 메밀을 칠은 부러워했다. 그가 어떤 식으로 마음을 다잡은 것 같아서였다. 실의와 실패를 벗어나 어떤 다른 곳으로. 칠은 조심스럽게 입을 뗐다. "여자아이 옆에 서 있던 남자가 포말이라는 거지?"

메밀은 입을 조금만 벌린 채 대꾸했다. "응."

"놀라지 않네? 지금 네 몸의 일부를 통해 포말이 태어난 건데."

메밀은 고개를 돌려 대화의 상대를 찾았다. "어느 정도 짐작은 하고 있었어. 생각해봐. 전혀 모르는 허깨비를 집에 들이는 사람이 몇이나 있을지. 더구나 당시 한나는 갓 돌이 지난 어린아이였다고. 가장 나약한 시기를 보내는 어린아이를 정체불명의 허깨비에게 맡기다니. 머리가 어떻게 된 게 아니라면, 무슨 사정이 있는 거로 생각하는 게 당연한 거잖아."

"그 사정에 관해 물어보지 그랬어?"

"그게 어려웠어. 아니, 그럴 수 없었네."

"어째서?"

"두려웠어. 대충 짐작은 하고 있었지만, 실제로 어느 쪽으로 휘어질지는 알 수 없었으니까."

"뭐가 두려웠는데?"

"난 정처 없이 떠도는 허허로운 나그네였네. 아무도 나를 받아주지 않았고, 지금은 그게 뭔지 알 수 있는 포근하고 안락한 느낌이 그때는 어떤 건지 몰랐던 탓에 누군가 나를 받아주기를 기대하지도 않았어. 난 혼자였고, 그게 전부라고 생각했지. 그 세계밖에 몰랐으니까. 그런데 느닷없이 안락한 가정, 가족적인 분위기에 속하게 된 거야. 기대한 적 없고, 아무런 노력도 하지 않았는데도 말이야. 좋았어. 정말이지 사는 것 같았지. 이 삶을 놓치고 싶지 않았네. 또다시 홀로 떠도느니 죽는 게 낫다고 생각했지."

"무슨 말인지 알겠어. 이제 그리로 돌아갈 거지?" 칠은 메밀을 부러운 눈으로 바라봤다.

메밀은 입을 다물었다.

"이봐." 칠이 재차 말했다. "이봐."

"저기 …… ."

"응?"

"저기에, 뭐가 있을까?"

"뭐?"

" …… 기대한 적 있나?"

"갑자기 무슨?" 칠은 의아한 눈으로 메밀을 뚫어지게 쳐다봤다. "이봐, 내 말 듣긴 하는 거야? 이봐!"

갑자기 메밀이 좀 조용히 하라는 듯이 검지를 입술에 가져가더니 허공을 가르는 나비를 잡으려는 듯 허우적거리며 앞으로 나아갔다. 통제선의 붉은 띠가 안쪽으로 밀려가며 더욱 팽팽해져 침입자를 저지했지만, 메밀은 멈출 생각이 전혀 없는 듯했다. 얼굴은 희열로 달아올랐고, 두 눈은 우주 저편 어딘가에 신호를 보내는 듯 반짝였다. 더는 앞으로 나아갈 수 없이 대형 창이 코앞에 이르렀다. 메밀은 대형 창의 매끄러운 표면을 손끝으로 살짝 건드렸다가 놀란 듯 순식간에 오므리고는 잠시 망설이더니 다시 기운을 내 손끝부터 시작해 손목을 눕히며 이윽고 손바닥 전체를 갖다 댔다. 한기를 느꼈던지 메밀은 콧잔등을 살짝 찡그렸지만 이내 머리를 좌우로 천천히 흔들었다. 마치 리듬을 타듯.

그때 경보가 울렸다. 사방에서 보안 요원들이 튀어나왔다. 그들은 메밀을 대형 창으로부터 거칠게 떼어낸 다음 양팔을 뒤로 꺾어 제압했다. 메밀은 그들이 정한 규칙을 순순히 받아들여 최상층 우주정거장으로 향했다. 그 뒤를 칠이 말없이 따랐다. 둘은 보안 요원들의 감시를 받으며 우주왕복선에서 우주 엘리베이터로 그리고 지구로 추방되었다.

에필로그

그로부터 여러 달이 지났다.

동대입구역에서 메밀과 헤어진 칠은 그 길로 청라지구에 있는 아파트로 돌아갔다. 칠의 갑작스러운 출현에도 왕 노릇 하는 가여운 남자는 기다렸다는 듯이 빈정대며 그를 맞이했다. 흥! 왜 또 그 미운 얼굴을 내미느뇨. 웃지 말라는, 징그럽게 왜 이러느뇨. 또 지하주차장에 기거할 거라면 아무데나 기어들어 가라는. 내 알 바 아니지만, 알겠느뇨. 헤헤 웃으며 고맙다는 칠의 말에 왕 노릇 하는 가여운 남자는 가면까지 붉히며 자기 방으로 돌아가 문을 꽝하고 닫았다. 반면 금주는 왕의 문지기로서의 소임을 칠에게 빼앗길까 전전긍긍했는데, 다음 날 귀환 기념이라는 구실을 내세워 둘만의 술자리를 마련했다. 술잔을 주거니 받거니 하다 칠의 의중을 슬쩍 떠보았는데, 한계니 존재감이니 기록이니 하는 말로 꼴같잖게 굴었을 뿐 왕의 문지기라는 거룩한 소임에는 전혀 관심을 두지 않는 듯하여 금주는 칠을 이웃으로 받아들였다.

"뭐가 뭔지 잘 모르겠지만, 여하튼 잘해봐. 난 내 소임만으로도 너무 벅차서, 아니 그게 아니라, 그만큼 열중한다는 뜻이지. 다들 그런 게 하나쯤 있으면 좋잖아. 안 그래? 그래서 하는 말인데, 오해하지 말고 들어. 각자의 일에는 입 싹 닫는 거다. 알겠지?"

칠은 아파트 최상층에 자리를 잡았다. 왕 노릇 하는 가여운 남자가 찾아와 왜 내 머리 위에 기거하느뇨, 라며 혀를 차며 못마땅하게 여겼지만, 금주를 통해서 이부자리며 베개며 간소한 가구 따위를 전해주었다.

왕의 편애에 기분이 나빠진 금주가 퉁명하게 물었다. "층계를 오르내리는 데 힘들 텐데. 그래도 괜찮아?"

"그만한 피로가 쌓이면 이곳을 떠날 때가 왔다는 신호가 되겠지."

"떠날 생각부터 하는 거야? 뭐 네 마음이겠지만. 그건 그렇고, 이곳을 고른 이유가 뭐야?"

"하늘과 가장 가까운 데 있어서."

"그게 뭐야?"

"저 위에 친구가 있거든." 칠은 빙그레 미소를 지었다.

칠은 A4 크기의 전자 종이를 들고 집에서 나와 사다리를 타고 옥상으로 나왔다. 서쪽에서 바닷바람이 강하게 불어왔다. 지난밤 벽에 기대놓은 접이식 의자를 펴고 그 위에 앉은 칠은 새파란 하늘을 올려다보며 메밀과의 마지막을 생각했다. 그는 지금 어디쯤 가고 있으려나.

여행의 동반자로 연결된 관계를 이만 놓아버린다는, 어쩌면 다시는 볼 수 없을지도 모르는 헤어짐의 시간을 잠시 뒤로 미루려는 마음에 칠은 메밀을 붙잡고 다음 행선지를 물었다. 짐작은 하고 있었지만, 그런 건 아무래도 좋았다. 그러나 메밀의 답변은 뜻밖이었다.

"우주센터? 고흥 외나로도에 있는 나로 우주센터라고?" 칠은 그게 무슨 말이냐는 얼굴로 물었다.

"응."

"갑자기 거긴 왜?"

"한계 회피를 거부한 사람들이 나로 우주센터로 모여든다는 풍문을 들은 적 있어. 그땐 대수롭지 않게 여겼는데, 요양소에서 우주의 무한하고 엄숙한 허공을 직접 본 순간 내가 어디로 가야 할지 알 것 같았어."

"우주로 나가겠다는 거야?"

"맞아. 이런 나도 자격이 된다면."

칠은 메밀을 뚫어지게 바라봤다. 메밀이 담담한 말투로 전하는 세계는 언제 어떻게 일어났을까? 우린 한동안 거의 같은 시간대를 공유했는데. 칠은 자신도 모르게 질투심을 가졌다. 해서 칠은 이별을 잠시 늦추려고 시작한 대화라는 사실도 잊은 채 조금 비아냥댔다. "그래서 빛이 되겠다고?"

"그건 모르는 거야."

"진심이야?"

메밀은 말없이 고개를 끄덕였다.

"포말과 손녀뻘 되는 한나는 어떻게 하고? 내 짐작이 맞다면, 넌 이름을 좇는 여행 내내 그 둘을 그리워했어. 네 머릿속에 심어진 기억의 파편들은 그 둘을 잊지 않기 위해 남겨졌던 거라고. 그렇지 않아?"

"맞아."

"그런데 이게 말이 돼? 그 둘은 널 기다리고 있을 텐데."

"돌아갈 수 없어. 지금의 나라면 …… ." 메밀은 슬쩍 고개를 돌려 방금 내려온 우주 엘리베이터를 쳐다봤다. "네가 나를 찾아오기 바로 직전에 한나는 내가 허깨비라는 사실을 알아차렸네. 영원히 숨길 수 있을 거라고는 생각하지 않았지만, 막상 그렇게 되고 보니 …… ."

"그 애는 너를 할아버지라고 했어."

"멋진 말이지. 허깨비를 그렇게 부르는 건 그 애밖에 없을 거야. 착한 아이지. 하지만 하루가 지나고 또 하루가 지날수록 내 본질은 할아버지가 아니라 허깨비 쪽으로 기울어지겠지. 그러면 끝장이야. 최악의 상황이 오기 전에 벗어나야 했어."

"도망치고 싶었구나."

"네가 나를 찾아와 너의 포부를 밝히지 않았다면 어떻게 됐을까?" 메밀은 한숨을 내쉬었다. "이제껏 난 최악을 염두에 두고 살아왔네. 최악이 아닌 쪽이 다음 목적지였지. 그리고 그 목적지는 매번 정처 없이 떠도는 식이었고. 그런데 어느 날 갑자기 내게 가족이 생겼어. 맙소사, 내가 할아버지라니! 하지만 거기까지였어. 그 이상을 받아들이는 건 어려웠어. 그래, 겁이 났던 거야. 그 애가 어떻게 변할지 …… ."

"그건 모르는 거야."

"그래, 모르는 거지. 그렇다고 최악의 상황이 오지 않는다고 단언할 수도 없네."

"그런 관계였어?"

"아니, 이런 나인 거지. 내가 나를 떳떳하게 받아들이지 못하는. 존재감, 난 아직 이를 완성하지 못했네."

"흠." 무슨 뜻인지 알 수 있었다. 허깨비라면. 우린 허상의 울타리를 뛰어넘어야 했다. 칠이 말했다. "그래도 이건 맞지 않아. 최악을 피해 몸을 틀었던 너의 여정이 왜 하필 우주라는 거지? 거기야말로 진정한 최악이야!

절대적 한계라고."

"네 말이 맞아." 메밀은 어깨를 으쓱했다. "그래도 내 안에 차오르는 이건, 네가 나에게 너의 포부를 밝힐 때의 그 기분과 같아."

"무슨 말이 그래?"

"기대해. 그쪽이 한계이든 최악이든 간에 상관없이. 내가 찾던 존재감은 바로 이런 게 아니었을까."

"무슨 소린지 ……." 칠은 얼굴을 찡그렸다. "그러니까, 한계 회피를 계승하고 싶다는 거지? 거기에서 너의 자리를 찾겠다는 거고."

"자리라니, 당치도 않네." 메밀은 차분히 말을 이었다. "어디로 가면 좋을까? 아니, 다르게 표현하면, 난 어디로 가고 싶은 걸까? 난 내 안의 기대를 똑바로 응시한 채 거기로 가는 거고, 거기가 마침 우주인 거지. 비록 한계가 정해졌다고 해도, 내 상상은 어떤 나를 상상하네." 메밀은 칠을 지그시 바라봤다. "그런데 넌 어디로 갈 거지?"

칠은 뭐라 대꾸하지 못하고 우물거렸다.

"다르게 말할게. 너의 이름으로 뭐가 좋겠나?"

칠은 전자 종이를 무릎 위에 내려놓았다. 칠은 그곳에 저장한 글을 흐뭇하게 내려다봤다. 그간 칠은 나흘에 한 번꼴로 왕 노릇 하는 남자를 찾아갔다. 칠은 그가 알고 있는 진짜 왕과 그 시절에 관한 이야기를 전해 들으며 전자 종이에 기록해나갔다. 이 일이 처음부터 순조로웠던 건 아니었다. 왕 노릇 하는 남자는 칠의 저의를 의심했다. 내가 가짜라는 사실을 세상에 퍼트릴 참이냐.

"그럴 뜻은 없어."

"그런 게 아니라면서 왜 자꾸 캐묻느뇨?"

"느꼈어. 아니, 알았다고 하는 게 맞겠지."

"무슨 말이뇨?"

"과거와 연결돼 있어서 현재를 분명하게 밝혀줄 어떤 것, 존재에 대한 충분한 이해가 요구되는 어떤 것, 훗날을 기약하는 어떤 것, 단 한 번도 느껴보지 못했지만 아마도 집으로 돌아갈 때의 기분 같은. 그건 내가 누구고 왜 여기에 있는지에 관한 막연한 질문에서 시작됐어. 눈을 뜨고 말이 트이며 이 몸이 다른 누구 것도 아닌 내 몸으로 받아들인 그 순간 내 안에서 일어난 일종의 허깨비였어. 헛것이고 허상이었지. 모른 척 놔두면 아무런 내력도 갖지 못한 채 그대로 사라져버려도 이상하지 않은 거였어. 하지만 그럴 수 없었어. 그래서 내 이름을 좇는 여행에 나선 거고. 7개의 내력을 전부 파악할 수 있었지. 운이 좋았어. 우주 엘리베이터를 타고 달에 있는 요양소에까지 갔으니까. 그런데 말이야, 그 긴 이름에는 누가 있는 거지? 정말 뻔했어. 내 것일 수 없었어. 어떤 면에서는, 또 다른 허깨비였지. 내게는. 젠장. 화가 나기는커녕 내 안은 고요했고 조금은 쓸쓸했지. 슬프지도 억울하지도 않았어. 그냥 숨죽이고 있는 듯했어. 여행은 끝났어. 이제 어디로 가나. 순간 뭔가 나를 찌르고 지나간 기분이 들었어. 난 전율했고, 한참을 멍해 있었지만, 내 안의 세계는 어느 때보다 박동하고 있었어. 내 안의 작은 박동이 밖으로 나와 파동을 일으켰고, 그 파동은 점점 크고 넓게 퍼져 나가더니 이윽고 끝 간 데 없이 뻗어 나가며 동시에 나만의 색을 입혔지. 난 그 세계를 그리기 시작했어. 이걸 어떻게 설명하는 게 좋을까? 정신을 차리고 보니, 팔목에 둘렀던 전자 종이를 판판하게 펴서 거기에 이제껏 경험한 여러 목소리를 이야기 형식으로 적은 글을 보게 되었어. 아아, 정말 짜릿했지. 이걸 역사라 해도 좋고, 소설이나 수필이라고 해도 상관없어. 어떻게 불리든 그런 건 아무것도 아니야. 정말 중요한 건, 나를 흥분시키는 건, 무한하게 확장된 그 세계가 시나브로 내 안에 들어갈 크기로 점점 줄어든다는 거야. 더 작고, 더 투명하게. 그렇게 하나의 점이 된 그것에, 드디어 이름을 붙이는 거지. 누구도 아닌, 바로 내 이름을."

무슨 영문인지 모르게 불현듯 미진이 생각이 났다. 잘 다려진 흰색 간호복을 입고 국가지정 제3 영생 재활 병원에서 일하고 있는 그녀의 모습이 눈에 선하다. 낮에는 의사 곁에서 환자의 치료를 돕고, 순번에 따라 안내데스크를 맡고, 환생피로 진단을 받은 환자를 위로하다 문득 자신의 처지를 실감하지만 그녀는 용기 있게 환자의 등을 토닥인다. 밤이 되어 당직을 서다 몹시 고요한 순간에 이르러 북한강이 보이는, 한때 부모님과 함께 살았던 집을 떠올리는데, 갑자기 응급처치 상황이 발생해 황급히 병실로 뛰어가는 그녀 곁에 동료 서넛이 어디선가 나타나 그녀와 발을 맞춘다. 모두 한 가지 생각뿐이다.

〈끝〉

작가의 말

분명히 존재하는 세계를 오늘도 존중하며.

2016년 6월 16일, 김상묵 씀